梁晓声 著

我读人性

梁晓声
说人
说事
说人生
书系

李师东 主编

团结出版社
UNITY PRESS

·北京·

© 团结出版社，2025 年

图书在版编目（CIP）数据

我读人性 / 梁晓声著 . -- 北京：团结出版社，
2025. 7. --（梁晓声说人说事说人生书系 / 李师东主编
）. -- ISBN 978-7-5234-1699-0

Ⅰ . I267

中国国家版本馆 CIP 数据核字第 202544JW91 号

策划编辑：梁光玉　张　阳
责任编辑：张晓杰
封面设计：阳洪燕

出　　版：团结出版社
　　　　　（北京市东城区东皇城根南街 84 号　邮编：100006）
电　　话：（010）65228880　65244790（出版社）
　　　　　（010）65238766　85113874　65133603（发行部）
　　　　　（010）65133603（邮购）
网　　址：http://www.tjpress.com
电子邮箱：zb65244790@vip.163.com
经　　销：全国新华书店
印　　装：三河市东方印刷有限公司

开　　本：170mm×240mm　16 开
印　　张：18.75　　　　　　　字　　数：240 千字
版　　次：2025 年 7 月 第 1 版　　印　　次：2025 年 7 月 第 1 次印刷

书　　号：978-7-5234-1699-0
定　　价：69.00 元
　　　　　（版权所属，盗版必究）

目录

人性似水

天地之间，百千物象，无常者，水也；易化者，水也；浩渺广大无边际者，水也；小而如珠如玑甚或微不可见者，水也。

人性似水。

一壶水沸，遂蒸发为汽，弥漫满室，削弱干燥；江河湖海，暑热之季，亦水汽若烟，成雾，进而凝状为云，进而作雨。雨或霏霏，雨或滂沱，于是电闪雷鸣，每有霹雳裂石、断树、摧墙、轰亭阁；于高空遇冷，结晶成雹；晨化露，夜聚霜……总之一年四季，十二个月二十四节气，雨、雪、霜、雹、露、冰、云、雾，无不变形变态于水；昌年祸岁，也往往与水有着密切的关系。乌云翻滚，霓虹斜悬，盖水之故也；碧波如镜，水之媚也；狂澜巨涛，水之怒也；瀑乃水之激越；泉乃水之灵秀；溪显水性活泼；大江东去一日千里，水之奔放也。

人性似水。

水在地上，但是没有什么力量也没有什么法术可以将它限制在地上。只要它"想"上天，它就会自由自在地随心所欲地升到天空进行即兴的表演。于是天空不宁。水在地上，但是没有什么力量也没有什么法术可以将它限制在地上。只要它"想"入地，即使针眼儿似的一个缝隙，也足可使它渗入到地下溶洞中去。这一缝隙堵住了，它会寻找到另一缝隙。针眼儿似的一个缝隙太小了吗？水将使它渐渐变大。一百年后，起先针眼儿似的一个缝隙已大如斗口大如缸口。一千年后，地下的河或地下的潭形成了。于是地藏玄机。除了水，世上还有什么东西能像水一样在天空、在地上、在地底下以千变万化的形态存在呢？

人性似水。

我们说"造物"这句话时，头脑之中首先想到的是"上帝"，或法力仅次于"上帝"的什么神明。但"上帝"是并不存在的，神明也是并不存在的。起码对如我一样的无神论者们而言是不存在的。水却是实在之物。以我浅见，水即"上帝"。水之法力无边。水绝对地当得起是"造物"之神。动物加植物，从大到小，从参天古树到芊芊小草，从蜗蚁至犀象，总计百余万科目、种类，哪一种哪一类离得开水居然能活呢？哪一种哪一类离开了水居然还能继续它们物种的演化呢？地壳的运动使沧海变成桑田，而水却使桑田又变成了沧海。坚硬的岩石变成了粉末，我们认为那是风蚀的结果。但风是怎样形成的呢？不消说，微风也罢，罡风也罢，可怕的台风、飓风、龙卷风也罢，归根结底，生成于水。风只不过是水之子。"鬼斧神工"之物，或直接是水的杰作，或是水遣风完成的。连沙漠上也有水的幻象——风将水汽从湿润的地域吹送到沙漠上，或以雨的形态渗入到很深很深的沙漠底层，在炎日的照射之下，水汽织为海市蜃楼……

人性似水。

水真是千变万化的。某些时候，某种情况下，又简直可以说是千姿百态的。鸟瞰黄河，蜿蜿透透，九曲十八弯，那亘古之水看去竟是那么的柔顺，仿佛是一条即将临产的大蛇，因了母性的本能完全收敛其暴躁的另面，打算永远做慈爱的母亲似的。那时候那种情况下，它真是恬静极了，能使我们关于蛇和蟒的恐怖联想也由于它的柔顺和恬静而改变了。同样是长江，在诗人和词人们的笔下又竟是那么的不同。"万里长江飘玉带，一轮明月滚金球"，意境何其浩壮幽远而又妙曼呵！"乱石穿空，惊涛拍岸，卷起千堆雪"，却又多么的气势险怵，令人为之屏息呵！人性亦然，人性亦然。人性之难以一言而尽，似天下之水的无穷变化。

人性似水。人性确乎如水呵！

水成雾，雾成露。一夜雾浓，晨曦中散去，树叶上，草尖上，花瓣上，都会留下晶莹的露珠。那是世上最美的珠子。没有任何另外一种比它更透明，比它更润洁。你可以抖落在你掌心里一颗，那时你会感觉到它微微的沁凉。你也能用你的掌心掬住两颗、三颗，但你的手掌比别人再大，你也没法掬住更多了。因为两颗露珠只消轻轻一碰，顷刻就会连成一体。它们也许变成了较大的一颗，通常情况下却不再是珠子；它们会失去珠子的形状，只不过变成了一小汪水，结果你再也无法使它们还原成珠子，更无法使它们分成各自原先那么大的两颗珠子。露珠虽然一文不值，却有别于一切司空见惯的东西。你可以从河滩上捡回许许多多自己喜欢的石子，如果手巧，还可以将它们粘成为各种好看的形状。但你无法收集哪怕是小小的一碟露珠占为私有。无论你的手多么巧，你也无法将几颗露珠串成首饰链子，戴在颈上或腕上炫耀于人。这就是露珠的品质，它们看去都是一样的，却根本无法收集在一起，更无法用来装饰什么，甚至企图保存一整天也不是一件容易之事。你只能欣赏它们。你唯一长久保存它们的方式，就是将它们给你留下的印象"摄录"在记忆中。

露珠如人性最细致也最纯洁的一面，通常体现在女孩儿和少女们身上。我的一位朋友曾告诉我，有次她给她的女儿讲《卖火柴的小女孩》，她那仅仅四岁的女儿泪流满面。那时的人家里还普遍使用着火柴。从此女孩儿有了收集整盒火柴的习惯，越是火柴盒漂亮的她越珍惜，连妈妈用一根都不允许。她说等她长大了，要去找到那卖火柴的小女孩儿并且将自己收集的火柴全都送给卖火柴的小女孩儿。她仅仅四岁，还听不明白在那一则令人悲伤的故事中，其实卖火柴的小女孩儿已经冻死。是的，这一种露珠般的人性，几乎只属于天真的心灵。

人性似水。

山里的清泉和潺潺小溪，如少男和少女处在初恋时期的人性。那是人自己对自己实行的第一次洗礼。人一生往往也只能自己对自己实行那么一次洗礼。爱在那时仿佛圣水，一尘不染；人性第一次使人本能地理解什么是"忠贞"。哪怕相爱着的两个人一个字也不认识，从没听谁讲解过"忠贞"一词。关于性的观念在现代的社会已然"解放"，人性在这方面也少有了动人的体现。但是某些寻找宝物似的一次次在爱河中浮上潜下的男人和女人，除了性事的本能的驱使又是在寻找什么呢？也许正是在寻找那如清泉和小溪一般的人性的珍贵感受吧？

静静的湖泊和幽幽的深潭，如成年男女后天形成的人性。我坦率地承认二者相比我一向亲近湖泊而畏避深潭。除了少数的火山湖，更多的湖是由江河的支流汇聚而成的，或是由山雪融化和雨后的山洪形成的。经过了湍急奔泻的阶段，它们终于水光清漪波平如镜了。倘还有苇丛装点着，还有山廓作背景，往往便是风景。那是颇值得或远或近地欣赏的。通常你只要并不冒失地去试探其深浅，它对你是没有任何危险性的。然而那幽幽的深潭却不同。它们往往隐蔽在大山的阴暗处，在阳光不易照耀到的地方。有时是在一处凸着的山喙的下方，有时是在寒气森森潮湿滴水的山洞里。即使它们其实并没有多么深的深度，但看去它们给人以深不可测的印象。海和湖的颜色一般是发蓝的，所以望着悦目。江河哪怕在汛季浑浊着，却是我常见的，对它们有一种熟悉的感觉。然而潭确乎不同。它的颜色看去往往是黑的。你若掬起一捧，它的水通常也是清的。然而还入潭中，又与一潭水黑成一体了。潭水往往是凉的，还往往是很凉很凉的。除了在电影里出现过片段，在现实生活中偏喜在潭中游泳的人是不多的。事实上与江河湖海比起来，潭尤其对人没什么危害。历史上没有过任何关于潭水成灾的记载，而江河湖海泛滥之灾全世界每年到处发生。我害怕潭可能与异怪类的神话有关。在那类神话中，深潭里总是会冷不丁地跃出狰狞之物，将人一爪捕住或一口叼住拖下潭去。潭每使我联想到人性"城府"的一面。"城府"太深之人不见得便一定是专门害人的小人。但是在这样的人的心里，友情一般是没有什么位置的，正义感公道原则也少有。有时似乎有，但最终证明，还是没有。那给你错误印象的感觉，到头来本质上还是他的"城府"。如潭的人性，其实较少体现在女人身上。"城府"更是男人的人性一面。女人惯用的只不过是心计。但是有"城府"的男人对女人的心计往往一清二楚，他只不过不动声色，有时还会反过来加以利用，以达到自己的目的。

一切水都在器皿中。盛装海洋的，是地球的一部分。水只有在蒸发为汽时，才算突破了局限它的范围，并且仍存在着。

盛装如水的人性的器皿是人的意识。人的意识并非完全没有任何局限。但是它确乎可以非常之巨大，有时能盛装得下如海洋一般广阔的人性。如海洋的人性是伟大的人性，诗性的人性，崇高的人性。因为它超越了总是紧紧纠缠住人的人性本能的层面，使人一下子显得比地球上任何一种美丽的或强壮的动物都高大和高贵起来。如海洋的人性不是由某一个人的丰功伟绩所证明的。许多伟人在人性方面往往残缺。具有如海洋一般人性的人，对男人而言，一切出于与普罗米修斯同样目的而富有同样牺牲精神的人，皆是。不管他们为此是否经受过普罗米修斯那一种苦罚。对女人而言，南丁格尔以及一切与她一样心怀博爱的她的姐妹，也皆是。

如水的人性亦如水性那般没有常性。水往低处流这一点最接近着人性的先天本质。人性体现于最自私的一面时，于人永远是最自然而然的。正如水往低处流时最为"心甘情愿"。一路往低处流着的水不可能不浑浊。汪住在什么坑坑洼洼的地方还会从而成为死水，进而成为腐水。社会谴责一味自私自利着的人们时，往往以为那些人之人性一定是卑污可耻并快乐着的。而依我想来，人性长期处于那一种状态未必真的有什么长期的快乐可言。将水引向高处是一项大的工程。高处之水比之低处之水总是更有些用途，否则人何必费时费力地偏要那样？大多数人之人性，未尝不企盼着向高处升华的机会。当然那高处非是尼采的"超人"们才配居住的高处。那种"高处"算什么鬼地方？人性向往升华的倾向是文化的影响。在一个国家或一个民族里，普遍而言，一向的文化质量怎样，一向的人性质量便大抵怎样。一个男人若扶一个女人过马路，倘她不是偶然跌倒于马路中央的漂亮女郎，而是一个蓬头垢面破衣烂衫的老妪，那么他即使没有听到一个谢字，他也会连续几天内心里充满阳光的。他会觉得扶那样一个老妪过马路时的感觉，挺好。与费尽心机勾引一个女郎并终于如愿以偿的感觉大为不同，是另一种快活。如水的人性倒流向高处的过程，是一种心灵自我教育的过程。但是人既为人，就不可能长期地将自己的人性自筑水坝永远蓄在高处。那样子一来人性也就没了丝毫的快乐可言。因为人性之无论于己还是于他人，都不是为了变成标本镶在高级的框子里。真实的人性是俗的。是的，人性本质上有极俗的一面。

一个理想的社会和与之相适应的文化不该是这样的一把剪刀——以为可以将一概人之人性极俗的一面从人心里剪除干净，而是明白它，认可它，理解它，最大程度地兼容它；同时，有不俗的文化在不知不觉中吸引和影响我们普遍之人的人性向上，而不一味地"流淌"到低洼处从而一味地不可救药地俗下去……

我们俗着，我们可以偶尔不俗；我们本性上是自私自利的，我们可以偶尔不自私自利；我们有时心生出某些邪念，我们也可以偶尔表现高尚一下的冲动；我们甚至某时真的堕落着了，而我们又是可以从堕落中自拔的……我们至死还是没有成为一个所谓高尚的人，有道德的人，脱离了低级趣味的人；但是检点我们的生命，我们确曾有过那样的时候，起码确曾有过那样的愿望……

　　人性似水，我们实难决定水性的千变万化。

　　但是水呵，它有多么美好的一些状态呢！

　　人性也可以的。

　　而不是不可以——一个社会若能使大多数人相信这一点，那么这个社会就开始是一个人文化的社会了……

我心·人心

心对人而言，是最名不副实的一个脏器。从我们人类的始祖们刚刚有了所谓"思想意识"那一天起，它便开始变成个"欺世盗名"的东西，并且以讹传讹至今。当然，它的"欺世盗名"，完全是由于我们人的强加。同时我们也应该肯定，这对我们人无疑是至关重要的。其重要性相当于汽车的马达。双手都被截掉的人，可以照样活着，甚至还可能是一个长寿者。但心这个脏器一旦出了毛病，哪怕出了点儿小毛病，人就不能不对自己的健康产生大的忧患了。倘心的问题严重，人的寿命就朝不保夕了。人就会惶惶然不可终日了。

我一向百思不得其解的是——所谓"思想意识"，本属脑的功能，怎么就张冠李戴，被我们人强加给了心呢？而这一个分明的大错误，一犯就是千万年，人类似乎至今并不打算纠正。中国的西方的文化中，随处可见这一错误的泛滥。比如我们中国文人视为宝典的那一部古书《文心雕龙》，就堂而皇之地将艺术思维的功能划归给了心。比如信仰显然是存在于脑中的，而西方的信徒们做祈祷时，却偏偏要在胸前画十字。因为心在胸腔里。

伟人毛泽东曾说过这样的话——"人的正确思想是从哪里来的？是从天上掉下来的吗？不是。是头脑里固有的吗？也不是。人的正确思想，只能从实践中来……"

当年我背这一段毛泽东的语录，心里每每产生一份儿高兴，仿佛"英雄所见略同"似的。那是我第一次从一个伟人那儿获得一个大错误被明明白白地予以纠正的欣慰。但是语录本儿上，白纸黑字印着的"思想"两个字，下边分别都少不了一个"心"字。看来，有一类错误，一经被文化千万年地重复，那就只能将错就错，是永远的错误了。全世界至今都在通用这样一些不必去细想，越细想越对文化的错误难以纠正这一事实深感沮丧的字、词，比如心理、心情、心灵、心肠、心事、心地、心胸等，并且自打有文字史以来，千百年不厌其烦地，重复不止地造出一串串病句。文化的统治力在某些方面真正是强大无比的。

心脑功能张冠李戴的错误，只有在医生那儿被纠正得最不含糊。比如你还没老，却记忆超前减退，或者思维产生了明显的障碍症状，那么分号台一定将你分到脑科。你如果终日胡思乱想，噩梦多多，那么分号台一定将你分到精神科，判断你精神方面是否出了毛病。其实精神病也是脑疾病的深层范围。把你打发到心脏专科那儿去的话，便是医院大大的失职了。

翻开历史一分析，心脑功能张冠李戴这一永远的错误，首先是与人类的灵魂遐想有关，也跟我们的祖先曾互相蚕食的记载有关。一个部落的人俘虏了另一个部落的人，于是如同猎到了猎物一样，兴高采烈围着火堆舞蹈狂欢。累了，就开始吃了。为着吃时的便当，自然先须将同类们杀死。心是人体唯一滞后于生命才"死"的东西。当一个原始人从自己同类的胸腔里扒出一颗血淋淋的心，它居然还在呼呼跳动时，我们的那一个野蛮的祖先不但觉得惊愕，同时也是有几分恐惧的。于是心被想象成了所谓"灵魂"在体内的"居室"，被认为是在心彻底停止跳动之际才逸去的。"心灵"这一个词，便是从那时朦胧产生，后经文字的确定，文化的丰富沿用至今的。

人类的文化，中国的也罢，外国的也罢，东方的也罢，西方的也罢，一向对人的心灵问题，是非常之花力气去琢磨的。一个人对另一个人的心灵琢磨不透了，往往会冲口而出这样一句话——"我真想扒出你的心（或他或她的心），看看究竟是红的还是黑的！"许多中国人和外国人都说过这句话，说时都不免恨恨地狠狠地。

但是我观察到，在中国，在今天，在现实生活中，许许多多的人，其实是最不在乎心灵的质量问题的。越来越不在乎自己的，也越来越不在乎他人的了。这一种不在乎，和我们人类文化中一向的很在乎，太在乎，越来越形成着鲜明的，有时甚至是相悖的，对立程度的反差。人们真正在乎的，只剩下了心脏的问题，也许这因为，人们仿佛越来越明白了，心灵是莫须有的、主观臆想出来的东西，而心才是自己体内的要害，才是自己体内的实在之物吧？

的确，心灵原本是不存在的。的确，一切与所谓心灵相关与德行有关的问题，原本是属于脑的。的确，这一种张冠李戴，是一个大错误，是人类从祖先们那时候起就糊里糊涂地搞混了的。

但是，另一个不容争辩的事实乃是——人毕竟是有德行的动物啊！

人的德行毕竟是有优劣之分的啊！关于德行的观念，纵使说法万千，也毕竟是有个"质"的问题吧？

人类成熟到如今，对与人的生存有关的一切方面的要求都高级了起来。唯独对自身德行的"质"的问题，一任地降低着要求的水准。这一点尤其在当代中国呈现着不可救药的大趋势。中国文化中，对于所谓人的心灵问题，亦即对于人的德行问题，一向是喋喋不休充满教诲意味儿的。而如今的中国人，恐怕是我们这个地球上德行方面最鄙俗不堪的了。人类对于自身文化的反叛，在中国这块土地上，似乎进行得最为彻底。我们仿佛又被拎着双腿一下子扔回到千万年以前去了。扔回到和我们的原始祖先们同一文化水准的古年代去了。正如我们都知道的，在那一种古年代，所谓人类文化，其实只有两个内容——"人为财死，鸟为食亡"

和对死的恐惧。

我们的头脑中只剩下了关于一件事情的思想——金钱。已经拥有了大量金钱的人们的头脑，终日所想的还是金钱，尤其是金钱。他们对金钱的贪婪，比生存在贫困线上的我们的同胞们对金钱的渴望，还要强烈得多。他们对于死的恐惧，比我们普通人要深刻得多。

我们中国民间有一种说法——人心十窍。意思是心之十窍，各主七情六欲。当然有一窍是主贪欲的。当然这贪欲也包括对金钱的贪。所以，老百姓常说——某某心眼儿多。某某缺心眼儿。某某白长了心眼儿死不开窍。如今我们许多中国人之人心，差不多只剩下一窍了。那就是主贪欲那一窍。所贪的东西，差不多也只剩下了钱，外加上色点缀着，主着其他那些七情六欲的窍，似乎全都封塞着了。所以我前面说过，这样的人心，它又怎么能比人手的感觉更细微更细腻呢？它变成在"质"的方面很粗糙，很简陋，功能很单一的一个东西，岂不是必然的么？

我曾认识一位我一向敬重的老者。一生积攒下了一笔钱，大约有那么三四十万吧。仅有一子，已婚，当什么公司的经理，生活相当富足。可我们这位老者，却一向吝啬得出奇。正应了那句话——"瓷公鸡，铁仙鹤，玻璃耗子琉璃猫"。绝对一毛不拔。什么"希望工程"，什么"赈灾义捐"，什么"社会道义救助"，几乎一概装聋作哑，仿佛麻木不仁。倘需捐物，则还似乎动点儿恻隐之心。旧衣服破裤子的，也就是只能当破烂儿卖的些个弃之而不惜之类，倒也肯于"无私奉献"。但一言钱，便大摇其头，准会一迭声地道："捐不起捐不起！我自己还常觉着手头儿钱紧不够花呐！"——这说的是他离休以后。离休前，堂堂一位正局级享受副部级待遇的国家干部，出差途中买桶饮料喝，竟要求开发票，好回单位报销。报销理由是非常之充足的——不是因公出差，我才不买饮料喝呐！以为我愿意喝呀？对于我这个人，什么饮料也不如一杯清茶！……尽管是"一把手"，在单位的名声，也是可想而知的了。却有一点是难能可贵的，那就是根本不在乎同僚们下属们对自己如何看法。

就是这么样的一位老同志，去年患了癌症之后，自思生命不久将走到了尽头，一日用电话将我召了去，郑重地说是要请我代他拟一份遗嘱。大出我意料的是，遗嘱将遗体捐献给医科院，以做解剖之用。仰躺病榻之上的他，一句句交代得那么从容，口吻那么平静，表情那么庄严。这一种境界，与他一向被别人背地里诮议的言行，真真是判若两人啊！我不禁心生敬仰，亦不禁满腹困惑。他看出了我有困惑，便问："听到过别人对我的许多议论是吧？"

我点头坦率回答："是的。"

又问："对我不那么容易理解了是吧？"

我又点头。

他便叹口气，说出一番道理，也是一番苦衷——"不错，我是有一笔为数不少的存款。但那既是我的，实际上又不是我的。是儿孙的。现在提倡爱心，我首先爱自己的儿孙，应该是符合人之常情的吧？一位父亲，一位祖父，怎么样才算是爱自己的儿孙呢？当然就看死后能留给他们多少钱多少财产啦。其他都是白扯。根本就体现不出爱心了。所以，我现在还活着，钱已经应该看成是儿孙们的了。我究竟有多少钱，他们是一清二楚的。我死那一天，钱比他们知道的数目还多些，那就证明就等于我对他们的爱心比他们的感觉还多些。如果少了，那就证明就等于爱心也少了。我当然希望他们觉得我对他们的爱心多些好。我到处乱捐，不是在拿自己对儿孙们的爱心随意抛撒么？我活到这岁数，早不那么傻了。再说，也等于是在侵犯儿孙们的继承权呀！至于我死后的遗体，那是没用的东西。人死万事休嘛。好比我捐过的些旧衣服破裤子。反正也不值钱了。谁爱接受了去干什么就干什么吧！还能写下个生命的崇高的句号，落下个好名声，矫正人们以前对我的种种偏见。干吗不捐？捐了对我自己，对儿孙们，都没有什么实际的损失嘛！我这都是大实话。大实话要分对象，当着我不信赖的人，我是决不说这些大实话的……"

听罢他的"大实话"，我当时的心理感受是很难准确形容的。只有种种心理感受之一种是自己说得清楚的——那便是心理的尴尬。好比误将一名三流喜剧演员，可笑地当成了一位悲剧大师，自作多情地暗自崇拜似的。

对于我们这一位老同志，钱和身，钱才是更重要的。而身，不过是"钱外之物"，倒不那么在乎了。尤其当自己的身成了遗体后，似乎就是旧衣服破裤子了。除了换取好名声，实际上一钱不值了，更重要的留给儿孙，一钱不值的才捐给社会——这又该是多么现实、多么冷静的一副生意人的头脑里才可能产生的"大思维"啊？

那一天回到家里，我总在想这样一个问题——皆云"钱财乃身外之物"，怎么的一来，从哪一天开始，中国人仿佛都活到了另一种境界？一种"钱财之外本无物"的境界？无物到包括爱情，包括爱心，包括生前的名、死后的身，似乎还有那么一股子禅味儿。

正是从那天开始，我更加敏锐地观察生活，倍感生活中的许多方面，确实发生了，并且正在发生着翻天覆地的观念的"大革命"。

如果一个男人宣布自己是爱一个女人的——那么给她钱吧！"我爱你有多深，金钱代表我的心"……

如果做父母的证明自己是爱儿女的——那么给他们钱吧！"世上只有金钱好，没钱的孩子像根草"……

如果哪一行哪一业要奖励哪一个人——那么给他或她奖金吧！没有奖金衬托着，奖励证书算个啥？

人心大张着它那唯一没被封塞的一窍，呼哒呼哒地喘着粗气，如同美国科幻电影中宇宙异形的活卵，只吞食钱这一种东西。吞食足了，啪啦一下，卵壳破了，跃出一头狰狞邪恶的怪物……

于是我日甚一日地觉得，与人手相比，我们的张冠李戴的错误，使人心这个我们体内的"泵",不但越来越蒙受垢辱,而且越来越声名狼藉了,越来越变得丑陋了。当然,若将丑陋客观公正地归给脑,心是又会变得非常之可爱的。如同卡通画中画的那一颗鲜红的桃般可爱,那么"脑"这个家伙,却将变得丑陋了。脑的形象本就不怎么美观,用盆扣出的一块冻豆腐似的。再经指出丑陋的本质,它就更令人厌弃了不是?

有些错误是只能将错就错的,也没有太大纠正的必要。认真纠正起来前景反而不美妙。反正我们已只能面对一个现实——心也罢,脑也罢,我们人身体中的一部分,在经过了五千多年的文化影响之后,居然并没有文明起来多少。从此我们将与它的丑陋共生共灭,并会渐渐没有了羞耻感。

心耶?脑耶?——也就都是一样的了……

常日琐思

在文学中，"羞涩"一词较多地用以形容少女。

在现实中，不禁地羞涩起来的却尤其是少年。

不信，你就观察……

有一个事实是无可争议的——少年在美女人面前倏忽脸红的时候，其实比一位少女在她所暗恋的男人面前脸红的时候更多。

情形往往是这样的——性情原本羞涩的少女那时以热烈的目光直视男人；而即使桀骜不驯的少年，那时也会局促不安起来，在美女人面前犯了错误似的垂下他的睫毛。尽管他并没犯什么错误，行为规矩而得体……

少女在她所暗恋的男人面前（众所周知，大多数少女在成长的过程中都有此经验，而大多数少年却只不过有类似的体会），往往表现得率真又愉快，她往往并不企图掩饰她的愉快。恰恰相反，她正希望自己内心里一阵阵汹涌着的愉快从眼里从脸上从话语中传达出来。她本能地理解那一种愉快是美好的。而这便是少女纯洁的一面，也便是人性透彻的一面。

少女以愉快替代了羞涩。即使她天生容易羞涩，那一时刻她也会变得自然明朗，甚至会变得似乎长大了几岁。于是，这使她自己也变美了，尤其可爱了。

少年在陌生的美女人面前，则往往表现得失态又腼腆。

规律是这样的——一个男童变成了少年，他开始以少年的目光观察周围的人们，包括周围的女人们，并以少年的情感和心智接近她们。有时是被动的，有时是主动的。然而他自己并不能分清究竟是被动的还是主动的。如果她们呵护他，对他表示喜欢，则他必亲爱她们。反之本能地规避她们，甚至疏远她们。此时自尊已在少年的心里如嫩笋般成长着了。他极其害怕他脆弱的自尊受到任何方面的伤害，尤其害怕来自女性方面的伤害。而他对她们的亲爱，此时已不像儿童似的，仅为获得依偎的快意。他开始以小男人的眼光视她们，开始被她们不同的美点所吸引。那美点也许是容貌，也许是性情。这时他的心底，已朦胧地觉醒着对女人的倾慕了。这时他变得懂事，相当善解人意——尤其善解女人之意。甚至，会寻找机会表现自己的聪明和勇敢，意图得到她的夸奖……

少女在她所暗恋的男人面前，每每反少年之道而行之。她每每首先反对那男人的某项决定，每每首先反驳他的某些观点。她假装出很善于独立思考的样子。不是为了别的，仅仅是为了与他展开辩论。他越认真，她心里越暗自得意，其得意中有愉快。所以，被暗恋着的男人又每每浑然不觉。"友邦惊诧"——这少女可是怎么了？为什么处处专和自己做对？……

大多数少年却不是这样的。他在他所青睐的女孩面前，每每表现得拘谨又腼腆。当然，他也是愉快的。但他的意识中似乎总有一种声音悄悄告诉他——这愉快是不妥的，是应该感到羞耻的。所以他往往企图掩饰他的愉快，他唯恐这种愉快不经意间从心底泄露。他认为那是他的一个不光彩的大秘密。于是他羞涩了，甚而恓惶，甚而不知所措。他的懂事，他的善解人意，他的聪明和勇敢，都往往是在以上那么一种心理状态下证明给某一个女孩看的……

而这恰恰是少年纯洁的一面。

少女心里首先形成的是爱的热忱，其次才是自尊。少女是在爱的过程中，直接或间接地积累了自尊的经验的……少年心里首先生长起来的是自尊，其次才形成爱的意识。他是在树立自尊的过程中，直接或间接地积累了爱的经验的……少女希望她所暗恋的男人忽略她才是少女这一事实，以看待一个女人那一种眼光看待她……

少年则往往想象他所倾慕和亲爱的女性，某一日忽而变成了少女，甚至变成了比自己小几岁的少女。那么，他在她面前，不是再也不必感到拘谨和羞涩了么？他反过来负起呵护她的责任，不是成了自然而然又理所当然的事了么？

一个少年倘居然不曾在任何女人面前害羞过，那么他长大了对于女性将可能是危险的男人。并且，因为一个男人少年时连这一种本能的羞涩都不曾产生过的话，那么他以后也许对许多真的应该引以为羞引以为耻的事不觉羞耻。

请观察生活，必有足够的根据证明——某些小人、无耻之徒，不择手段以达到目的之男人，追溯他们的从前，几乎无一不是以上那一种少年。

可怕的是，这样的男人在我们的生活中似乎渐多了起来，而且正被另外一些类似的男人视为能人……

于是问题产生了——我们的下一代在由儿童而为少年时，对于吸引他们的女性，是否仍会保持着一份本能的羞涩？抑或丧失甚至彻底地丧失？我们因其显明的丧失值得高兴还是值得忧虑——我困惑……

但是我却多次地见到这样的情形——某种场合下，某类小小绅士般的少年，在年轻的众多的女性之间，应酬自如游刃有余，甚至洋洋自得地打情骂俏……

而男人和女人用笑声怂恿他们，鼓励他们……如此这般的生活浮士绘现象常令我出冷汗，暗觉恐怖。他们将来会是些能人么？会是些怎样的能人呢？……

小学五年级时，班里某男生的姐姐是话剧团的演员，十八九岁，容娟貌秀，曾在《洪湖赤卫队》中演卖唱女。一曲"手拿碟儿敲起来"，腔圆音润，每令台下掌声一片。

我和另外几名男同学，与她弟弟是同一个学习小组。每去她家学习，有时我们做完作业，便在她家嬉闹起来。往往不期然的，同学的姐姐回来了，我们顿时都变得安静，一个个红了脸，低头赶快重新围坐桌旁，没作业继续写，就都装出认真看书的模样，那一时刻我们都害羞得好可怜。

她总是说："玩吧玩吧，我不烦你们！"

而我们几乎都不能恢复先前的自然。

某一天她在阳台上惊叫一声——原来她给花浇水时，发现枝上有一条大绿虫，吓得脸白了。而我们中平素最胆小的一个，在我们也都因害怕不敢上前的情况下，一边从容不迫地走向阳台一边说："姐，别怕，看我的。"他用手将那条大绿虫捉下……我们离开那同学家后，纷纷问他怎么就不怕？他却承认其实他心里怕极了。他让我们摸他的背。每人摸了一手湿漉漉的冷汗……从那以后，同学的姐对他特别喜欢，常充满爱意地抚摸他的头，主动和他说几句话，令我们当年暗暗嫉妒得要命……而那一时刻，他的头就会更低下去，他的脸一直红到耳根……我们却非常清楚，他内心里愉悦极了。那几名小学五年级时同一学习小组的同学，后来都成了我中学的同班同学或同校同学。

三十多年后我们曾在家乡哈尔滨聚过一次，话题不知怎么就谈到了情爱，而每一个人都公开承认，那一位同学的姐姐，乃自己少年时期的"心理情人"。

当弟弟的告诉我们他的姐姐已病故了。大男人们都不禁黯然神伤。那个当年曾用手捉青虫的，以箸击盏，慨然而歌："手拿碟儿敲起来，小曲好唱口难开……"皆和其歌，气氛一时为之悲凉。这一种少年对美女子长久难忘的真实情怀，经历三十年后而犹存，当时使我感动得眼湿。

某些自认为或被认为极"现代"的女性，对"女为悦己者容"一句话是很嗤之以鼻的。这当然是一种女性意识的"革命"，起码，是一种"革新"。具体我这一个男人，内心是很支持的。但这并不等于我十分赞同"女为己容"。而且我发现，她们在主张"女为己容"时，意识其实是相当暧昧的。倘美容伊始，同性姐妹们竟没看出来，尤其男人们竟没看出来，尤其男友或丈夫竟没看出来，她们其实是很索然很扫兴的。倘他们明明看出来了却视而不见，连一句廉价的夸美的话都不说，则她们不但索然不但扫兴，甚至还会悻悻然起来快快然起来……

这说明，"女为己容"，不过是她们一反"女为悦己者容"之历史"潮流"的口号，呼喊似乎仅为引起注意。一旦被注意，尤其被男人们注意，便仿佛其容灿也其貌芳也了。

居今溯古，一个女人，她的"悦己"者又究竟会有多少呢？认真谈起来，一般而言只有一位罢了。于妻妾，是夫君；于婢，是主子；于后妃，是皇上。这一位以外的男人到了，那往往是要在到之前就匆匆回避的。不经允许，不得擅出。即使被传唤出来了，矩坐一侧，也是不得正视男客的。倘不但擅出，且正视他，在女性就等于犯了"妇道"。而犯了"妇道"的女性，便被认为有几分"不良"的意味儿了。在那为客的男人，情形也自由不到哪儿去。倘他频频望向主人的女眷，则肯定被认为心术不正。惹得主人着恼，拂袖送客是惯常之事。皇上举行宫宴，一时高兴，也会请出皇后娘娘或宠爱的妃子为大臣们斟酒。那时对大臣们既是荣幸，又是险事。一般皆低头垂目，不敢相觑。倘睃了一眼，皇后娘娘或妃子指着报告皇上："此臣大胆，目光轻佻！"——且不论真的目光轻佻还是冤遭诽谤，都可能龙颜大怒，喝令拖出去砍了。

古代，又往往是几个女人为一个男人"而容"，目的在于竞争那一份儿"悦己"的宠幸。《金瓶梅》中的潘金莲们，便是为了竞争西门庆"悦己"胜"悦她"的宠幸而相互倾轧、陷害，置他人于死地而后快，窝里终日斗成一团的。比起是妻妾是婢女的女性，倒是皇上后宫成百上千的妃子们似乎有点儿"女为己容"了。倘皇上"三千宠爱在一身"，直冷落得"六宫粉黛无颜色"，端的不为"己容"，又能够为谁而容呢？

故我们可以得出这样的结论——在古代，"女为己容"实在是女性们大苦闷和大不幸之事啊！为"己容"之女性们的命运，比起为"悦己"者容之女性们的命运，又往往悲凉得很，甚至悲惨得很啊！

时代进步至今，两性意识平等已成社会文明共识，一位女性宣言，不为"悦己"者容，不为一切男人容，甚至也不为一切同性姐妹容，仅仅"为己"容，我觉得很好，美得有个性，也有气概。如此这般特立独行的女性多了，全社会的个性美也就多了，时代也便因此而美。

而另一批女性倘依然传统，情愿恪守"女为悦己者容"，我觉得也很好。美己的同时而能悦亲爱者，实在也是一举两得之事。这一件事上的传统，无论如何并不意味着女性独立意识独立观念的守旧或不争气。以此评说女性意识或观念的优劣高下，大谬也。

倘还有一部分女性，主张既非专"为己"容，亦非专为"悦己"者容，而将其容的主观能动性，定位于引导同性姐妹们的爱美之心，我觉得就更好了。此时之"己"，乃大"己"是也了。一位女性通过张扬自己的爱美之心，影响同性姐妹们首先都为女性们总体之美感的增添而容而美，这一种对美的追求，不是很阔远，很博大么？

自一九四九年以来，举凡同胞，无论男女，倘问其最理想的求职愿望，直言相告的也罢，讳莫如深的也罢，心思大抵是——进政府机关。进政府机关干什么呢？愿望保守的当"机关"人员，争强好胜的非做"机关"干部而难酬生平之志。又男人总是比女人重仕途，故中国男人恨不能一脚迈入机关大门的尤其多。无论从前或现在，无论中国或外国，当

"机关"人员和干部，都是好工作，有此愿望无可厚非。

这里要谈的却不是求职问题，而是汉语那一种有时很荒谬的多义性。正是那一种有时很荒谬的多义性，使我自小对"机关"二字心存惕悸。对被指称"机关"的地方，往往避之唯恐不及。

自小常从武侠小说中读到"暗道机关"四个字。

"机关"和"暗道"连在一起，于是就有了险恶的意味儿。"机关"在此处指具有机械性的专置人于绝境甚至置人于死地的特殊构造。大抵凶器四布，陷阱多多。

港台打斗片和古装连续剧，每将"机关"的利害渲染得阴气森森，令人胆战心惊。"机关算尽太聪明，反误了卿卿性命。"这是老唱本儿中的一句唱词。"机关"二字此处又指为了达到目的，不择手段，甚至不惜损人利己的狡诈。"机关"二字既有以上的含意，与"机关"二字连在一起的人和事物，不是就也荒谬起来了么？机关大楼……机关食堂……机关托儿所……机关疗养院……机关学习班……当然，其实并没多少人像小时候的我那么可笑地去加以联想。我将我小时候的联想写出来，也不过觉得汉语的多义性很好玩儿罢了。

但一个事实确乎是——由于一九四九年以来中国机关虚设多多，行政重叠，队伍庞大，不但梗阻了办公效率，而且极大地增加了开支。这还仅仅是体现于国家方面的弊端。体现于"机关"人自身的弊端，也往往是令"机关"人自己欲说还休，欲说还休的。

既身在"机关"，多年过去，升或未升，就不但事关"机关"人的荣辱，而且最密切地关乎"机关"人的切身利益和心理状况。升或未升的原因，又往往是复杂的、多变的，有时也是欠公平的。"机关"人被不公平地对待了，"机关"人也往往不敢过分地表示不满。牢骚多多，也许会连下一次升的机会都提前断送了……

故中国的"机关"人们，身上都有一些普遍的共性。那共性也早已被中国人所熟知，此不赘述。故中国的"机关"人们，身上的人际擦痕和伤痕，从来是中国人中最多的。

故在中国的"机关"人们之间，"背景""来头""靠山""溜须拍马""阳奉阴违""拉帮结派""上层路线""领导关系"等等话语，也是背地里说得最多的，尽管不见得都那么糟。

这使"机关"人们所在的机关，不是"机关"，也似"机关"了。故朱镕基总理所亲自主持的精简和改革政府机构的国策，确乎是一件既利于国，实际上也利于相当一批"机关"人的好事。自一九四九年以来，凡四五十年间，机关成全了一些人的仕途，却也耽误了多少可以不是"机关"人而照样会有作为的人生啊！我觉得，可能仍被耽误的"机关"人，尤其应该感激朱镕基总理。正是：机关机关，须防"机关"。道一声"俺去也！"人生未必路不宽……

大约十五六年前，我参加过一次文学研讨会。会上有位前辈，忧患武侠小说会将文学读者的阅读品味引向歧途，进而口伐武侠影视，对金庸亦颇有诮词……当晚，会议安排活动，有跳舞，有卡拉OK，有电影和录像。我选择了看录像，坐在前几排。不久，那位前辈也来了，恰坐我旁。我问他为什么没去跳舞？他说老了，跳不动了。又问为什么没去唱卡拉OK？他说五音不全，怕见笑于人。再问为什么没去看电影？他说是国产农村片，看了几分钟，觉得没意思。前辈眼已花，即使坐前排，离电视较近，仍看不清，竟离开座，索性坐第一排座椅前的地上。于是我也离开座，陪他坐过去。他来晚了，没看着头儿，我就为他简略讲述了一下故事的起始情节。

我说："那穿白袍的是好人，那穿黑袍的是坏人。"明白了人物关系，他看得越发投入。好人痛打坏人，他便喝彩；好人中计，身陷险境，他便着急。好人一出场便是一位独臂大侠，最后一场恶斗中，被坏人一刀砍掉了独臂。坏人狞笑："死到临头，看你还如何报仇！"前辈看到此处，失声高叫："哎呀，糟了糟了，他死定了！怎么就没位朋友拔刀相助？"

不料好人当胸出拳，直捣坏人心窝，将坏人的心也从胸膛里抓了出来！坏人毙命前瞪着好人说："原来你……你……留一手！……"

于是前辈赞道："苦肉计！高！看人家这戏编的，多过瘾！"我悄悄告诉他——这部电影，就是根据金庸的小说改编的。他愣了愣，回答——好看就是好看嘛！

我以为他定会从此转变对武侠小说武侠影视的态度，不料第二天会上，他如是发言：根据金庸小说改编的武侠片，我昨晚终于见识过了。好看是好看，但究竟有什么思想教育意义？究竟有什么审美价值可言？我们不限制武侠小说的出版，不限制武侠影视的生产，行么？……

他的发言令我大为困惑。晚上，他来到我的房间，期期艾艾地问："今晚还放不放昨天晚上那种录像了？没看够！"他就不但令我困惑，而且令我愕异了……大约七八年前，我参加过一次电影研讨会。某晚，为了解除众人的会议疲劳综合征，会议安排放映了一部外国喜闹剧片。

第二天会上，有位电影界的前领导，以诲人不倦的口吻对众人批评教育："我们这样一些身份的人，聚在一起开如此重要的会议，晚上却看那么无聊的电影，还一阵一阵地笑！我要问有什么好笑的？……"

有人打断他："您也笑来着！"

他生气了，严厉反驳："我那是嘲笑！冷笑！我郑重提议，从今天晚上起，都要看《××××》！一共八集，还要开四天会，正好每天晚上看两集！不看的要请假，说明你不爱看的理由……"

一时鸦雀无声。

那《××××》，虽然是一部思想性方面的"主旋律"电视剧，但艺术水平实在难以恭维。且早已在电视里播过，许多人也看过……这一"郑重提议"，会后遭到了众人的联合抵制。会务组为难，干脆一概取消了晚上的预定放映活动……在许多时候，许多情况下，人的观念所反对和拒绝和排斥的，其实恰恰是人的娱乐要求人的官能所需要的。在这种时候，这种情况下，只要那娱乐的要求并不低俗，观念让步于官能，并非什么可耻的事。官能渴望吸毒，观念抑制官能，在类似的情况下，观念的坚定才是可敬佩的。反之，观念的顽固是令人不愉快的，甚而是令人讨厌的。一个自然的社会，是允许多种观念存在的社会，同时，是尽量满足人的多种娱乐需要的社会。而娱乐的本质是为官能效劳，不是为观念服务的。人类社会毕竟需用观念制约某些事物——但受此制约的事物，非越多越好；相反，越少越好。越少，人越活得自然。

有许多人认为，人的精神的需求似乎是无限的。这是不正确的结论。有许多人认为，一个物质需求很低的人，其精神需求一定无限；一个物质需求太贪婪的人，其精神需求一定少得可怜可悲。这也是不正确的结论。事实上，物质需求很低的人，精神需求也往往体现出有限性。教授们在物质需求方面大抵是较容易满足的人，而他们的精神需求不外乎便是读书、音乐、旅游等等寻常之人喜欢的内容……

事实上，物质需求太贪婪的人，精神需求也相应地体现出膨胀的特征。据统计，这世界目前至少向人们提供了四百余种满足精神需求的内容。正常的人不会向往自己的精神都去遍那些内容里享受几次。

而物欲难足的人，往往精神需求上也显出贪婪性。不信眯起眼看看周围——生活现象提供的真实肯定如此……精神需求过贪过高之人，心理本质上和贪财好色是一样的。悟到了这一点，我欣慰自己是一个精神需求也很有限标准定得很低的人……

都说"文革"是"疯狂的运动"，此话国人说了二十余年了。一个人的疯狂，往往是一辈子的事儿。十年是短的。十年后居然不疯狂了，是幸运。但是哪有整整一个民族一疯狂就十年之事？其实，说到底，"文革"是理念的"运动"。在毛主席老人家那儿是理念的"运动"，在许许多多中国人内心里，未尝不也是。最初的疯狂过去之后，接下来便是受冰冷的理念所支配的表态、表现和表演。

政治因素导致的婚变、脱离家庭关系、划清友谊界线和亲属界线、揭发、批判、出卖、落井下石、杀回马枪——等等，等等，说到底，都是冰冷的明智、冰冷的利己理念之下的选择。

对于大多数中国人，其实再也没有比"文革"十年中活得更理念的时候了。关于这一点，早就应该说清楚了。承认自己在"文革"中是清醒着的、丑陋的、可鄙的行径，是在清醒着的状态下发生的，比承认是在疯狂的状态下发生的需要更大的勇气，却也更接近着"文革"的真实……

改革开放初年，对于要不要改革，要不要开放，立场上态度上确有"左""右"之分。如今整整二十年过去了。对于中国的事物，倘谁居然还动辄言"左"论"右"，他不是装傻充愣么？跟这种装傻充愣之人，你除了不屑于理睬他，还能怎样？

"左"是什么？"左"是怎样形成的？"左"有什么特殊的表现？其实说来简单。当时代需要某些人士的某种表态时，某些人士举起了顺应时代的表态的旗帜，此时他不左也不右，他只是在支持他认为的正确而已。

但是他假如由此得到了一套大面积的住房，他手中的旗帜因此举得更高，宣言的声调更高，这时他的支持热忱其实已开始脱离当时的单纯。

如果他还想拥有一辆车，还想坐到一个什么官位上去，还企图获得来自更上边的青睐，总之还要讨到更大的实惠——如果他内心里揣着如此这般的许多私心杂念而蹦起高儿挥舞他手中那表态的旗帜，而喊破了嗓子表明他的支持和拥护，而由表现变得表演起来……那么是否也是一种"左"呢？归根到底，"左"的原动力是不遗余力的自我标榜，所要达到的是个人目的，所要实现的是个人功利。

这么看问题，无论从当年拥护"大跃进"的人和今天自我标榜"改革派"的人身上，都同样可以看出"左"的马脚来。

近年我看的表演也实在太多了——从某些自我标榜的所谓"改革派"身上。

他们是"左"还是"右"抑或别的什么呢？……

良　心

所谓良心，无非便指良好的心地。

与"心"结构而成的词颇多，然我尤对"心地"二字一向肃然。

"心地"是特别中国化的词，较有文学意味。在民间，每说"心肠"。民间评论某人心地善良，道是"心肠软"。反之，曰"心肠歹毒"。

善与不善，归咎于心，我们早已习惯这一古老逻辑，但与肠扯到一起，细思忖之，似乎总觉勉强。

然民间话语，其恰当必有独到之处，一个"软"字，极贴切。"心一软"，无非指人性之恻隐耳。

地生百千万物，"心地"一词，表意宏大。善、美之物，由地生之。丑、恶之物，亦由地匿。大地的一种现象是，凡那美、善之物，往往存在于光天化日之下。即使活动隐蔽，也断不至出没于阴暗、潮湿、腐败、肮脏之隅。几乎只有丑恶之物才那样，如蛇、鼠、蚊、蟑螂、蛆、毒蘑及一切对生命有害的菌……

"心地"诚如大地，美善的与丑恶的两类态并存。故古今中外之文化、宗教，发挥一切积极的影响作用，为使人类总体上是有良心的。人类有无良心，决定每一个活得像人还是像兽。有无良心的前提是有无良知。良知其实便是一些人作为人应该秉持的良好的道理、道德。于是，有良知者有良心，有良心者，"心地"充满阳光，美好似花园。这样的一个人，即使平凡，也是可敬的。即使贫穷，也有愉快。文化和宗教对人"心地"的积极影响，体现着人类对自身的关爱，也可以说是救赎。宗教之原罪思想并不是将原罪强加于人的思想，而是提醒人"心地"是需要清扫的。正如病理学家告诉我们，人体内天生潜伏着各种癌细胞，但只要我们保持良好的生活方式，癌症的发作是可以被避免的。

中国的情况有些不同。中国古代的思想家们，无论这一派或那一派，也都是关注良心问题的，甚至，将良心问题上升得很高，曰"天良"。对于恶人的最概括的指斥，便是"丧尽天良"。良知在古代，又被归纳为我们都知道的仁、义、礼、智、信。而这五个字，其实便是"厚德载物"之"德"的基本内容。

然而到了近代，一辈辈的中国人看分明了——天下只不过是皇家的天下，"德"在统治阶级那里，只不过成了"礼"的代词。而"礼"，又只不过是他们延续统治的一种术。他们对百姓，不讲仁、不讲义，也不讲信，而只讲"智"，企图以他们的"智"永远地愚民。于是良知被疑，本应成为社会共识的良心，反之变成某些不甘良心泯灭的人士的自我要求。当一个社会这样了，讲良心的声音似乎便是不合时宜的声音了，讲良心的人就孤独了。

五四运动，无非要达成两件事——一曰改革国体，二曰开启民智。前者为使国家成为公民的国家，后者为使社会重构起新一种"德"取向。然条件不成熟，志士流血，文人失望，事倍功半。

军阀割据，狼烟四起，"城头变幻大王旗"。哀鸿遍野不是宣讲良心的时候，生存是第一位的。

至"九一八"，日寇猖獗，国将不国，抗战遂成国人第一良心。勇者御敌，才不至于全中国人都沦为亡国奴。其他良心，不得不往后摆摆。故当时宣传抗日的学生，振臂高呼之语中每有这么一句——"有良心有血性的中国人，我们要……"

到了一九四九年以后，似乎终于可以讲讲良心问题。发展到后来也不能，为了巩固和维护阶级的专政，于是批判文化中的人性论，将人道主义贴上资产阶级的标签。连人性也不许讲了，连人道主义也视为有害无益的主义了，那么"良知""良心"这一类词，便只有从中国人的词典中被剔除了……

"文革"是怎样的一个时代，无须赘述。

二十世纪八十年代，文化和文学，显然地又要重构社会的良知价值取向。然知识者们伤痕犹疼，心有余悸，战战兢兢，并未完成那一初衷。

九十年代中国迈入了商业的时代，于是大讲"优胜劣汰"，信奉起金钱万能、胜者通吃来。我认为，将商场规律泛化向全社会，实际上是"泛达尔文主义"至上，这才是有百害而无一益的。

我在此讲两件有良知的事吧。

许多人都知道的，费孝通先生是潘光旦先生的学生，费先生一向极为尊敬潘先生。"文革"期间，潘先生一家被逐出原址，居一小屋，摆不下床，全家铺席睡在水泥地上。潘先生因而关节病愈重，何况他自幼还残疾了一腿。那时费先生也早已成为"右派"，与潘先生为邻。他心疼他的老师，亲手为老师织毛袜子。某夜潘先生腹痛难忍，费先生家中又没有任何药，只得将老师拥抱入怀中。而潘先生，就在学生的怀中咽下了最后一口气……

费孝通先生，即使在疯狂的暴力盛行的年代，内心良知之烛不灭也。

傅雷先生夫妇不堪凌辱，双双吸煤气死后，无人认领的骨灰，三日后将被处理，也就是当垃圾扔掉。有位上海的江姓女士，是一位普普通通的市民，然读过傅先生的书，心存敬意。是以前往火葬场，极力争取，要得傅雷夫妇的骨灰，冒险予以保存。她因为同情傅雷夫妇的言论，自己也被打成了"现行反革命"。"文革"结束，傅雷二子自国外归，从江女士处得父母骨灰，极欲给予物质报答。江女士坚拒之，最后仅答应接受一张傅聪专场音乐会的门票。甫一结束，悄然而去，从此遁出傅氏兄弟的视域。

良知几重？它像灵魂一样，无秤可称……

然而，若人世间全无了良知，那样的人世，又究竟有什么值得留恋的呢？

解剖我的心灵

其实，依我想来，我们每一个人，都有若干机会，或曰若干时期，证明自己是一个心灵方面、人格方面的导师和教育家。区别在于，好的，不好的，甚而坏的，邪恶的。

我相信有人立刻就能领会我的意思，并赞同我的看法。会进一步指出，完全是这样——不过是在我们成为父亲或母亲之后。

这很对。但这非是我的主要的意思。

我的人生经验和教训告诉我——也许这世界上根本没有谁能够对我们施以终生的影响。根本没有谁能够对我们负起长久的责任。连对我们最具责任感的父母都不能够。正如我们做了父母，对自己的儿女也不能够一样，倘说确曾存在过能够对我们的心灵品质和人格品质的形成施以终生影响负起长久责任的某先生和某女士，那么他或她绝不会是别人。肯定，乃是我们自己。

我们在我们是儿童的时候就已经开始教育我们自己了。

我们在我们是少年的时候，就已经开始怀疑甚至强烈排斥大人们对我们的教育了。处在那么一种年龄的我们自己，已经开始习惯于说"不，我认为……"了。我们正是从开始第一次这么说、这么想那一天起，自觉不自觉地进入了导师和教育家的角色。于是我们收下了我们"教育生涯"的第一个学生——我们自己。于是我们"师道尊严"起来，朝"绝对服从"这一方面培养我们的本能。于是我们更加防范别人，有时几乎是一切人，包括我们所敬爱的人们对我们的影响。如同一位导师不能容忍另一位导师对自己最心爱的弟子耳提面命一样……

我们在这样的心理过程中成为青年。这时我们对自己的"高等教育"已经临近结业。我们已经太像我们按照我们自己确定的"教育大纲"和自己编写的"教材"所预期的那一个男人或女人了。当然，我指的是心灵方面和人格方面。

四十多岁的我，看我自己和我周围人们的童年、少年和青年时期，仿佛翻阅了一册册"品行记录"。其上所载全是我们自己对自己的评语和希望。我的小学同学、中学同学、兵团知青战友，无论今天在社会地位坐标上显示出是怎样的人，其在心灵和人格方面的基本倾向，几乎全都一如当年。如果改变恐怕只有到了老年，因为老年时期是人的二番童年的重新开始。在这一点上，"返老还童"有普遍的意义。老年人，也许只有老年人，在临近生命终点的阶段，积一生几十年之反省的力量，才可能彻底否定自己对自己教育的失误。而中年人往往不能。中年人之大多数，几乎都可悲地执迷于早期自我教育的"原则"中东突西撞，无可奈何。

童年的我曾是一个口吃得非常厉害的孩子，往往一句话说不出来，"啊啊呀呀"半天，憋红了脸还是说不出来。我常想我长大了可不能这样。父母为我犯愁却不知怎么办才好。我决定自己"拯救"我自己。这是一个漫长的"计划"。基本实现这一"计划"，我用了三十余年的时间。

少年时的我曾是一个爱撒谎的孩子，总企图靠谎话推掉我对某件错事的责任。

青年时期的我曾受过种种虚荣的不可抗拒的诱惑，而且嫉妒之心十分强烈。我常常竭力将虚荣心和嫉妒心成功地掩饰起来。每每也确实掩饰得很成功，但这成功却是拿虚伪换来的。

幸亏上帝在我的天性中赋予了一种细敏的羞耻感。靠了这一种羞耻感我才能够常常嫌恶自己。而我自己对自己的劣点的嫌恶，则从心灵的人格方面"拯救"了我自己。否则，我无法想象——一个少年时爱撒谎，青年时虚荣、嫉妒且虚伪的人，四十多岁的时候会成为一个怎样的男人？

所以，我对"自己教育自己"这句话深有领悟。它是我的人生信条之一。最主要的也是最重要的、首位的人生信条。

我想，"自己教育自己"，体现着人对自己的最大爱心，对自己的最高责任感。在这一点上，我们不能指望别人对我们比我们自己对自己更有义务。一个连这一种义务都丧失了的人，那么，便首先是一个连自己都不爱的人了。一个连自己都不爱的人，那么，他或她对异性的爱，其质量都肯定是低劣的。

我想，我们每个人生来都被赋予了一根具有威严性的"教鞭"。它是我们人类天性之中的羞耻感。它使我们区别于一切兽类和禽类。我们唯有靠了它才能够有效地对自己实施心灵和人格方面的教育。通常我们将它寄放在叫作"社会文明环境"的匣子里。它是有可能消退也有可能常新的一种奇异的东西。我们久不用它，它就消退了。我们常用它指斥自己的心灵，它便是常新的。每一次我们自己对自己的心灵的指斥，都会使我们的羞耻感变得更加细敏而不至于麻木，都会使它更具有权威性而不至于丧失。它的权威性是摒除我们心灵里假丑恶的最好的工具，如果我们长久地将它寄存在"社会文明环境"这个匣子里不用，那么它过不了多久便会烂掉。因为那"匣子"本身，永远不是纯洁的真空。

我对自己的心灵进行"自我教育"的时间，肯定将比我用意志校正自己口吃的时间长得多，因为我现在还在这样。但其"成果"，则比我校正自己口吃的"成果"相差甚远。在四十五岁的我的内心里，仍有许多腌腌臜臜的东西及某些丑陋的"寄生虫"。我的人格的另一面，依然是偏狭的，嫉名妒利的，暗求虚荣的，乃至无可奈何地虚伪着的，还有在别人遭到挫败时的卑劣的幸灾乐祸和快感。

有人肯定会认为像我这样活着太累。其实我的体会恰恰相反。内心里多一份真善美，我对自己的满意便增加一层。这带给我的更是愉悦。内心里多一份假丑恶，我对自己的不满意、沮丧、嫌恶乃至厌恶也便增加一层。人连对自己都不满意的时候还能满意谁满意什么？人连对自己都很厌恶的话又哪有什么美好的人生时光可言？

至今我仍是一个活在"好人山"之山脚下的人，仍是一个活在"坏人坑"之坑边上的人。在"山脚下"和"坑边上"两者之间，我手执人的羞耻感这一根"教鞭"，比以往任何时候都更加"师道尊严"地教诲我自己这一个"学生"。我深知我不是在"坑"内而是在"坑"边上，所幸全在于此。因为，从童年到少年到青年到现在，我受过的欺骗，遭到过的算计、陷害和突然袭击，多少次完全可能使我脚跟不稳身子一晃，索性栽入"坏人坑"里索性坏起来。在兵团、在大学、在京都文坛，有几次陷害和袭击，对我的来势几乎是置于死地的。

可我至今仍活在"好人山"边儿上，有时细想想，这真不容易啊！

每个人的心灵都是一处院落。在未来的日子里，有许多人将会教给我们许多谋生的技艺和与人周旋的技巧。但为我们的心灵充当园丁的人，将很少很少。羞耻感这根人借以自己教诲自己的"教鞭"，正大批地消退着，或者腐烂着。

朋友，如果你是爱自己的，如果你和我一样，存在于"山"之脚下和"坑"之边上，那么，执起"教鞭"吧……

偶思欲望

人皆有欲望。

我们谈的是欲望。不是在谈欲。

欲是本能。

欲望乃是超越于本能的精神活动。这一种精神活动，往往会变成强烈又伟大的精神冲动。它远非本能的满足所能抑制和限制。

欲与欲望的区别，好比性与爱情的区别，更好比洗澡与水上芭蕾的区别。

人类停止在欲的满足方面，这世界的变化也就戛然而止了。

一个家庭也有欲望。一个社团也有欲望。一个民族也有欲望。一个国家也有欲望。人类不可能没有欲望，因为具体的人都是有欲望的。人类不可以没有欲望，因为人类也是仰仗着自身的欲望进化、进步和文明起来的。一个家庭，一个社团，只有依赖了成员们欲望的一致性而凝聚而各尽其能，才可实现追求之目标。一个民族也是这样。一个国家也是这样。

家庭是靠了家长来统一欲望实现欲望的。社团是靠了核心成员起这种作用的。民族和国家是靠了领袖与杰出的政治人物起这种作用的。共同的欲望的实现，需要确立和维护某种权威。缺少权威的引导，共同的欲望难以实现。共同的欲望既难以实现，多数人的欲望的质量必大受影响。

欲望当然有好坏之分。好的欲望其实便是理想。坏的欲望其实便是野心。一个人产生坏的欲望，极易滑向犯罪的道路。一个家庭由种种坏的欲望氤氲一片，极易使家庭这个温馨之所变成罪恶之窝。一个社团由坏的欲望所凝聚，将对社会造成危害。一个民族一个国家由坏的欲望统治，则必危害全人类的和平。

因而一个具体人的欲望，是须时时自觉地用理智进行审省、判断和控制的。一个产生了又坏又强烈的欲望的人，一个这样的人而不能够审省、判断自己欲望的好坏，并且不能够控制它，那么这个人对别人是危险的人。一个社团，一个民族，一个国家，也都是这样。

如果说欲望也就是目的，我们就应该明白，每一种欲望的达到，几乎都是以放弃另一种或另几种欲望为代价的，或者是以放弃另一部分来实现某一部分。一般而言，在实现欲望的过程中，理想的原则是不适用的。甚至，首先是要被放弃的。

大多数儿童是彻底的"理想主义者"。他们企图实现或获得，一心所求往往是全部。所以儿童们常会陷入此种两难之境——当他们把手伸入细颈陶罐掏取什么的时候，他们的手几乎都贪婪地抓得满满的。结果他们连自己的手也被卡住抽不出来了。他们要么会急得大哭起来，要么会发脾气将陶罐打破。哭是没用的。流再多的眼泪也不如放下去一点儿想得到的东西。而将陶罐打破，类似于杀鸡取卵……

真正的理想主义者，是善于控制欲望的人。他们面对欲望，好比是有良好教养的人在宴会上的表现。每样东西都在面前，但他们只取适量的东西。他们明白这样一个道理——之所以还有他们的一份儿转过去又转回来了，乃因餐厅里有秩序。餐厅里有秩序，乃因许多人都和他一样，在控制着自己的欲望。否则，餐刀餐叉，顷刻将会变成进攻的武器……

改革开放是大多数中国人的共同欲望。这是好的欲望，因而是理想。

既是理想，当然时时须以理智加以审省和检验。谁也不能说"大跃进"不是好的欲望不是理想。但"大跃进"是不理智的，是儿童式的欲望。

好的欲望共同的理想，往往也会因不理智的因素而走向反面。

勿使民族和国家的好的欲望走向反面——政治家的最高责任和最大光荣，正体现在这一点上。

政治家是民族和国家的头脑。

这个头脑发烧了，全民族和整个国家就"打摆子"。

这个头脑始终清醒着，乃是民族和国家的幸运。

商业时代的初期，人们的种种欲望皆被空前刺激起来。这一个时期的人类欲望，具有极其贪婪的色彩。如何使剧烈膨胀着的个人欲望，凝聚为民族和国家的共同理想，是时代的艰难使命。时代完不成这一使命，时代将走向反面。当许许多多的手都伸入细颈陶罐，都抓得满满的，都不愿放下一点点东西，都被卡住了抽不出来，陶罐是很容易被弄碎的。在此种情况下，少数人的理智已经难起什么作用了……

"宏观调控"是一种理智。"反腐倡廉"是一种理智。加强法制建设是一种理智。扶贫救困是一种理智。"下岗"再就业措施是一种理智……所幸都不甚晚！

人和欲望的几种关系

　　人生伊始，原本是没有什么欲望的。饿了，渴了，冷了，热了，不舒服了，啼哭而已。那些都是本能，啼哭类似信号反应。人之初，宛如一台仿生设备——肉身是外壳；五脏六腑是内装置；大脑神经是电路系统。而且连高级"产品"都算不上的。

　　到了两三岁时，人开始有欲望了。此时人的欲望，还是和本能关系密切。因为此时的人，大抵已经断奶。既断奶，在吃喝方面，便尝到了别种滋味。对口感好的饮食，有再吃到、多吃到的欲望了。

　　若父母说，宝贝儿，坐那儿别动，给你照相呢，照完相给你巧克力豆豆吃，或给你喝一瓶"娃哈哈"……那么两三岁的小人儿便会乖乖地坐着不动。他或她，对照不照相没兴趣，但对巧克力豆豆或"娃哈哈"有美好印象。那美好印象被唤起了，也就是欲望受到撩拨，对他或她发生意识作用了。

　　在从前的年代，普通百姓人家的小孩儿能吃到能喝到的好东西实在是太少了。偶尔吃到一次喝到一次，印象必定深刻极了。所以倘有非是父母的大人，出于占便宜的心理，手拿一块糖或一颗果子对他说："叫爸，叫爸给你吃！"他四下瞅，见他的爸并不在旁边，或虽在旁边，并没有特别反对的表示，往往是会叫的。

　　小小的他知道叫别的男人"爸"是不对的，甚至会感到羞耻。那是人的最初的羞耻感，很脆弱的。正因为太脆弱了，遭遇太强的欲望的挑战，通常总是很容易瓦解的。

此时的人跟动物是没有什么大区别的。人要和动物有些区别，仅仅长大了还不算，更需看够得上是一个人的那种羞耻感形成得如何了。

能够靠羞耻感抵御一下欲望的诱惑力，这时的人才能说和动物有了第一种区别。而这第一种区别，乃是人和动物之间的最主要的一种区别。

这时的人，已五六岁了。五六岁的人仍是小孩儿，但因为他小小的心灵之中有羞耻感形成着了，那么他开始是一个人了。

如果一个与他没有任何亲缘关系可言的男人如前那样，手拿一块糖或一颗果子对他说："叫爸，叫爸给你吃！"那个男人是不太会得逞的。如果这五六岁的孩子的爸爸已经死了，或虽没死，活得却不体面，比如在服刑吧——那么孩子会对那个男人心生憎恨的。

五六岁的他，倘非生性愚钝，心灵之中则不但有羞耻感形成着，还有尊严形成着了。对于人性，羞耻感和尊严，好比左心室和右心室，彼此联通。刺激这个，那个会有反应；刺激那个，这个会有反应。只不过从左至右或从右至左，流淌的不是血液，而是人性感想。

挑逗五六岁小孩儿的欲望是罪过的事情。在从前的年代，无论城市里还是农村里，类似的痞劣男人和痞劣现象，一向是不少的。表面看是想占孩子的便宜，其实是为了在心理上占孩子的母亲一点儿便宜，目的若达到了，便觉得类似意淫的满足……

据说，即使现在的农村，那等痞劣现象也不多了，实可喜也。

接着还说人和欲望的关系。

五六岁的孩子，欲望渐多起来。欲望说白了就是"想要"，而"想要"是因为看到别人有。对于孩子，是因为看到别的孩子有。一件新衣，一双新鞋，一种新玩具，甚或仅仅是别的孩子养的一只小猫、小狗、小鸟，自己没有，那想要的欲望，都将使孩子梦寐以求，备受折磨。

记得我上小学的前一年，母亲带着我去一位副区长家里，请求对方在一份什么救济登记表上签字。那位副区长家住的是一幢漂亮的俄式房子，独门独院，院里开着各种各样赏心悦目的花儿；屋里，墙上悬挂着俄罗斯风景和人物油画，这儿那儿还摆着令我大开眼界的俄国工艺品。原来有的人的家院可以那么美好，令我羡慕极了。然而那只不过是起初的一种羡慕；我的心随之被更大的羡慕胀满了，因为我又发现了一只大猫和几只小猫——它们共同卧在壁炉前的一块地毯上；大猫在舔一只小猫的脸，另外几只小猫在嬉闹，亲情融融……

回家的路上，母亲心情变好，那位副区长终于在登记表上签字了。我却低垂着头，无精打采，情绪糟透了。

母亲问我怎么了？

我鼓起勇气说："妈，我也想养一只小猫。"

母亲理解地说："行啊，过几天妈为你要一只。"

母亲的话像一只拿着湿抹布的手，将我头脑中那块"印象黑板"擦了个遍。漂亮的俄式房子、开满鲜花的院子、俄国油画以及令我大开眼界的工艺品，全被擦光了，似乎是我的眼根本就不曾见过的了。而那些猫们的印象，却反而越擦越清楚了似的……

不久，母亲兑现了她的诺言。而自从我也养着一只小猫了，我们的破败的家，对于学龄前的我，也是一个充满快乐的家了。

欲望对于每一个人，皆是另一个"自我"，第二"自我"。它也是有年龄的，比我们晚生了两三年而已。如同我们的弟弟，如同我们的妹妹。如果说人和弟弟妹妹的良好关系是亲密，那么人和欲望的关系则是紧密。良好也紧密，不良好也紧密，总之是紧密。人成长着，人的欲望也成长着。人只有认清了它，才能算是认清了自己。常言道："知人知面难知心。"知人何难？其实，难就难在人心里的某些欲望有时是被人压抑住的，处于长期的潜伏状态。除了自己，别人是不太容易察觉的。欲望也是有年龄阶段的，那么当然也分儿童期、少年期、青年期、中年期、老年期和生命末期。

儿童期的欲望，像儿童一样，大抵表现出小小孩儿的孩子气。在对人特别重要的东西和使人特别喜欢的东西之间，往往更青睐于后者。

当欲望进入少年期，情形反过来了。

伊朗电影《小鞋子》比较能说明这一点：全校赛跑第一名，此种荣耀无疑是每一个少年都喜欢的。作为第一名的奖励，一次免费旅游，当然更是每一个少年喜欢的。但，如果丢了鞋子的妹妹不能再获得一双鞋子，就不能一如既往地上学了。作为哥哥的小主人公，当然更在乎妹妹的上学问题。所以他获得了赛跑第一名后，反而伤心地哭了。因为获得第二名的学生，那奖品才是一双小鞋子……

明明是自己最喜欢的，却不是自己竭尽全力想要获得的；自己竭尽全力想要获得的，却并不是为了自己拥有……

欲望还是那种强烈的欲望，但"想要"本身发生了嬗变。人在五六岁小小孩儿时经常表现出的一门心思的我"想要"，变成了表现在一个少年身上的一门心思的我为妹妹"想要"。

于是亲情责任介入到欲望中了。亲情责任是人生关于责任感的初省。人其后的一切责任感，皆由此而发散和升华。发散遂使人生负重累累，升华遂成大情怀。

有一个和欲望相关的词是"知慕少哀"。一种解释是，引起羡慕的事多多，反而很少有哀愁的时候了。另一种解释是，因为"知慕"了，所以虽为少年，心境每每生出哀来了。我比较同意另一种解释，觉得更符合逻辑。比如《小鞋子》中的那少年，他看到别的女孩子脚上有鞋穿，哪怕是一双普普通通的旧鞋子，那也肯定会和自己的妹妹一样羡慕得不得了。假如妹妹连做梦都梦到自己终于又有了一双鞋子可穿，那么同样的梦他很可能也做过的。一双鞋子，无论对于妹妹还是对于他，都是得到实属不易之事，他怎么会反而少哀呢？

我这一代人中的大多数，在少年时都曾盼着快快成为青年。这和当今少男少女们不愿长大的心理，明明是青年了还自谓"我们男孩""我们女孩"是截然相反的。

以我那一代人而言，绝大多数自幼家境贫寒，是青年了就意味着是大人了。是大人了，总会多几分解决现实问题的能力了吧？对于还是少年的我们那一代人，所谓"现实问题"，便是欲望困扰，欲望折磨。部分因自己"想要"，部分因亲人"想要"。合在一起，其实体现为家庭生活之需要。

所以中国民间有句话是——穷人的孩子早当家。早当家的前提是早"历事"。早"历事"的意思无非就是被要求摆正个人欲望和家庭责任的关系。

这样的一个少年，当他成为青年的时候，在家庭责任和个人欲望之间，便注定了每每地顾此失彼。

就比如求学这件事吧，哪一个青年不懂得要成才，普遍来说就得考大学这一道理呢？但我这一代中，有为数不少的人当年明明有把握考上大学，最终却自行扼死了上大学的念头。不是想上大学的欲望不够强烈，而是因为是长兄，是长姐，不能不替父母供学的实际能力考虑，不能不替弟弟妹妹考虑他们还能否上得起学的问题……

当今的采煤工，十之八九来自农村，皆青年。倘问他们每个人的欲望是什么，回答肯定相当一致——多挣点儿钱。

如果他们像孙悟空似的是从石头缝里蹦出来的，除了对自己负责，不必再对任何人怀揣责任，那么他们中的大多数也许就不当采煤工了。干什么还不能光明正大地挣几百元钱自给自足呢？为了多挣几百元钱而终日冒生命危险，并不特别划算啊！但对家庭的责任已成了他们的欲望。

他们中有人预先立下遗嘱——倘若自己哪一天不幸死在井下了，生命补偿费多少留给父母做养老钱，多少留给弟弟妹妹做学费，多少留给自己所爱的姑娘，一笔笔划分得一清二楚。

据某报的一份调查统计显示——当今的采煤工，尤其黑煤窑雇用的采煤工，独生子是很少的，已婚做了丈夫和父亲的也不太多。更多的人是农村人家的长子，父母年迈，身下有少男少女的弟弟妹妹……

责任和欲望重叠了，互相渗透了，混合了，责任改革了欲望的性质，欲望使责任也某种程度地欲望化了，使责任仿佛便是欲望本身了。这样的欲望现象，这样的青年男女，既在古今中外的人世间比比皆是，便也在古今中外的文学作品中屡屡出现。

比如老舍的著名小说《月牙儿》中的"我"，一名四十年代的女中学生。"我"出生于一般市民家庭，父母供"我"上中学是较为吃力的。父亲去世后，"我"无意间发现，原来自己仍能继续上学，竟完全是靠母亲做私娼。母亲还有什么人生欲望吗？有的。那便是——无论如何也要供女儿上完中学。母亲于绝望中的希望是——只要女儿中学毕业了，就不愁找不到一份好工作，嫁给一位好男人。而只要女儿好了，自己的人生当然也就获得了拯救。说到底，她那时的人生欲望，只不过是再过回从前的小市民生活。她个人的人生欲望，和她一定要供女儿上完中学的责任，已经紧密得根本无法分开。正所谓"皮之不存，毛将焉附"。

而作为女儿的"我"，她的人生欲望又是什么呢？眼见某些早于她毕业的女中学生不惜做形形色色有脸面有身份的男人们的姨太太或"外室"，她起初是并不羡慕的，认为是不可取的选择。她的人生欲望，也只不过是有朝一日过上比父母曾经给予她的那种小市民生活稍好一点儿的生活罢了。但她怎忍明知母亲在卖身而无动于衷呢？于是她退学了，工作了，打算首先在生存问题上拯救母亲和自己，然后再一步步实现自己的人生欲望。这时"我"的人生欲望遭到了生存问题的压迫，与生存问题重叠了，互相渗透了，混合了。对自己和对母亲的首要责任，改变了她心中欲望的性质，使那一种责任欲望化了，仿佛便是欲望本身了。人生在世，生存一旦成了问题，哪里还谈得上什么其他的欲望呢？"我"是那么令人同情，因为最终连她自己也成了妓女……

比"我"的命运更悲惨，大约要算哈代笔下的苔丝。苔丝原是英国南部一个小村庄里的农家女，按说她也算是古代骑士的后人，她的家境败落是由于她父亲懒惰成性和嗜酒如命。苔丝天真无邪而又美丽，在家庭生活窘境的迫使之下，不得不到一位富有的远亲家去做下等佣人。一个美丽的姑娘，即使是农家姑娘，那也肯定是有自己美好的生活憧憬的。远亲家的儿子亚雷克对她的美丽表现出了极大的兴趣，这使苔丝也梦想着与亚雷克发生爱情，并由此顺理成章地成为亚雷克夫人。欲望之对于单纯的姑娘们，其产生的过程也是单纯的。正如欲望之对于孩子，本身也难免具有孩子气。何况苔丝正处于青春期，荷尔蒙使她顾不上掂量一下自己想成为亚雷克夫人的欲望是否现实。亚雷克果然是一个坏小子，他诱惑了她，玩弄够了她，使她珠胎暗结之后理所当然地抛弃了她。

分析起来，苔丝那般容易地就被诱惑了，乃因她一心想成为亚雷克夫人的欲望，不仅仅是一个待嫁的农家姑娘的个人欲望，也由于家庭责任使然，因为她有好几个弟弟妹妹。她一厢情愿地认为，只要自己成为亚雷克夫人，弟弟妹妹也就会从水深火热的苦日子里爬出来了……

婴儿夭折，苔丝离开了家，在一处乳酪农场当起了一名挤奶员。美丽的姑娘，无论在哪儿都会引起男人的注意。这一次她与牧师的儿子安杰尔·克亚双双坠入情网，彼此产生真爱。但在新婚之夜，当她坦白往事后，安杰尔却没谅解她，一怒之下离家出走……

苔丝一心一意盼望丈夫归来。而另一边，父亲和弟弟妹妹的穷日子更过不下去了。坐视不管是苔丝所做不到的，于是她在接二连三的人生挫折之后，满怀屈辱地又回到了亚雷克身边，复成其性玩偶。

当她再见到回心转意的丈夫时，新的人生欲望促使她杀死了亚雷克。夫妻二人开始逃亡，幸福似乎就在前边，在国界的另一边。然而在一天拂晓，在国境线附近，他们被逮捕了。苔丝的欲望，终结在断头台上……

如果某些人的欲望原本是寻常的，是上帝从天上看着完全同意的而人在人间却至死都难以实现它，那么证明人间出了问题。这一种人间问题，即我们常说的"社会问题"。"社会问题"竟将连上帝都同意的某部分人那一种寻常的欲望锤击得粉碎，这是上帝所根本不能同意的。

从这个意义上说，人类和宗教的关系，其实也是和普世公理的关系。倘政治家们明知以上悲剧，而居然不难过，不作为，不竭力扭转和改变状况，那么就不配被视为政治家，当他们是政客也还高看了他们……

但欲望将人推上断头台的事情，并不一概是由所谓"社会问题"而导致。司汤达笔下的于连的命运说明了此点。于连的父亲是市郊小木材厂的老板，父子相互厌烦。他有一个哥哥，兄弟关系冷漠。这一家人过得是比富人差很多却又比穷人强很多的生活。于连却极不甘心一辈子过那么一种生活，尽管那一种生活肯定是《月牙儿》中的"我"和苔丝们所盼望的。于连一心要成为上层人士，从而过"高尚"的生活。不论在英国还是法国，不论在从前还是现在，总而言之在任何时候，在任何一个国家，那一种生活一直属于少数人。相对于那一种"高尚"的生活，许许多多世人的生活未免太平常了。而平常，在于连看来等于平庸。如果某人有能力成为上层人士，上帝并不反对他拒绝平常生活的志向。但由普通而"上层"，对任何普通人都是不容易的。只有极少数人顺利爬了上去，大多数人到头来发现，那对自己只不过是一场梦。

于连幻想通过女人实现那一场梦。他目标坚定，专执一念。正如某些女人幻想通过嫁给一个有权有势的男人改变生为普通人的人生轨迹。

于连梦醒之时，已在牢狱之中。爱他的侯爵的女儿玛特尔替他四处奔走，他本是可以免上断头台的。毫无疑问，若以今天的法律来对他的罪过量刑，判他死刑肯定是判重了。

表示悔过可以免于一死。于连拒绝悔过。因为即使悔过了，他以后成为"上层人士"的可能也等于零了。

既然在他人生目标的边上，命运又一巴掌将他扇回到普通人的人生中去了，而且还成了一个有犯罪记录的普通人，那么他宁肯死。结果，断头台也就斩下了他那一颗令不少女人芳心大动的头……

《红与黑》这一部书，在中国，在二十世纪八十年代前，一直被视为一部思想"进步"的小说，认为是所谓"批判现实主义"的。但这分明是误读，或者也可以说是中国式的意识形态所故意左右的一种评论。

英国当时的社会自然有很多应该进行批判的弊病，但于连的悲剧却主要是由于没有处理好自己和自己的强烈欲望的关系。事实上，比之于苔丝，他幸运百倍。他有一份稳定的工作和一份稳定的收入，他的雇主们也都对他还算不错。不论市长夫人还是拉莫尔侯爵，都曾利用他们在上层社会的影响力栽培过他……

《红与黑》中有些微的政治色彩，然司汤达所要用笔揭示的显然不是革命的理由，而是一个青年的正常愿望怎样成为唯此为大的强烈欲望，又怎样成为迫待实现的野心的过程……

"我"是有理由革命的。苔丝也是有理由革命的。因为她们只不过要过上普通人的生活，社会却连这么一点儿努力的空间都没留给她们。

革命并不可能使一切人都由此而理所当然地成为"上层人士"，所以于连的悲剧不具有典型的社会问题的性质。

对于我们每一个人，愿望是这样一件事——它存在于我们心中，我们为它脚踏实地来生活，具有耐心地接近它。而即使没有实现，我们还可以放弃，将努力的方向转向较容易实现的别种愿望……

而欲望却是这样一件事——它以愿望的面目出现，却比愿望脱离实际得多；它暗示人它是最符合人性的，却一向只符合人性最势利的那一部分；它怂恿人可以为它不顾一切，却将不顾一切可能导致的严重人生后果加以蒙蔽；它像人给牛拴上鼻环一样，也给人拴上了看不见的鼻环，之后它自己的力量便强大起来，使人几乎只有被牵着走，而人一旦被它牵着走了，反而会觉得那是活着的唯一意义；一旦想摆脱它的控制，却又感到痛苦，使人心受伤，就像牛为了行动自由，只得忍痛弄豁鼻子……

以我的眼看现在的中国，绝大多数的青年男女，尤其是受过高等教育的青年男女，他们所追求的，说到底其实仍属于普通人的一生目标，无非一份稳定的工作，两居室甚或一居室的住房而已。但因为北京是首都，是知识者从业密集的大都市，是寸土寸金房价最贵的大都市，于是使他们的愿望显出了欲望的特征。又于是看起来，他们仿佛都是在以于连那么一种实现欲望的心理，不顾一切地实现他们的愿望。

这样的一些青年男女和北京这样一个是首都的大都市，互为构成中国的一种"社会问题"。但北京作为中国首都，它是没有所谓退路的，有退路可言的只是青年们一方。也许，他们若肯退一步，另一片天地会向他们提供另一些人生机遇。但大多数的他们，是不打算退的。所以这一种"社会问题"，同时也是一代青年的某种心理问题。

司汤达未尝不是希望通过《红与黑》来告诫青年应理性对待人生；但是在中国，半个多世纪以来，于连却一直成为野心勃勃的青年们的偶像。

文学作品的意义走向反面，这乃是文学作品经常遭遇的尴尬。

当人到了中年，欲望开始裹上种种伪装。因为中年了的人们，不但多少都有了一些与自己的欲望相伴的教训和经验，而且多少都有了些看透别人欲望的能力。既然知彼，于是克己，不愿自己的欲望也同样被别人看透。因而较之于青年，中年人对待欲望的态度往往理性得多。绝大部分的中年人，由于已经为人父母，对儿女的那一份责任，使他们不可能再像青年们一样不顾一切地听凭欲望的驱使。即使他们内心里仍有某些欲望十分强烈地存在着，那他们也不会轻举妄动，结果比青年压抑，比青年郁闷。而欲望是这样一种"东西"，长久地压抑它，它就变得若有若无了，它潜伏在人心里了。继续压抑它，它可能真的就死了。欲望死在心里，对于中年人，不甘心地想一想似乎是悲哀的事，往开了想一想却也未尝不是幸事。"平平淡淡才是真"这一句话，意思其实就是指少一点儿欲望冲动，多一点儿理性考虑而已。

但是，也另有不少中年人，由于身处势利场，欲望仍像青年人一样强烈。因为在势利场上，刺激欲望的因素太多了。诱惑近在咫尺，不由人不想入非非。而中年人一旦被强烈的欲望所左右，为了达到目的，每每更为寡廉鲜耻。这方面的例子，我觉得倒不必再从文学作品中去寻找了。仅以一九四九年后的中国而论，政治运动频繁不止，波澜惊心，权争动魄，忽而一些人身败名裂，忽而一些人鸡犬升天，今天这伙人革那伙人的命，明天那伙人革这伙人的命，说穿了尽是个人野心和欲望的搏斗。为了实现野心和欲望，把整个人世间弄得几乎时刻充满了背叛、出卖、攻击、陷害、落井下石、尔虞我诈……

"文革"结束，当时的佛教协会会长赵朴初曾发表过一首曲，有两句是这样的：

> 君不见小小小小的"老百姓"，却是大大大大的野心家；
> 夜里演戏叫作"旦"，叫作"净"，都是满脸大黑花……

其所勾勒出的也是中国特色的欲望的浮世绘。

绝大多数青年因是青年，一般爬不到那么高处的欲望场上去。侥幸爬将上去了，不如中年人那么善于掩饰欲望，也会成为被利用的对象。青年容易被利用，十之七八由于欲望被控制了。而凡被利用的人，下场大抵可悲。

若以为欲望从来只在男人心里作祟，大错特错也。

女人的心如果彻底被欲望占领，所作所为将比男人更不理性，甚而更凶残。最典型的例子是《圣经故事》中的莎乐美。莎乐美是希律王和他的弟妻所生的女儿，备受希律王宠爱。不管她有什么愿望，希律王都尽量满足她，而且一向能够满足她。这样受宠的一位公主，她就分不清什么是自己的愿望，什么是自己的欲望了。对于她，欲望即愿望。而她的一切愿望，别人都是不能说的。她爱上了先知约翰，约翰却一点儿也不喜欢她。正所谓落花有意，流水无情。依她想来，"世上溜溜的男子，任我溜溜地求"。爱上了哪一个男子，是哪一个男子的造化。约翰对她的冷漠，反而更加激起了她对他的占有欲望。机会终于来了，在希律王生日那天，她为父王舞蹈助娱。希律王一高兴，又要奖赏她，问她想要什么？她异常平静地说："我要仆人把约翰的头放在盘子上，端给我。"希律王明知这一次她的"愿望"太离谱了，却为了不扫她的兴，把约翰杀了。莎乐美接过盘子，欣赏着约翰那颗曾令她神魂颠倒的头，又说："现在我终于可以吻到你高傲的双唇了。"

愿望是以不危害别人为前提的心念。欲望则是以占有为目的的一种心念。当它强烈到极点时，为要吸一支烟，或吻一下别人的唇，斩下别人的头也在所不惜。

莎乐美不懂二者的区别，或虽懂，认为其实没什么两样。当然，因为她的不择手段，希律王和她自己都受到了神的惩罚……

罗马神话中也有一个女人，欲望比莎乐美还强烈，叫美狄亚。美狄亚的欲望，既和爱有关，也和复仇有关。

美狄亚也是一位公主。她爱上了途经她那一国的探险英雄伊阿宋。伊阿宋同样是一个欲望十分强烈的男人。他一心完成自己的探险计划，好让全世界佩服他。美狄亚帮了他一些忙，但要求他成为自己的丈夫，并带她偷偷离开自己的国家。伊阿宋和约翰不同，他虽然并不爱美狄亚，却未说过"不"。他权衡了一下利益得失，答应了。于是一个男人和一个女人的欲望，达成了相互心照不宣的交换。

当他们逃走后，美狄亚的父王派她的弟弟追赶，企图劝她改变想法。不待弟弟开口，她却一刀将弟弟杀死，还肢解了弟弟的尸体，东抛一块西抛一块。因为她料到父亲必亲自来追赶，那么见了弟弟被分尸四处，肯定会大恸悲情，下马拢尸，这样她和心上人便有时间摆脱追兵了。她以歹毒万分的诡计"恶搞"伊阿宋的当然也是她自己的权力对头——使几位别国公主亲手杀死她们的父王，剁成肉块，放入锅中煮成了肉羹，却拒绝如她所答应的那样，运用魔法帮公主们使她们的父亲返老还童，而且幸灾乐祸。这样的妻子不可能不令丈夫厌恶。坐上王位的伊阿宋抛弃了她，决定另娶一位王后。在婚礼的前一天，她假惺惺地送给了丈夫的后妻一顶宝冠，而对方一戴在头上，立刻被宝冠喷出的毒火活活烧死。并且她亲手杀死了自己和丈夫的两个儿子，为的是令丈夫痛不欲生……

古希腊的戏剧家，在他们创作戏剧中，赋予了这一则神话现实意义。美狄亚不再是善巫术的极端自我中心的公主，而是一位普通的市民阶层的妇女，为的是使她的被弃也值得同情，但还是保留了她烧死情敌杀死自己两个亲子的行径。可以说，在古希腊，在古罗马，美狄亚是"欲望"的代名词。

虽然我是男人，但我宁愿承认——事实上，就天性而言，大多数女人较之大多数男人，对人生毕竟是容易满足的；在大多数时候，在大多数情况下，也毕竟是容易心软起来的。

势力欲望也罢，报复欲望也罢，物质占有欲望也罢，情欲、性欲也罢，一旦在男人心里作祟，结成块垒，其狰狞才尤其可怖。

人老矣，欲衰也。人不是常青树，欲望也非永动机，这是由生命规律所决定的，没谁能跳脱其外。一位老人，倘还心存些欲望的话，那些欲望差不多又是儿童式的了，还有小孩子那种欲望的无邪色彩。故孔子说："七十而从心所欲，不逾矩。"意思是还有什么欲望念头，那就由着自己的性子去实现吧，大可不必再压抑着了，只不过别太出格。对于老人们，孔子这一种观点特别人性化。孔子说此话时，自己也老了，表明做了一辈子人生导师的他，对自己是懂得体恤的。

"老夫聊发少年狂"，便是老人的一种欲望宣泄。

但也确有些老人，头发都白了，腿脚都不方便了，思维都迟钝了，还是觊觎势利，还是沽名钓誉，对美色的兴趣还是不减当年。所谓"为老不尊"，其实是病，心理方面的。仍恋权柄，由于想象自己还有能力摆布时局，控制云舒云卷；仍好美色，由于恐惧来日无多，企图及时行乐，弥补从前的人生损失。两相比较，仍好美色正常于仍恋权柄，因为更符合人性。"虎视眈眈，其欲逐逐"，这样的老人，依然可怕，亦可怜。

人之将死，心中便仅存一欲了——不死，活下去。

人咽气了，欲望戛然终结，化为乌有。

西方的悲观主义人生哲学，说来道去，归根结底就是一句话——欲望令人痛苦；禁欲亦苦；无欲，则人非人。

那么积极一点儿的人生态度，恐怕也只能是这样——伴欲而行，不受其累；"己所不欲，勿施于人"。从年轻的时候起，就争取做一个三分欲望，七分理性的人。

"三七开"并不意味着强调理性，轻蔑欲望，乃因欲望较之于理性，更有力量。好比打仗，七个理性兵团对付三个欲望兵团，差不多能打平手。

人生这种情况下，才较安稳……

钉子断想

钉子——大人孩子，全知道是什么。

我小时候，常到建筑工地去捡废钉子，也就是用过的，又被起下来丢弃的钉子。清楚地记得，一斤废钉子二角四分钱。几乎是废品中除了铜以外最贵的。二角四分钱能买一本一百余页的小人书。不过，捡一斤废钉子并不容易，有时一天才能捡到几根。一斤废钉子起码五六十根。倘捡到虽弯曲了，但却新着的钉子，其实是舍不得当废钉子卖的。家家都经常有急需一根钉子用的情况……

也偷过新钉子。趁工人叔叔不备，从人家工具箱里抓起一根就跑。明知是偷的行径，便不敢多抓，仅仅抓起一根而已。倘抓一把，工人叔叔是要急的，必追赶。被逮着，一顿当众的羞辱也是够受的。

一把削铅笔的小刀一角钱。偷钉子是为了做一把削铅笔的小刀。要偷最大型号的，一寸半或二寸长的。偷到手，便去铁路线那儿，摆在铁轨上。经火车轮一压，钉子就扁了。压扁了的钉子，在砖上或水泥台阶上一磨，一把削铅笔的小刀就成了……

在某些小说和电影，包括某些革命题材的小说和电影中，钉子是重要的情节载体。主人公们就是靠了一根钉子越狱成功的。

在中国的传统戏剧中，钉子也是重要的情节载体。比如京剧《钓金龟》中，弟弟就是被见财起歹心的哥哥嫂子合谋杀害的，趁弟弟熟睡，将一根大钉子从弟弟百会穴处钉入弟弟脑中，致弟弟于死地……

包公案中也有类似的情节——包公审一命案，百思不得其解。忽一日捕快头建议——"老爷可散开死者发髻，也许会发现死者是被钉死的。"包公依言，于是案破。于是进而犯了疑惑，问捕快头怎么会想到这一点？捕快头从实招来，是自己老婆指点的。问那女人可是捕快头的原配之妻。答非原配。问其前夫怎么死的，答不明暴症而亡。包公听罢，心中已作出了七分判断，命速将那女人传来，当堂一审，一吓，女人浑身瑟瑟发抖，从实招了——原来她竟是以同样手段害死自己先夫的……

在小说《双城记》中，关于钉子的一段描写使我留下至今难以磨灭的记忆——暴动的市民在女首的率领之下夜袭监狱，见老更夫躺在监狱门前酣睡着。女首下令杀他，听命者殊不忍，说那老更夫乃是一位善良的好人。但在女首看来，善良的好人一旦醒来，必然呼喊，则必然破了"革命"的大事。于是亲自动手，用铁锤将一根大钉砸入老更夫的太阳穴——后者在浑然不觉中无痛苦地死去。尽管书中写的是"无痛苦"，但我读到那一段时，仍不禁周身血液滞流，一阵冷战……

革命和反革命镇压革命的手段，每每具有同样的残酷性。"你死我活的阶级斗争"这一句话，细思忖之，难免令人不寒而栗……

世界上有四根钉子是最不寻常的——那就是将耶稣基督活活钉死在十字架上的四根钉子。人类中极为众多的一部分一想到他们的信仰之神，肯定便会同时想到那四根钉子。它们被基督徒们视为"圣钉"。它们竟因沾了基督的血而被一部分人牢记着。它们虽被视为"圣钉"，但对于基督徒们来说却意味着一桩耻辱。它们是这世界上唯一直接钉入信仰的物质之物。五百多年前意大利文艺复兴初期的伟大画家曼特尼亚的名画《哀悼基督》中，基督两只脚的脚心和双手之手背上的钉孔被画得触目惊心……

将人钉死在十字架上的残酷做法，似乎是罗马人惯用的。除了基督，他们还钉死过伟大的奴隶战士斯巴达克斯和他六千余名负伤而失去了战斗能力的战友。尽管《斯巴达克斯》这部书中不是这么写的，但在我上中学时，讲世界历史的老师却是这么讲的。并且，《斯巴达克斯》这部电影中，也是这么表现的。故在我少年的思想中，罗马的统治者是极端暴戾的统治者，罗马帝国的军队是极端暴戾的军队。对它后来的衰亡，我一向心怀当代人的幸灾乐祸……

俄国小说《父与子》中写到一位名叫巴扎罗夫的早期革命者。他的职业是乡村医生。但他像鲁迅一样，相信与其治病救人，毋宁先启蒙人们的思想。他明白革命是冒险的必定要饱尝苦难的事业，于是他经常睡在钉满钉子的木板上，就像今天的硬气功师们当众表演气功那样……

二十世纪有一个美国人，他体内被钉了长短三十六根铆钉以后仍活了近二十年。一次车祸几乎使他全身的骨头都不同程度地受损。医生为他做的那一次手术，仿佛用钉子钉牢一只四分五裂的凳子……

法国巴黎蓬皮杜艺术中心的某一展厅内曾展出过大约三四百根崭新的、一寸多长的钉子。那些钉子大约是迄今为止，世界上唯一被"艺术品"化了的一些钉子。丝毫也没有任何其他的艺术性陪衬，更没被加工过。就那么尖端朝外一根根呈扇形摆在水泥地上，摆了几组。而且，单独占据一个不小的展厅。参观者们进入，绕行一圈，默默离去。那一层厅里无人驻足过。

我访法时，曾以虚心求教的口吻问法方翻译："有什么人看出过其中的艺术奥妙？"他摇着头回答："目前还没有。"问艺术"创作"者何人？答曰名气不小。我说我儿子也能摆成那样。他说——但只有一个法国人这么想：自己既可以认为那就是艺术创作，又有勇气向艺术中心提出参展申请。我说，那么使我感兴趣的倒非是那些钉子，而是中心艺术审查委员们的鉴赏眼光了。他说，正因为他们的艺术鉴赏眼光与众不同，才有资格作为艺术审查委员啊！据报载，今年艺术中心将一批毫无意义的"垃圾展品"清理掉了——不知其中是否也包括那些被展出了二十多年的钉子？那些钉子常使我暗想——有时我们人类是不是太容易被某些"天才"们愚弄了？

不是在戏剧中，不是在电影中，不是在小说和《圣经》中，而是在最近的现实中，同时又成了罪证的一根钉子，目前在中国某县的法庭上被出示过——一个做继母的女人，用一根钉子害死了后夫四岁的儿子。她先用木棍将那儿童击昏，接着将一根大钉子顺着耳孔狠狠钉进了那儿童的头颅……

这即使是戏剧中或电影中的一个情节，也够令人胆战心惊的了。何况是真事？故我确信，有些人类的内心里，也肯定包藏着一根钉子。当那根钉子从他们或她们内心里戳出来，人类的另一部分同胞就不可避免地会受到危害。一个事实恐怕是——人类面临的许多灾难，十之五六是一部分人类带给另一部分人类的。而人类最险恶的天敌，似乎越来越是人类自己。在二十一世纪，人类如何从这种最大的生存困扰之中解脱出来呢？

埃菲尔铁塔之断想

友人自法国访问归来，送我一件小工艺品——埃菲尔铁塔。众所周知，埃菲尔铁塔是如中国的长城一样举世闻名的，并且如长城象征着中国一样，它象征着法国。但是，未必有许多人知道——埃菲尔铁塔曾被拍卖过。然而这又是真的。

拍卖埃菲尔铁塔的骗子名叫维克托·吕斯蒂。一九二五年他三十五岁，举止儒雅，气质高贵，是位无可争议的美男子。他住在大饭店豪华的套间里，连日来神色忧愁，为自己钱财的状况所苦恼。

维克托·吕斯蒂来到法国，是为了潇洒地挥霍他在大西洋彼岸骗到的钱。这个从二十岁起开始行骗而又能逍遥法外的骗子，有一条宝贵的"职业经验"——那就是将受骗者置于可笑的甚至丢人现眼的境地，以至于使他们连告发都不能告发。尽管他行骗有术，巴黎的豪华饭店、纸醉金迷的夜总会、漂亮的女人对他来说都仿佛是专吞钱币的怪兽。他愁眉不展正是因为他的钱袋空了，潇洒挥霍的好时光该跟他说"拜拜"了……

《每日晚报》上的一条消息引起了他的注意——"巴黎能支付埃菲尔铁塔修理费吗？"文章的笔者最后归结出一句俏皮话是："埃菲尔铁塔难道将不得不被卖掉么"……

于是几天内，法国最大的五个废钢铁商，同时聚集在那家大饭店，被巴黎市政府的一位最像官员的官员所召见——他向他们出示了几页印有官方笺头的公文纸。那几页纸证明了他的特殊身份——市长亲自委任的拍卖埃菲尔铁塔的全权仲裁者。他对他们说话的口吻十分高傲："先生们，我应共和国总统和内阁总理的要求，和你们进行一项特殊的交易：埃菲尔铁塔将作为九千吨废钢铁，拍卖给出价最高的人。这一个赚大钱的机会，属于你们五位先生之中的一位。"

于是几天内，五位贪婪的废钢铁商对埃菲尔铁塔进行了"史无前例"的考查，就像马贩子在马市上仔细地端详一匹马。大骗子分别会晤了五位废钢铁商，将埃菲尔铁塔卖了五次，从中索取了五次回扣。五次回扣加在一起近百万法郎。在一九二五年，轻易到手的近百万法郎足以使一个人兴奋得发疯。当然，那位"拍卖埃菲尔铁塔的全权仲裁者"，也就是大骗子维克托·吕斯蒂并未发疯。他很快就从巴黎消失了。带着巨款，也带着对五位贪婪的废钢铁商的轻蔑。他断定受骗者们是绝不会报案的，因为那么一来，他们一个个也就成了全法国最愚蠢、最可笑、最丢人现眼的家伙了。事实如此，受骗者们由于感到羞耻而互相达成默契，共同对被骗一事守口如瓶。

十几年以后，大骗子因另一桩骗案东窗事发，埃菲尔铁塔诈骗行径才真相大白。在他的单身牢房的墙壁上，他用大头针钉了一张极普通的明信片。像千千万万的明信片一样：埃菲尔铁塔耸立在蓝天白云之间。在明信片下面，大骗子写了这样一行字——再次拍卖！

骗子也有骗子的"职业光荣"和"职业骄傲"。他梦想着"再度辉煌"，但却只不过是他的梦想罢了……

如今在法国依然可以见到那一种明信片。维克托·吕斯蒂行骗的宝贵"经验"，也如某种文化一样流传了下来——将受骗者置于愚蠢的、可笑的、荒唐而又丢人现眼的境地。

如今在中国，在我们周围，许多行骗和被骗事件的过程，依然如法国埃菲尔铁塔骗案一样容易得令人惊讶。看来，在一个充满贪欲的时代，骗人有时是极其简单的，不受诱惑不被骗不上当，反而需要更高的理性了⋯⋯

望着摆在桌上那座小小的埃菲尔铁塔，我不禁地想——中国，你有多少愚蠢的、可笑的、荒唐而又丢人现眼的事，像七十年前法国的埃菲尔铁塔骗案一样，由于某些人的甚至一群人的羞耻感，而掩盖着真相讳莫如深呢？又有多少维克托·吕斯蒂那样的狡猾又成功的骗子，不但逍遥法外，而且在自鸣得意，满怀着轻蔑心理呢？

被骗了，却又不能举报，而且明白，自己正遭到骗子的轻蔑，这是多么令人沮丧而又恼火的事啊！倘这样的事，发生在骗子和个人之间，也就罢了。若发生在骗子和国家之间，就更具"黑色幽默"的意味儿了吧？进而我想到了我们的长城，并且又杞人忧天起来——说不定哪一天，中国会爆出一条大新闻，发生桩什么"长城拍卖案"的吧？中国人，警惕维克托·吕斯蒂！⋯⋯

阿Q生活在当代

都知道的——阿 Q 确乎被砍了头，而且在游街之后。

但假如阿 Q 没被砍头，侥幸逃过了他人生中那一大劫呢？

"但"字不论在嘴上还是在纸上，都被用得太随便，结果似乎就很滥。

但依我想来，"但"字其实很伟大的，因为往往可以进行"推倒"事实后的另一种想象。那另一种想象，非用"假如"而绝不能够展开。

那么假如阿 Q 当年没被砍头，他以后的人生又会怎样呢？

想来他断不会去参加真的革命。因为他胆小，更因为他骨子里的奴性。并且，他见过革命党人被砍头的情形。虽然，他讲起所见情形，眉飞色舞，唾沫四溅，夜里却是会做自己被砍头的噩梦的。并且，惊醒了会一身冷汗。早期的革命党，即尚未意识到革命要达到成功，必最大程度地发动群众时的革命党，是绝不允许阿 Q 混入的。他企图混入，门儿都没有。他那个年代土匪很多。有明目张胆的土匪，有打着"革命"旗号的土匪。连土匪也会拿蔑视的眼光看他的，那么他也就混不到土匪堆儿里去。他们会像假洋鬼子那般对他怒喝："滚！……"肯定还会朝他的屁股狠踹几脚。

骨子里奴性成为"自然"人性的人无不是胆小的。

而胆小，这正是我们假设的依据。

众所周知，阿Q被砍头完全是冤枉的，还是他自投罗网的结果。赵家遭抢了本不关他什么事，他原本是要去衙门里告假洋鬼子只准自己造反，却不许他也造反的"唯我独革"之状的。他的前科，也只不过是趁火打劫，掠点儿东西，罪不该死。

假如这样的"误会"并没发生，阿Q活下去的概率是极大的。

我们也都知道的，后来中国真的革命实现了。真的革命首先是为了使中国的劳苦大众来一个彻底的翻身，当家做主。

阿Q属于大众一员这是不存争议的。

革命成功之前阿Q的人生苦吗？想来，我们也总得人性化地承认，确乎比较苦，还被视为下贱。

阿Q勤劳吗？鲁迅笔下没怎么详写，字里行间给我们的印象是懒散，游手好闲。但我们可以这样推理——他倘若不劳，那便会饿死。像他那种年龄的男人，不论在乡下还是在城里，乞讨是讨不成几次的。那么，他并没饿死，证明他总归还是得靠打工活着。

总而言之，"劳苦大众"之于阿Q，虽符合得不太完美，但大体上还是符合的。

那么，阿Q在乡村的地位当然也应来次彻底的翻身。

不消说，土谷祠分给了他，于是他有了合法居处。对于"劳苦大众"，革命只负责翻没翻身的问题，一般不解决有没有女人的问题。

但正像阿Q骨子里有奴性一样，他骨子里也有对女人的强烈需求。鲁迅笔下的他，对女人的强烈需求，也可以说是欲求，每呈现为一种痛苦折磨。

那么，既然翻身了，没人敢再公开地蔑视他了，革命不便代之解决的问题，他自己势必是要自行解决的——当然指的不是自慰。

在小尼姑、吴妈、赵司晨的妹子、邹大嫂的女儿之间，他总之是要拥有一个的。从鲁迅笔下看，阿Q在这方面并不忒胆小，还算敢想敢做。

比如对吴妈，对小尼姑。我们有根据推断，"翻身了"的阿Q，后来做了丈夫的可能性极大。也许他"拥有"的女人既不是小尼姑也不是吴妈，而是别庄的一个什么女人。是的，对阿Q而言，结婚只不过是"拥有"的广告，妻子只不过是男人之拥有物。他是不太会与任何女人行苟且之事的。不仅因为胆小，还因为"传统道德"的约束。和奴性一样，"传统道德"也是存在于他骨子里的东西。那是外因长期暗示的结果。

在农会时期，阿Q会是积极分子。分田地、分大户财产、控诉赵老太爷、游假洋鬼子的街——这些都是阿Q特高兴参与的，能使他获得真"翻身了"的感觉。何况，他骨子里有爱跟着起哄、亢奋于刺激之事的遗传。

互助组期间，阿Q大约就很耍奸。经常装出病歪歪的样子，可怜兮兮地央求别人互助他，在分到他名下的那一小块地里种或收。而互助别人嘛，他往往不见踪影了。即使被动员去了，也肯定拈轻怕重，作演假出力之秀。阿Q并非名副其实的农民，他对土地没农民那种感情，劳动也从来不能带给他任何愉快。在自己的土地上也不能。

公社化后，阿Q肯定由农会时期的积极分子变成了消极分子。虽然他对土地毫无感情，但已经分到了自己名下再"公"到一起去，阿Q是一百个不情愿的。

他在心里会这么骂："妈妈的，早知如此，老子农会那会儿才不积极！……"

但阿Q很愿意搞"阶级斗争"。尽管从阶级成分上分，他只不过属于"流氓无产阶级"而已，却一向声称自己是苦大仇深的贫下中农。赵老太爷和假洋鬼子虽然已成专政对象变为弱者了，阿Q仍经常扇他们嘴巴子，那时他心里就很快意，每每这么想：妈妈的，尽管把地又收回去了，但新社会总归比旧社会好！

对于阿Q，新社会的好，主要体现在想扇赵老太爷和假洋鬼子耳光时，是完全可以的。不但不会有人干涉，还有人围观，发笑。阿Q喜欢他扇什么人嘴巴子的时候有人那样。

到了"文革"，阿Q再次变成了一个神气活现的人。

"妈妈的，造反！造反！这才妈妈的像种造反的样子！只要高呼着万岁，怎么造反都不会被杀头，妈妈的，这种造反才来劲儿！……"

他带头造农村干部的反，因为他们曾很不好地对待过他。

阿Q造反造得出了名，就被城里的造反派请去，当上了"农宣队"的小头目，趾高气扬地占领城里的文化和教育阵地。

阿Q从没听说过什么"上层建筑"。城里的造反派们告诉他——就当成当年赵老太爷和假洋鬼子的家吧！

于是阿Q立刻就明白了什么是上层建筑。

那时赵老太爷和假洋鬼子已经死了。

阿Q也很少回未庄去了。

他喜欢城市，喜欢"上层建筑"占领者那种优越感。他很是学会了一些革命的话语，也能说起来一套一套的。有时手痒难耐，便扇"臭老九"们的嘴巴子。扇彼们的嘴巴子，那种感觉尤其好。因为彼们以前的地位，比赵老太爷和假洋鬼子高多了，而且又都是文人。阿Q本能地痛恨文化，因为文化是他骨子里压根儿没有的。想有很难，不是能抢得来分得来的。某种据说是好东西的东西，在别人的脑袋里，抢不来也分不来，这使他恨。

"妈妈的，嚓！……嚓！……"

阿Q时常想砍下"臭老九"们的头，将手伸入他们的头里掏一把，看那种叫作"文化"，据说是好东西的东西究竟是什么东西。

但只不过时常那么一想罢了。

终究，阿Q并不特别凶残。有时装出凶残的样子，却是下不去狠手做很凶残的事情的。

他只不过心里面缺乏同情。

他最狠的时候，也只不过就是扇别人嘴巴子。

"文革"一结束，阿Q成了"三种人"，须老实交代他在"文革"中的罪行。

那时的阿Q又未免可怜了。

他终究只不过扇过别人的嘴巴子，而且没文化，而且又是"翻身农民"，故对他清查了一阵子后，又将他释放了，并没被真的定为"三种人"。

阿Q自是千恩万谢，表示一定要痛改前非的。

但他其实并无忏悔意识。

没文化的人不一定就决然没有忏悔意识。忏悔意识也往往是人性善根的枝叶。

阿Q虽非凶残之徒，心灵里却也没有什么善根。

他的忏悔是一种好汉不吃眼前亏的明智。连高等动物也有的明智。

如今，阿Q已经很老很老了。

他太能活了。他没什么养生之道的。但偏偏就是太能活，而且活得还极健康。奇迹之所以是奇迹，是没什么科学道理可解释的。

阿Q的性能力很强，使他的女人为他生了不少儿女。他的儿女们分散在全国各地，替他生了不少孙儿女。儿女和孙儿女们，都不同程度地具有他的种种基因。

回忆成了阿Q如今活着的基本内容。

"想当年……"

阿Q经常对儿女及孙儿女们话说从前。说时表情极庄重，绝无丝毫戏说的意思。

未庄的人生经历他是不说的。

"文革"前他的史事种种他也没多大情绪说。那一时期没他的什么光彩，连与众不同的苦难也没有。

他基本上只回忆他占领"上层建筑"的事迹。

"妈妈的，那年月真过瘾！那才是中国人最好的年月啊！……"

那也是他人生中最辉煌的时期。

却又不说在那年月，他冲锋陷阵地占领"上层建筑"，也主要是为了不再干他从没热爱过的农村劳动——他不再干还给他记全工分，秋后照分粮菜，造反派们且每月发给他两元"革命补贴"。那很划算。

但这种"革命动力"的真相，他是绝不说一字的。

他一开始"想当年"，某些儿女及孙儿女就转身离开了，有的还忍不住与他争论。

他们都是些接受过文化所化的儿女及孙儿女，对于"当年"，颇知道一些了，也都有自己的想法了。

"你们懂什么？那年月就是好！……"

斯时阿 Q 就极索寞了。

人性薄处的记忆

　　我觉得，记忆仿佛棉花，人性却恰如丝绵。

　　归根结底，世间一切人的一切记忆，无论摄录于惊心动魄的大事件，抑或聚焦于千般百种的小情节，皆包含着人性质量伸缩张弛的活动片段。否则，它们不能成为记忆。大抵如此。基本如此。而区别在于，几乎仅仅在于，人性当时的状态，或体现为积极的介入，或体现为深刻的影响。甚至，体现为久难愈合的创伤。

　　记忆之对于人，究竟意味着些什么呢？

　　这个问题，随着人的年龄的增长，会越来越清楚，越来越明白。

　　每一个人，当他或她的生命临近终点，记忆便一定早已开始本能的质量处理。最后必然发觉，保留在心里的，只不过是一些人性的感受，或对人性的领悟。

　　而那，便是记忆所能提供给我们的最为精粹的东西了。

　　好比一大捆旧棉花，经弹棉弓反复地弹，棉尘纷飞，陋絮离落，越弹越少，由一大捆而一小团。若不加入新棉，往往不足以再派什么用场。而一旦加入人对人性的思考，则就如同经过反复弹汰的棉中加入了丝绵，纤维粘连，于是记忆产生了新的一种价值，它的意义高出了原先许久许多。

　　以上，是我细读《点点记忆》想到的。

　　此前，我读过一些中国高干儿女们所写的，关于父母辈们的回忆文章。比如贺捷生大姐回忆贺龙元帅的文章，比如陶斯亮大姐回忆陶铸的文章，似乎还读过前国家主席刘少奇的女儿回忆其父的文章。我之所以不在陶铸和刘少奇的名字后加"同志"，乃因我根本没有妄称"同志"的资格。相对而言，《点点记忆》尤显得特殊。贯穿字里行间的思考，使之不同于一般的"纪实"，也不同于屡见的回忆，而更接近于长篇的"心得"——历时十年之久的狂乱年代中，一位女性以其对人性的细微坦诚的感受所总结的"心得"。那一种感受开始影响甚至开始袭击其人性时，她还是少女。我们可以想象，其后的整整十年中，她也许不曾笑过。"文革"也可以说是对她们和他们的一场空前的人性的袭击，袭击过后是长久的压迫……

　　但此种厄运不唯是点点们的。乃是许许多多中国人的共同的遭遇。首先是许许多多中国知识分子及文化人的，其次是许许多多被阶级成分划入"另册"的中国人的。政治风暴从中华人民共和国成立以后对他们和她们的袭击几乎不曾间断过，而"文革"是一次总的"扫荡"。没有过笑容的少年和没有过笑容的少女，在中国在"文革"结束之前，大约要以百千万计……

　　尽管事实如此，我读《点点记忆》时，还是有多处受到了大的感动。

　　我写字桌的玻璃板下压着半页纸。那是台湾著名电影导演的复印手书。几行用碳素笔写的字，常入我眼已七八年之久了。

　　他写的是——"读完《沈从文自传》，我很感动。书中客观而不夸大的叙述观点让人感觉，阳光底下，再悲伤、再恐怖的事情，都能够以人的胸襟和对生命的热爱而把它包容……"

　　我读《点点记忆》的感动，与侯孝贤读《沈从文自传》的感动是一样的。

　　我觉得《点点记忆》的行文，与《沈从文自传》的行文有相同之处，那就是——客观而不夸大的叙述观点；那就是——过来人对当年事的胸襟的包容性。

我认为，以上两点加起来，不仅决定了文章自成一格的品质，也真切地体现出了写文章的人的品质。某种难能可贵的品质，要求自己尽量做到实事求是的品质。

首先令我深受感动的是写文章的人和林豆豆的关系，以及她在"文革"结束十年以后第一次邀见林豆豆的情形。一声"豆豆姐姐"，似乎将父辈之间的仇怨，轻轻一系，打了个死结。这一种打算了却的态度，仿佛在历史和现实之间竖起了一道具有过滤性的墙。写书的人只想将墙那边的真相梳理清晰，本能地防止我们许多人内心里都每每会萌生的清算的动机，从墙那边沾染着历史的污浊渗透过来，毒害到自己的灵魂里。体现于人类政治中的最大不幸，莫过于隔代的清算。罗点点对林豆豆的态度，实在是值得我们中国人学习的，也实在是值得在我们中国人中提倡的。

不难看出，与全文相比，作者此段写得尤其心平气和，没有一丝情绪化的痕迹。分明地，下笔之际给自己规定了严格的原则——绝不蓄意伤害对方。甚至，还分明地，我们竟能看出怜悯。不是可怜，是怜悯。政治的伤疤，呈现在她们的父辈们身上，性质是那么不同，后来又是那么富有戏剧性。但呈现在儿女们身上，则几乎便是同样性质的狰狞的伤疤了。

可怜是俯视意味的。怜悯是相同感受的人们之间相互的不言而喻。罗点点和林豆豆，她们除了对父辈们"你存我亡"的斗争所持的不同观点，肯定还有某些极为一致的感受吧？知青经历的一章读来也令我深受感动。此经历使作者说出了这样的话——"中国老百姓因此成为世界上最安分守己，最热爱和平的人民。"

这一种对于中国老百姓的好感，非与老百姓同甘共苦过的人，是不太能认识到的。宽敞而豪华的客厅里，往往容易产生的是对中国老百姓所谓"劣根性"的痛心疾首和尖酸刻薄。甚至，容易从内心里滋生轻蔑。作者身为共和国"重臣"及赫赫有名的将门之女，思考到了中国老百姓何以那样的地域文化的背景原因和民族心理长期积淀的原因，真的使我不禁刮目相看起来。允许我斗胆而又放肆地妄评一句——这一种思考，都未必是她们和他们的某些父辈们当年头脑中认真进行过的……

鲁迅先生的家道从中兴而往社会的底层败落，这使他看待中国社会众生相的目光深刻而犀利。他那一种目光，有时令我们周身发寒。人的目光的深刻和犀利，是否一定必须与冷峻相结合，才算高标一格的成熟呢？《点点记忆》告诉我们，却也未必。它从反面给我们一种启示——人看待社会看待他人的目光，如果在需要温良之时从内心里输向眼中一缕温良，倒或许会使目光中除成熟而外，再多了一份豁达。而深刻和犀利与豁达相结合，似乎更可能接近世事纷纭的因果关系……

客观、温良的文风，使《点点记忆》通篇平实庄重。并且，也使我们读者不难进入一种从容镇定的阅读状态。此状态乃读记述了大事件的文章的最佳状态，使我们的思考不至于被激烈的文字所骚乱。

与棉花相比，丝绵的纤维细且长且韧。同样的被子，丝绵的被套，不但比棉絮的被套轻得多，也暖得多。人性原本非是什么厚重的事物。人生的本质是柔韧软暖的。丝绵的最薄处，纤缕分分明明，经纬交织显见，成网而不紊乱。

在人性的丝绵的网罩之下，记忆的棉花才会长久地保持成被的形状而不四分五裂太快地成为无用之物……人性的薄处，亦即人性最透亮之处。这一种透亮，在《点点记忆》中多方位地呈现……

当怀才不遇者遭遇暴发户

　　我有一个中学同学，前几年抓住了某种人生机遇，当上了一家中外合资公司的董事长。后来公司奇迹般地发展壮大，于是本人也成了一个令别人羡煞的人物——家庭富丽堂皇，豪华轿车代步，三天两头出国一次。不论在国内还是国外，非"五星"级宾馆是不屑于住的。于是几乎在一切人前颐指气使，常不可一世的样子。

　　我还有一个中学同学，是个自以为"怀才不遇"的人。每每嗟叹错过了某些人生机遇，满肚子的愤世不平。当然，他顶瞧不起的，是我那当上了董事长的同学，又瞧不起又羡煞。其实他很有心攀附于对方，可对方似曾暗示他——攀附也是白攀附，决不会因此而给他什么好处。于是他心里只剩下了瞧不起，又瞧不起又嫉恨。

　　实事求是地说，当了董事长的同学，确有许多"暴发者"的劣迹。而又瞧不起他又嫉恨他的同学，渐渐地便将收集他的种种劣迹，当成了自己的一件很重要、很主要、很正经的事。收集自然是为了宣扬，宣扬自然是为了搞臭对方。虽然人微言轻，势单力薄，并不能达到搞臭之目的，但讽之谤之，总是一种宣泄，总是一种快感，心理也多少获得些许暂时的平衡，仿佛连世界在这一时刻，都暂时变得公正了些。

　　几年来，一方在不断地发达，一方在不断地攻讦。一方根本不把另一方的存在当成一回事儿，另一方却把对方的存在当成了自己存在的意义似的，总盼着某一天看到对方彻底垮台……其实对方总有一天要垮台，乃是许许多多的人早已预见到了的。

果不其然，当董事长的那一位东窗事发，一变而为"严打"对象，仓仓促促地逃亡国外了。其家人亲眷、三朋四友，不是成了"阶下囚"，便是成了"网中人"。他那一个偌大的公司，当然也就垮得更彻底。

此后我又见到了那个"怀才不遇"的同学。

我问他："今后，你心情该舒畅些了吧？"

他却郁郁地说："有什么可舒畅的？"

我说："被你言中，×××和他的公司终于彻底垮了，你的心情还有什么不舒畅的？"

他苦笑一下，说："高兴是高兴了几天，可是……"

嗫嗫嚅嚅，分明有许多难言隐衷。

我问："可是什么啊？讲出来，别闷在心里嘛！"

他吞吐片刻，说出的一句话是："可是我还是我啊！眼瞅着快往五十奔了，才混到一个副科级，这世道太黑暗了！"

我望着他，竟不知怎样安慰。

他任的是一个闲职，没什么权力，自然也没什么责任，却有的是时间，无所谓上班，经常在单位四方八面地打电话，怂恿熟悉的人们"撮一顿"。只要有人埋单，不管在多远的地方，不管是在什么街角旮旯儿的饭馆，不管相聚的是些什么人，也不管刮风还是下雨，蹬辆破自行车，总是要赶去的。每次必醉。以前，吃喝着的同时，还可以骂骂我那个当董事长的同学，醉了还可以骂骂这社会。而我那个当董事长的同学逃亡国外以后，在国内连一个可供他骂骂出气的具体人物也没有了。倘偏要继续骂，听者觉得无聊，自己也觉得怪索然的。醉了骂这社会呢，又似乎骂不出多少道理了。倘说社会先前不公，皆因将他压根儿瞧不起的一个小子抬举成了什么董事长的话，社会不是已然彻底收回对那个小子的宠爱，很令他解恨地惩罚那个小子了么？倘要求社会也让他当上一位什么董事长才显得更公正的话，他又分明没多少"硬性"理由可摆，说不出口。于是呢，诅咒失去了具体之目标，嫉恨失去了具体之目标，仇视也失去了具体之目标。须知原先的他，几乎是将诅咒、嫉恨、收集一个具体之人的劣迹并广为传播当成自己生活的重要的主要的意义的。现在他似乎反倒觉得自己的生活丧失了意义，很缺少目的性了，反倒觉得活得更无聊、更空虚、更失意了。话说得少了，酒却喝得更多了，于是更常醉醺醺的了，人也更无精打采、更自卑、更颓废了……

同学们认为他这样子长此下去是不行的，都劝他应该想想自己还能做什么，还能做好什么，还能怎样向社会证实自己的个人价值。可他，其实大事做不来，小事又不愿做。于是呢，也便没有什么大的机遇向他招手微笑，小的机遇又一次次被他眼睁睁地从自己身旁错过……

后来听说他病了，去医院检查了几次，没查出什么了不得的病，但又确实是在病着。有经常见到他的同学跟我说，一副活不了多久的老病号的恹恹苟活的样子……

再后来我回哈尔滨市，众同学聚首，自然又见着了他。使我意想不到的是——他的状态并不像某些同学说的那样糟。相反，他气色挺不错，情绪也很好，整个人的精神极为亢奋，酒量更见长了。

"就那个王八蛋，他也配当局长？他哪点儿比我强？你们说他哪点儿比我强？啊？他也不撒泡尿照照自己，我当副科长时，他不过是我手底下一催巴儿！"

我悄悄问身旁的同学："他这又骂谁呢？"

答曰："咱们当年的同学中，有一个当上了局长……"

我暗想——原来他又找到了某种活着的意义和目的性。进而想，也许他肯定比我们大家都活得长，因为那么一种活着的意义和目的性，今天实在是太容易找到了。即使一度丧失，那也不过是暂时的，导致的空虚也就不会太长久。

"有一天我在一家大饭店里碰见了他，衣冠楚楚的，人五人六的，见我爱搭理不搭理的，身后还跟着一位女秘书！我今天把话撂这儿，过不了多久，他准一个筋斗从局长的交椅上栽下来，成为×××第二……"

他说得很激昂，很慷慨，颈上的额上的青筋凸起，唾沫四溅……

怯懦的心

我几乎敢断言——乌尔沁的《不良父母》将受到格外的关注，甚至，受到格外的重视。于是，由此书引起的种种关于社会理念方面的讨论，更是我丝毫也不怀疑的——诸如关于离婚、关于单亲家庭以及二度组合家庭的亲情问题、关于此类家庭少儿们爱的缺失和对爱的渴望……我相信此书将为报刊、电台、电视台提供值得评说的话题。它是我迄今为止所读过的最为特别的一本书。它是书中的异类。真是异类吗？那么，请自己读它，请自己下结论。作者在他的题记中称他的书是"文件"。这也就等于是在强调——他一开始就明白自己在写一本什么样的书。那写的莫大的冲动，一开始就是"非文学"的。我同意作者的自知之明。故我也不以文学赏析的眼光看这一本书。因为那么一来，与作者的初衷就南辕北辙了。不错，此书的确可以被认为是一部"文件"。它实录了一个儿童因父母离异的持久的"冷战"，幼小心灵所经历的种种屈辱、苦楚、无奈和曾留下了怎样的创伤，以及曾受过怎样的虐待。书中没有夸张，没有企图骗人泪水的编造，没有刻意的渲染，因而其实也没有什么"触目惊心"之处。

这个"文件"比之某些报刊上所登载的那些极端的血淋淋的冷酷的个例，它的实录内容基本上是平常的，是生活里司空见惯的，是并不超出于我们成人的经验所告诉我们的。

然而谁若读此书，还是会不时地掩卷长叹，抚额沉思。实际上，这是一个出生于六十年代的中国少儿，对于自己的亲生父母的抗议性"文件"。

这从书名便已体现出来了。

作者在《题记》之"补遗"中这样写道："我觉得你是这世界上最狠的一种妈，也是最自以为是的一种妈，还是最灭绝女人味道的一种妈。这都是为什么？"

这几行字，显然使一个儿子对生母的抗议，具有了声讨般的力度。

作者紧接着又质问生母："据我奶奶讲，你跟我爸还没结婚的时候就已打得一塌糊涂了，是吗？那当年当时，你们还结个什么婚？有病？……"

一个儿子在写给生母的信中进行如此质问，读来令人身冷。然而，一个儿子又是多么有权利进行如此质问呢？我当然并非离婚事件的反对者。相信作者也不是。父母离异了的儿童，也并不百分之百地全都沦陷于不幸之境。但确实，在不少离婚事件中，少儿变成了父母双方"冷战"或"火拼"的无辜的牺牲品。正如无辜的平民往往成为战争中穷兵黩武狂轰滥炸的牺牲品。怎么避免儿女变成这样的牺牲品？本书的社会"文件"的意义正在这里。我因作者请到河南省进行一次文学讲座而结识了作者。我去了。他感激我。但他的感激似乎也太充满在他内心里了，多次在我面前情不自禁地涌溢出来。这曾使我大困惑，大不解，大不自在。常想他何以偏那样子呢？区区小事，不该频挂嘴上的呀！读了他的书稿，我明白了："若有机会得到点滴呵护，我便会牢记在心，慢慢品嚼回想它们，寻找机会给予回报。"……他感受到了我对他的友好。他不知该如何回报。他是把那种友好看得太重了。而在我这儿，在我们许多人的寻常生活中，那其实又是普通的，看得太重反而显得小题大做。作者少儿时特有的经历和经验，使之对于别人对待他的友好或不好，内心反应深切又相当敏感。

还有值得一提的是，作者毕业于北京一所大学的中文系，之后投考进入中国社会科学院，而且一直供职于中国社会科学院，还从事着语言文字和文学专业方面的研究。

钱锺书先生逝世后，中国作家协会主办的《文艺报》曾于 1999 年 4 月 3 日，头条整版登载过一篇悼念和追忆钱先生的长篇文章，便是作者写的。

故我在读完此书稿之后，见到他时我说的第一句话即——"小乌啊，你是现在的你，而非另外的你，这很令人感动，你知道吗？"

我说的是发自内心的话。

真的，倘读者读完此书，知道作者假如正在监狱里服刑的话，想必也不会太惊讶的……

然而，他没有变成另外的他。我认为，除了他自身的灵魂中某种可贵的向上挣扎的东西在起作用外，还要归功于他少儿时期某些好人给予他的爱。比如他的奶奶、他的继母也是他幼儿园阿姨的陆老师、他的小姑、他童年的小女友萱萱以及他的成年后的恋人林樱……

都是女性。

倘没有她们给予他的爱，他少儿时期那一颗怯懦的心，那一颗充满了屈辱、苦楚和创伤的心，不知会导致他此后以怎样的眼界观望社会，以怎样的心理对待社会，对待生命和人生……

故此书又绝不仅仅是一部谴责性的社会"文件"。不，不是的。在许多章节中，许多段文字中，表达了作者对于亲情，对于爱和世间爱心发自肺腑的、缠绵又虔诚的赞颂。

因之，此书也是一部关于爱和爱心的实录性的"文件"。

除了谴责和爱，此书的再一种价值和意义，乃是心理学和社会心理学方面的。它对于我们研究少儿心理在正常家庭中和单亲家庭中和重组家庭中的状况，对于我们研究少儿心理在父母亲和睦的环境中和在父母相互敌视的环境中的截然不同，也不失为真实的一个"文件"。

这份"文件"，或者还可以被认为是世纪末的人们，在回溯和怀旧过去情感时分，渴望获得更多关爱的一个缩影。

最后我还想说，虽然我是那么理解作者，支持他在自己是成年人以后，代许许多多仍与自己有同样遭遇的少儿发出谴责和抗议——但同时却还是要祈祝他和自己的生父生母达成最大限度的谅解。

我们不能对许多事情的质量要求过高，包括亲情。我们以平常心希望之，亲情绝对是可以失而复得的。而若反之，几乎一切事情都可能会令我们大为沮丧。何况，在二十世纪六十年代，在当代中国，又有几对夫妻的离婚能做到理智又文明？正所谓——离婚时不懂得经验。仅就此一点而言，作者的父母，也未尝不是时代的牺牲品。我想，只不过他们各自有苦难言，欲说还休罢了。乌尔沁，你想疼人，想关心人，想呵护人，想回报人，老天是会再给你机会的！我替你预料，也许便会有一个你的林樱般的姑娘，情愿进入你的生活，并被你的生活所接纳……果而如此，我定当捧花以贺！

两种人

　　这里说的两种人是少数人，却又几乎是我们每一个人。

　　前一种人，一言以蔽之，是一心想要"怎么样"的人。"怎么样"在此处表意为动词。好比双方摩拳擦掌就要争凶斗狠，一方还不停地叫号："你能把我（或老子）怎么样？！"——我们常见这一情形。

　　后一种人，是不打算"怎么样"的人。相对于前者，每显得动力不足。还以上边的情形为例，即使对方指额戳颐，反应也不激烈，或许还往后退，且声明："我可没想把你怎么样。"

　　这时便有第三种人出现，推促后一种人，并怂恿："上！怕什么？别装熊啊！"

　　而后一种人，反应仍不激烈。他并不怯懦，只不过"懒得"。"懒得"是形容"不作为"的状态，或曰"无为"。"无为"也许是审时度势、韬光养晦的策略；也许干脆就是一种看透，于是不争。不争在这一种人心思里，体现为不进不取。别人尽可以认为他意志消沉了，丧失活力了；其实，也可能是他形成一种与进取相反的人生观了。

　　二十世纪八十年代，作家谌容大姐曾发表过一篇影响很大的中篇小说《懒得离婚》。

　　离婚无论对于男人还是女人，那是何等来劲儿之事。即使当事人并不来劲儿，那也总还是十分要劲儿的事。本该来劲儿也往往特要劲儿的事，却也"懒得"了，足见是看得较透了。谌容大姐小说中的主人公，不是由于顾虑什么才懒得离婚，而是因为人生观的原因才懒得离婚。"离了又怎么样呢？"——主人公的朋友回答不了她这一个问题，恐怕所有的别人也都是回答不了的。而她自己，看不到离婚或不离婚于她有什么区别。或进一步说，那区别并不足以令她激动，亦不能又点燃她内心里的一支什么希望之光、欲念之烛。于是她对"离婚"这一件事宁可放弃主动作为，取一种无为的顺其自然的态度。

是的，我认为，一心想要"怎么样"的人和不打算"怎么样"的人，在我们的周围都是随处可见的。相比而言，前者多一些，后者少一些。前者中，年轻人多一些；后者中，老年人多一些。基本规律如此，却也不乏反规律的现象——某些老者的一生，始终是想要"怎么样"的一生。"怎么样"对应的是目的或目标。只要一息尚存，那目的，那目标，便几乎是唯一所见。相比于此，别的事往往不在眼里，于是也不在心里。而某些年轻人却想得也开看得也开，宠辱不惊，随遇而安，于是活得超然。年轻而又活得超然的人是少的。少往往也属"另类"。

一心想要"怎么样"，发誓非"怎么样"了而决不罢休，是谓执着。当然也可能是偏执。人和目的、目标的关系太偏执了，就很容易迷失了自我。目的也罢，目标也罢，对于一个偏执的迷失了自我的人，其实不是近了，而是远了。

从来不打算"怎么样"的人，倘还是人生观使然，那么这样的人常是令我们刮目相看的。以下一则外国的小品文，诠释的正是令我们刮目相看之人的人生观：

　　他正在湖畔垂钓，他的朋友来劝他，认为他不应终日虚度光阴，而要抖擞起人生的精神，大有作为。

　　他问："那我该做什么呢？"

　　他的朋友指点迷津，建议他做这个，做那个，都是有出息，成功了便可高人一等令人羡慕的事。

　　可这人很难开窍，还问："为什么呢？"

　　朋友就耐心地告诉他，那样他的人生就会变得怎么怎么样，比现在好一百倍了……

　　他却说："我现在面对水光山色，心无杂欲，欣赏着美景，呼吸着沁我肺腑的优质空气，得以摆脱许多烦恼之事，已觉很好了啊！"

　　这一种恬淡的人生观未尝不可取，但这一则小品本身难以令人信服，因为它缺少一个前提，即不打算怎么样的人，必得有不打算怎么样的资格。那资格便是一个人不和自己的人生较劲儿似的一定要怎么怎么样，他以及他一家人的生活起码是过得下去的，而且在起码的水平上是可持续的、比较稳定的。白天有三顿饭吃，晚上有个地方睡觉，这自然是起码过得下去的生活，但却不是当代人的，而接近着是原始人的。对于生活水平很原始而又不生活在原始部落的人，老庄哲学是不起作用的，任何宗教劝慰也都是不起作用的。何况只有极少数人是在这个世界上赤条条来去无牵挂的人，绝大多数人是家庭一员，于是不仅对自己，对家庭也负着份摆脱不了的责任。光是那一种责任，往往便使他们非得怎么怎么样不可。想要不怎么怎么样而根本不能够的人，是令人心疼的。比如简芳汀之卖淫、许三官之卖血。又比如今天之农民矿工，大抵是为了一份沉重的家庭责任才充牛当马的。而大学学子毕业了，一脚迈出校门非得尽快找到一份工作，乃因倘不，人生便没了着落，反哺家庭的意愿便无从谈起……

　　一个一心想要怎么怎么样的人，倘他的目的或目标是和改变别人甚至千万人的苦难命运的动机紧密连在一起的，那么他们的执着便有了崇高性。比如甘地，比如林肯，比如中国的抗日英雄们，即使壮志未酬身先死，他们的执着，那也还是会受到后人应有的尊敬的。

另有某些一心想要怎么怎么样的人，他们之目的、目标和动机，纯粹是为了要实现个人的虚荣心。虚荣心人皆有之，膨胀而专执一念，就成了狼子野心。野心最初大抵是隐目的、隐目标、隐动机，是不可告人的、需尽量掩盖的、唯恐被别人看穿的。一旦被别人看穿，是会恼羞成怒、怀恨在心的。这样的人是相当可怕的。比如他正处心积虑、一心想要怎么怎么样，偏偏有人多此一举地劝他何必非要怎么怎么样，最终怎么怎么样了又如何——那么简直等于引火烧身了。因为既劝，就意味着看穿了他。他那么善于掩盖却被看穿了，由而恨生。可悲的是相劝者往往被恨着了自己还浑然不知。因为觉得自己是出于善意，不至于被恨。

我曾认识过这么一个人，五十余岁，官至局级。按说，对于草根阶层出身的人，一无背景，二无靠山，是应该聊以自慰的了。也就是说，有可以不再非要怎么怎么样的资格了。但他却升官的欲望更炽，早就不错眼珠地盯着一把副部级的交椅了，而且自认为非他莫属了。于是呢，加紧表现。每会必到，每到必大发其言，激昂慷慨，专挑上司爱听的话说，说得又是那么肉麻，每令同僚大皱其眉，逐渐集体地心生鄙夷。机会就在眼前，那时的他，其野心已顾不得继续加以隐，暴露无遗也。以往的隐，乃是为了有朝一日蓄势而发。此野心之规律。他认为他到了不该再隐而需一鼓作气的时候了。然而最终他还是没坐上那一把副部级的交椅，被一位才四十几岁的同僚坐上了。这一下他急眼了，一心想要怎么怎么样，几乎就要怎么怎么样了，却偏偏没能怎么怎么样，他根本无法接受这样的现实，觉得自己的人生太失败了。于是四处投书，申诉自己最具有担任副部级领导的才干，诋毁对方如何如何不够资格，指责组织部门如何如何有眼无珠，一时间搞得自己和他人的关系横向竖向都很紧张。

他毕竟也有几个朋友，朋友们眼见他走火入魔似的，都不忍袖手旁观，一致决定分头劝劝他。现而今，像他这样的人居然还能有几个对他那么负责的朋友，本该是他谢天谢地的事。然而他却以怨报德，认为朋友们是在合起伙来，阻挠他实现人生的最后一个大目标。一位朋友问："你就是当上了'副部'又怎么样啊？"他以结死扣地说："那太不一样了！"又一个朋友苦口婆心地规劝："你千万不要再那么没完没了地闹腾下去了！"他却越发固执："不闹腾我不就这么样了吗？"朋友不解："这么样又怎么了啊！"他说出一番自己的感受："如果我早就甘心这么样了，以前我又何必时时处处那么样？我付出了，要有所得！否则就痛苦……"

仅仅是不听劝，还则罢了，他还做出了令朋友们寒心而又恐惧的事。现而今，谁对现实还没有点儿意见？相劝之间，话题一宽，有的朋友口无遮掩，难免说了些对上级或对现实不满的话，就被他偷偷录下音来了，接着写成了汇报材料，借以证明自己政治上的忠诚。结果，他的朋友们麻烦就来了。一来，可就是不小的麻烦。某些对现实的牢骚、不满和讽刺，今天由老百姓的口中说出，已不至于引起严厉的追究。但由官场之人的口中说出，铁定是政治性质的问题无疑。于是他那几位朋友，有的写检讨，有的受处分，有的被降了职，有的还失去了工作，被划为"多余者"而"挂起来"了。一时间风声鹤唳，人人自危。

人无完人，那一个四十几岁刚当上副部级干部的人，自然也不是完人。婚外恋，一夜情，确乎是有过的。不知怎么一来，被他暗中调查了解了个一清二楚。于是写一封揭发信，寄给了纪委……对方终于被他从副部级的交椅上搞倒了，但他自己却依然没能坐上去。

对他的"忠诚"，组织部门是没有评论的。但对他的品格，则拿不大准了。现而今，组织部门提拔干部，除了"忠诚"，也开始重视品格了。

他这一位五十几岁的局长，一心还想要怎么怎么样，到头来非但没能怎么怎么样，反而众叛亲离，人人避之唯恐不及，将自己的人生弄得很不怎么样了……

不久他患了癌症。除了家人，没谁曾去看他。他自知来日无多，某日强撑着，亲笔给上级领导写了最后一封信，重申自己的政治忠诚。字里行间，失落多多。最后提出要求，希望组织念他虽无功劳，还有苦劳，在追悼词中加添一句——"生前曾是副部级干部提拔对象。"

领导阅信后，苦笑而已。征求其家属开追悼会的方式，家属已深感他人际的毁败，表示后事无须单位张罗了……

一个人一心想要怎么怎么样到了如此这般的地步，依我看来，别人就根本不要相劝了，只将这样的一个人当成反面教材就行了。

某次，有学子问我孔孟之道和老庄哲学的不同。我寻思有顷，作如下回答：

孔孟之道，论及人生观的方面，总体而言，无非是要教人怎么怎么样而又合情合理地对待人生，大抵是相对于青年人和中年人来说的，是引导人去争取和实现的说教。故青年人和中年人，读一点儿孔孟对修养是有益的。而老庄哲学，却主要是教人不怎么怎么样而又合情合理地"放下"和摆脱的哲学，是老年人们更容易接受和理解的哲学。

孔子曰："六十而耳顺，七十而从心所欲，不逾矩。"除此而外，几乎没有再讲过老年人该怎么对待人生的问题。他到了老年，也还是主张"克己复礼"，足见自己便是一个非怎么怎么样而不可的人。对于一位老人，"克己复礼"的活法是与"从心所欲"的活法自相矛盾的。孔子到了老年也还是活得很放不下，但是像他那么睿智的一位老人，嘴上虽放不下，内心里却是悟得透的。一生都在诲人不倦地教人怎么怎么样，悟透了也不能说的。由自己口中说出了老庄哲学的意思，岂不是等于自我否定自我颠覆了吗？故仅留下了那么短短的两句话，点到为止。

我们由此可以推测，"耳顺"以后的孔子，头脑里肯定也是会每每生出虚无的思想来的。普天下的老人有共性，孔子孟子也不例外。他们二位的导师是岁数。岁数一到，对人生的态度，自然就会发生变化。所幸现在流传下来的，主要是他们二位针对青年人和中年人而言的人生观。因为他们的学生都是青年人和中年人。如果他们终日所面对的皆是老年人，那么就会有他们关于老年人的许多思想也流传下来。果而如此，后来老子和庄子的思想角色，大约也就由他们一揽子充当了。

正由于情况不是那样，老子也罢，庄子也罢，才得以也成为古代思想家。老庄的思想，是告诉人们不怎么怎么样也合乎人生和人性道理的思想。比如在庄子那儿，人和"礼"的关系显然是值得商榷的，"礼"随人性，自然才更符合他的思想。而在老子那儿，则又可能变成这么一个问题——人本天地间一生灵，天不加我于"礼"，地不迫我于"礼"，别人凭什么用"礼"来烦我？他们的"礼"，是他们的社会关系的需要。我自由于那社会关系之外，那"礼"于我何干？

庄子的哲学思想智慧，充满了形而上的思辨，乃是一种相当纯粹的思辨，实用性是较少的，具有少年思想家的特点，浪漫而又质疑多多。

孔孟之道，无论言说社会还是言说人生，都是很现实的。大多数青年人和中年人，不可能不重视人和现实的关系。故孔孟之道在从前的中国成为青年人和中年人的人生教科书实属必然。

老子的思想是"中年后"的思想，古今中外，大多数人到了中年以后，头脑里都会自然而然地生出自己只不过是世上匆匆一过客的思想。老子将人这一种自然而然的思想予以归纳总结，使之在思想逻辑上合情合理了。

"白发渔樵江渚上，惯看秋月春风。一壶浊酒喜相逢，古今多少事，都付笑谈中。"白发渔樵也许从没听说过老子，但与老子在思想上有相通处。何以然？人类的天生悟性使然。

一个人到了中年以后，倘又衣食无忧，却还是一门心思地非要将自己的人生提升到怎么怎么样的程度不可的话，这样的人，其人生的悟性，连白发渔樵也不如了。若说孔孟之道有毒害人心的负面作用，这样的人便是一例了。即使他从没读过什么孔孟的书，那也是一例。因为其毒几千年来遗传在国家的意识形态中，成了一种思想环境——官本位。

孔孟作为思想家都很伟大，但是当今之中国人一定要清楚——他们是伟大的封建时代的思想家……

真话的尴尬处境

人生下来，渐渐地学会了说话，渐渐地也就学会了说假话。之所以说假话，乃因说真话往往会弄得自己很尴尬，弄得对方也很尴尬。甚至会弄得对方很恼怒，于是也就弄得自己很被动，很不幸……

相传，清朝光绪年间，有一抚台大人微服私访民间，在路上碰到一个卖油条的孩子，便问："你们抚台大人好不好？"孩子说："他是瘟官！"抚台大人一听极怒，却克制着，不动声色。回府后，命衙役把孩子捉去，痛打了几十板子……

后来这孩子长大了，按俗常的眼光看还颇有出息（他能颇有出息，实在得感激说真话的那一次深刻教训）。某次大臣找他谈话——大臣："你看这篇文章写得怎么样？"他说："我认为是好的。"大臣摇了摇头。"我是说，从某种意义上讲是好的。"大臣摇头。"我说的'从某种意义上讲'，是针对……"大臣摇头。"确切地说这篇文章有些逻辑混乱。"大臣摇头。

"总而言之，这是一篇表面读起来是好的，而本质上很糟糕，简直可以说很坏的文章！"他以权威的口吻作出了最后的权威性的结论。

其实大臣摇头是因为感到衣领很别扭。然而大臣对他的意见十分满意，于是大臣在国王面前说了他不少好话。

一天国王将他召去，对他说："读一读这首诗，告诉我，你过去是否读到过这样文理不通的歪诗？"他读后对国王说："陛下，你判断任何事物都独具慧眼，这诗确是我所见过的诗中最拙劣最可笑的。"

国王问："这首诗的作者自命不凡，对不对？"

他说："尊敬的陛下，没有比这更恰当的评语了！"

国王说："但这首诗是我写的……"

"是么？……"

他心头掠过一阵大的不安，随即勉强镇定下来，双手装模作样地浑身上下摸了个遍，虔诚地又说："尊敬的陛下，您有所不知，我的眼睛高度近视，刚才看您的诗时又没戴眼镜。能否允许我戴上眼镜重读一遍？"

国王矜持地点了点头……

他戴上眼镜重读后，以一种崇拜之至的口吻说："噢，尊敬的陛下，如果这样的诗还不是天才写的，那么怎样的诗才算天才写的呢？……"

国王笑了，望着他说："以后，你得出正确的结论之前，不要忘了戴上眼镜！"

我将这三个故事"剪辑"，或曰拼凑到一起，绝不怀有半点暗讽什么的企图，只不过想指出——说假话的技巧一旦被某些人当成经验，真话的意义便死亡了。真话像一切有生命的东西一样，是需要适合的"生存环境"的。倘没有这一"生存环境"为前提，说真话的人则显得愚不可及，而说假话则必显得聪明可爱了。如此的话，即使社会的良知和文明一再呼吁、要求、鼓励说真话，真话也会像埋入深土不能发芽的种子一样沉默着，而假话却能处处招摇过市畅行无阻。

羞于说真话

　　无奈在非说假话不可的情况下，就我想来，也还是以不完美的假话稍正经些。

　　一生没说过假话的人肯定是没有的。故我认为尽量说真话，争取多说真话，少说假话，也就算好品质了。何况我们有时说假话，目的在于息事宁人。有时真话的破坏性，是大于假话的。这个道理我们都很明白。但如果人人习惯于说假话，则生活必就真假不分了。然而我却越来越感到说真话之难，并且说假话的时候越来越多。

　　仿佛现实非要把我教唆成一个"说假话的孩子"不可。

　　说真话之难，难在你明明知道说假话是一大缺点，却因这一大缺点对你起到铠甲的作用，便常常宽恕自己了。只要你的假话不造成殃及别人的后果，说得又挺有分寸，人们非但不轻蔑你，反而会抱着充分理解充分体谅的态度对待你。因此你不但说了假话，连羞耻感也跟着丧失了。于是你很难改正说假话的缺点，甚至渐渐麻木了改正它的愿望。最终像某些人一样，渐渐习惯了说假话。你须不断告诫自己或被别人告诫的，倒是说假话的技巧如何。说真话还是说假话的选择倒变得毫无意义了似的。

　　记得我小的时候，家母对我的第一训导就是——不许撒谎。因为撒谎，我挨过母亲的耳光。因为撒谎，母亲曾威逼着我，去请求受我骗的人原谅，并自己消除谎话的影响。

"文化大革命"中，我学会了撒谎。倒也没什么人什么势力直接压迫我撒谎，更主要的是由于撒谎和虔诚连在了一起。说学会了也不太恰当，因为没人教，就算无师自通吧。

有一天我和同学中的好朋友从学校走在回家的路上，谈起了"林副统帅与毛主席井冈山会师"。

我说："是朱德嘛！怎么成林副统帅了？咱们小学六年级的历史书上，明明写的是朱德对不对？"——因朱总司令已上了"百丑图"。我们提到他时，都将"总司令"三字省略了，直呼其名。

同学说："那是被颠倒的历史。被颠倒的历史现在重新颠倒过来嘛！"我说："那也不对呀，林彪当时才是连长呀！"同学说："那也是被颠倒的历史，现在也应该重新颠倒过来嘛！"我说："当年咱们又不在红军的队伍中，咱们怎么能知道那真是被颠倒的历史呢？"

同学说："当年咱们又不在红军的队伍中，咱们怎么能知道那不是被颠倒的历史呢？咱们左右都是不知道，将来再颠倒一次，也不关咱们的事儿！"

正是从那一天始，我和我的那一位同学，将撒谎和虔诚分开了。难免继续说谎话，但已没了虔诚。前几年，有位外国朋友，问我在"文化大革命"中说假话时有何感想。

我回答："明明在说假话而不得不说，我便这样安慰自己——反正人一辈子总要说些假话，赶上了亿万群众轰轰烈烈都说假话的年代，把一辈子可能说的假话，一块儿都在这个年代里说了罢！这个年代一过去，重新做人，不再说假话就是了。"

外国朋友又问："那么梁先生从粉碎'四人帮'以后，再没说过假话了？"问得我不由一怔。犹豫片刻，我说出一个字是："不……"我因自己没有失掉一次说真话的机会，对自己又满意又悲哀。外国朋友流露出肃然起敬，钦佩之至的表情。我赶紧说："我说'不'的意思，是我没有做到不说假话。"我想，如果我不解释，我说的这一个字的真话，实际上岂不又成了假话么？外国朋友也不由一怔。她问："那又是因为什么？"我说："一方面，我感到并不是所有的地方都已经有了一个维护真话的良好环境。另一方面，大概要归咎于我们有说假话的后遗症。"

她问："报纸、广播，不少宣传手段，不是都曾被调动起来，提倡、鼓励和表扬说真话么？"

我说："这恰恰证明假话之泛滥是多严重啊。倘若说真话须郑重地提倡、鼓励和表扬，细想想，不是有点儿可悲么？"

她问："妨碍说真话的根源，主要是政治吧？"

我说："那倒不尽然。在党内，将说真话，作为对党员的最基本要求一提再提，足见共产党还是多么希望她的党员们都说真话的。我不是党员，但对此确信不疑。而我感到，社会上，似乎弥漫着将说假话变成一种社会风情的怡然之风。"她不懂"怡然"二字何意。我请她想象小孩子玩"到底谁骗谁"这一种纸牌游戏获胜时的洋洋自得。

她说："梁先生，可是据我所知，你被认为是一个坚持说真话的人啊！"

我说："我当然坚持说真话。坚持并不是一个轻松的词。况且我常常坚持不住。在上下级关系方面，在社交方面，在工作责任感方面，在一心想要做好某件事的时候，在根本不想做某件事的时候，在不少方面，不少因素迫使你就范，不得不放弃说真话的原则，改变初衷，而说假话。常常是，哪些时候哪些方面有困难有问题，你说了假话，困难和问题就迎刃而解了。你说了真话，困难就更是困难，问题就更是问题了。我说过多少假话只有我自己最清楚。我仅仅在某些时候某些场合说过一些真话，人们就已经觉得我有值得尊重的一面，可见说真话在我们的生命中到了必须认真提倡的程度。"

她注视着我，似能理解，亦似不太能理解。

……

后来，我和一位友人又讨论起说真话的问题。是的，我们是当成一个问题来讨论的，而且讨论得挺严肃。

我又回忆起我小时候因为撒谎，使得母亲怎样伤心哭泣，以至于怎样打了我一记耳光，和对我进行过的撒谎可耻的教诲……

我讲到我的已经七十多岁的老母亲，如今怎样仍把我当成一个小孩子似的，耳提面命，谆谆告诫我："傻儿子，你究竟为什么非说真话不可呢？该说假话你不说假话，你岂不是不见棺材不落泪，不碰南墙不回头么？你已经四十出头的人了，还让妈为你操心到多大岁数呢？"

友人默想良久，严肃而又认真地说："你母亲是对的。"

我问："你是说我母亲从前对，还是说我母亲现在对？"

他说："你母亲从前对，现在也对。"

我糊涂之极。

他诲人不倦地说："撒谎是可耻的，这毋庸置疑，所以我说你母亲从前是对的。但说假话并不等于就是撒谎，甚至，和撒谎有本质的区别。"

这一点，我的确没思索过。

我一向简单地认为，撒谎——说假话乃是同性质的可耻行径，好比柑和橙是同一种东西。于是我洗耳恭听，于是友人娓娓道来："撒谎，目的在于骗人。在于使人上当而后快，是行为，行为。听明白了么？撒谎之后果必然造成他人的损失，起码是情绪或情感损失。更严重的，造成他人利益损失。所以正派人是不应该撒谎的。而说假话，不过心口不一而已。心口不一不是严格意义上的行为概念。通常情况之下体现为态度问题。一个人对于任何一件事，有表明自己真态度的权利，也有说假话的权利。听明白了，说假话是人的权利之一。假话是否使对方信以为真，以及在多大程度上影响了对方，责任完全在对方。因为任何人都有不相信假话的权利。谁叫你相信的呢？举一例子，我们小学都学过《狼来了》一篇课文，那个撒谎的孩子之所以应该谴责，不可取，是因为他以主动性的行为，诱使众多的人上当受骗。如果你一个同事告诉你，他在西单商场买了一件价格便宜的上衣，并用花言巧语怂恿你去买，你果然去了，没有那种上衣出售，或虽有，价格并不便宜，是谓撒谎，很可恶。但是，说假话的人之所以说假话，往往是被动的选择，通常情况是这样的：一个人指着一个茶杯问你——造型美观么？你认为不。但你看出了对方在暗示你必须回答美观极了，于是你以假话相告。你又何必因说了假话而内疚呢？如果对方具有问你的权利，你连保持沉默的权利也没有，而对方又问得声色俱厉，带有警告的意味，你更何必因说了假话而内疚呢？如果对方信了你的话，那么对方只配相信假话。如果对方根本不信你的假话，却满意于你说假话，分明是很乐意地把假话当真话听，可悲的是对方，应该感到羞耻的也是对方。对应该感到羞耻而不感到羞耻的人，你犯得着跟他说真话么？老弟，你看问题的方法，带有极大的片面性。你只看到人们在生活中说假话的一面，似乎没有看到生活中有多少人喜欢听假话，早已习惯于把假话当作真话听。他们以很高的技巧，暗示人们说种种假话，鼓励人们说种种假话，怂恿人们说种种假话，甚至维护种种假话。他们乐于生活在假话造成的氛围之中，他们反感说真话的人，因为真话常使他们觉得煞风景，觉得逆耳。一万个人或更多的人心口不一他们根本不在乎。他们要的是一致的假话而轻蔑一致的人心。正是这样一些人的存在，使说假话变成了似乎可爱的现象。所以，与其惩罚说假话的人，莫如制裁爱听假话的人。因为少了一个爱听假话的人的同时，也许就少了一批爱说假话的人。人们变得不以说假话为耻，首先是由于有些人变得以听假话为荣啊！另外，老弟，因为咱俩是朋友，我向你提几个问题，你坦率回答我……"

　　我似乎茅塞顿开，有所省悟，又似乎更加糊涂，如堕云里雾中，只说："请讲，请讲。"

"你说真话时，是不是感觉到一种人的尊严？"

我说是的。

"当别人都说假话时，你偏想说真话，以说真话而与众不同，并且换取尊重，这是不是一种潜意识方面的自我表现欲在作祟呢？"

我从未分析过自己说真话时的潜意识，倒是常常分析自己说假话时的潜意识。尽管我似乎觉得"作祟"二字亵渎人说真话时自然、正常而又正派的冲动，但也同时尊重潜意识之科学理论。犹豫了一下，我点了点头。

"难道出风头就比说假话好到哪里去么？"

"强词夺理！"我终于按捺不住内心的气愤了。

友人自然是不屑与我斗气的，友人嘛。

他笑曰："瞧你瞧你。也听不得真话不是？一听真话也羞也恼也要跳不是？能听得进真话并不是舒服的事哩，是一种特殊的，有时甚至非强制而不能自觉的训练啊！"

一番话，倒真把我说得虽恼羞而又不好意思成怒了。友人谈锋甚利，其言自是，又道："你不要以为别人不说真话，便一定是怎样的观风使舵。其实，不屑于而已。与人家的不屑于相比，你自己每每足令大智若愚者扼腕叹憋罢了！"

友人辞去，我陷入前所未有的困惑。

后来，我又向几个惯常说假话，却又能与我推二三层心至腹外之腹的人请教。

皆答曰："懒得说真话。""何必说真话？""说真话，图什么？"

我相信他们对我说的话句句是真话。所谓酒后吐真言。为了这样一些真话，我奉献出了几瓶真的而不是假的好酒，还有佐酒菜。从此，我观察到，假话是可以说得很虔诚，很真实，很潇洒，很诙谐，很郑重，很严肃，很正确，很令人感动，很精彩，很精辟的。从此，每当我产生说真话的冲动，竟有几分羞于说真话的腼腆，在意识——当然潜意识中作梗了！

后来我做过一个梦：我因十二条大罪被判十二年徒刑。我望着法官们的面孔，觉得他们一个个似曾相识。我看出他们明知所有大罪都是无中生有，但他们一个个以假话把它说成是真的。他们那些假话同样说得水平很高，包容了我从生活中观察到的一切形式完美的假话之最……

我忍无可忍咆哮公堂大喝一声——可耻！于是我醒了。我愿人人都做我做过的这个梦。那么人人都将不难明白，仅仅为了自己，也断不该欣赏假话，将说假话的现象，营造成生活中氤氲一片的景致。无奈在非说假话不可的情况之下，就我想来，也还是以不完美的假话稍正经些。不完美的假话仍保留着几分可矫正为真话的余地啊！……

狡猾是一种冒险

从前，在印度，有些穷苦的人为了挣点儿钱，不得不冒险去猎蟒。

那是一种巨大的蟒，一种以潮湿的岩洞为穴的蟒，背有黄褐色的斑纹，腹白色，喜吞尸体，尤喜吞人的尸体。于是被某些部族的印度人视为神明，认定它们是受更高级的神明的派遣，承担着消化掉人的尸体之使命。故人死了，往往抬到有蟒占据的岩洞口去，祈祷尽快被蟒吞掉。为使蟒吞起来更容易，且要在尸体上涂了油膏。油膏散发出特别的香味儿，蟒一闻到，就爬出洞了……

为生活所迫的穷苦人呢，企图猎到这一种巨大的蟒，就佯装成一具尸体，往自己身上遍涂油膏，潜往蟒的洞穴，直挺挺地躺在洞口。当然，赤身裸体，一丝不挂。最主要的一点是一脚朝向洞口。蟒就在洞中从人的双脚开始吞。人渐渐被吞入，蟒躯也就渐渐从洞中蜓出了。如果不懂得这一点，头朝向洞口，那么顷刻便没命了，猎蟒的企图也就成了痴心妄想了……

究竟因为蟒尤喜吞人的尸体，才被人迷信地图腾化了，还是因为蟒先被迷信地图腾化了，才养成了"吃白食"的习性，没谁解释得清楚。

我少年时曾读过一篇印度小说，详细地描绘了人猎蟒的过程。那人不是一个大人，而是一个十三岁的孩子。他和他的父亲相依为命。他的父亲患了重病，奄奄待毙，无钱医治，只要有钱医治，医生保证病是完全可以治好的。钱也不多，那少年家里却拿不起。于是那少年萌生了猎蟒的念头。他明白，只要能猎得一条蟒，卖了蟒皮，父亲就不至于眼睁睁地死去了……

某天夜里，他就真的用行动去实现他的念头了。他在有蟒出没的山下脱光衣服，往自己身上涂遍了那一种油膏。他涂得非常之仔细，连一个脚趾都没忽略。一个少年如果一心要干成一件非干成不可的大事，那时他的认真态度往往超过了大人们。当年我读到此处，内心里既为那少年的勇敢所震撼，又替他感到极大的恐惧。我觉得世界上顶残酷的事情，莫过于生活逼迫着一个孩子去冒死的危险了。这一种冒险的义务性，绝非"视死如归"四个字所能包含的。"视死如归"，有时只要不怕死就足够了。有时甚至"但求一死"罢了。而猎蟒者的冒险，目的不在于死得无畏，而在于活得侥幸。活是最终目的。与活下来的重要性和难度相比，死倒显得非常简单不足论道了……

那少年手握一柄锋利的尖刀，趁夜仰躺在蟒的洞穴口。天亮之时，蟒发现了他，就从他并拢的双脚开始吞他。他屏住呼吸。不管蟒吞得快还是吞得慢，猎蟒者都必须屏住呼吸。蟒那时是极其敏感的，稍微明显的呼吸，蟒都会察觉到。通常它吞一个涂了油膏的大人，需要二十多分钟。猎蟒者在它将自己吞了一半的时候，也就是吞到自己腰际，猝不及防地坐起来——以瞬间的神速，一手掀起蟒的上腭，另一手将刀用全力横向一削，于是蟒的半个头，连同双眼，就会被削下来。自家的生死，完全取决于那一瞬间的速度和力度。削下来便远远地一抛。速度达到而力度稍欠，猎蟒者也休想活命了。蟒突然间受到强烈疼痛的强刺激，便会将已经吞下去的半截人体一下子呕出来。人就地一滚躲开，蟒失去了上腭连同双眼，想咬，咬不成；想缠，看不见。愤怒到极点，用身躯盲目地抽打岩石，最终力竭而亡。但是如果未能将蟒的上半个头削下，蟒眼仍能看到，那么它就会带着受骗上当的大愤怒，蹿过去将人缠住，直到将人缠死，与人同归于尽……

　　不幸就发生在那少年的身体快被蟒吞进了一半之际——有一只小蚂蚁钻入了少年的鼻孔，那是靠意志力所无法忍耐的。少年终于打了个喷嚏，结果可想而知……

　　数天后，少年的父亲也死了。尸体涂了油，也被赤裸裸地抬到那一个蟒洞口……

　　三十多年过去了，我却怎么也忘不了读过的这一篇小说。其他方面的读后感想，随着岁月渐渐地淡化了。如今只在头脑中留存下了一个固执的疑问——猎蟒的方式和经验，可以很多，人为什么偏偏要选择最最冒险的一种呢？将自己先置之死地而后生，这无疑是大智大勇的选择。但这一种"智"，是否也可以认为是一种狡猾呢？难道不是么？蟒喜吞人尸，人便投其所好，从蟒决然料想不到的方面设计谋，将自身作为诱饵，送到蟒口边上，任由蟒先吞下一半，再猝不及防地"后发制人"，多么狡猾的一着！但是问题又来了——狡猾也真的可以算是一种"智"么？勉强可以算之，却能算是什么"大智"么？我一向以为，狡猾是狡猾，"智"是"智"，二者是有些区别的。诸葛亮以"空城计"而退压城大军，是谓"智"。曹操将徐庶的老母亲掳了去，当作"人质"逼徐庶为自己效力，似乎就只能说是狡猾了罢！而且其狡其猾又是多么卑劣呢！

　　那么在人与兽的较量中，人为什么又偏偏要选择最最狡猾的方式去冒险呢？如果说从前的印度人猎蟒的方式还不足以证明这一点，那么非洲安可尔地区的猎人猎获野牛的方式，也是同样狡猾同样冒险的。非洲安可尔地区的野牛身高体壮，狂暴异常，当地土人祖祖辈辈采用一种与众不同的方式猎杀之。他们利用的是野牛不践踏、不抵触人尸的习性。

　　为什么安可尔野牛不践踏不抵触人尸，也是没谁能够解释得明白的。

　　猎手除了腰间围着树皮和臂上戴着臂环外，也几乎可以说是赤身裸体的。一张小弓，几支毒箭，和拴在臂环上的小刀，是猎野牛的全副武装。他们总是单独行动，埋伏在野牛经常出没的草丛中。而单独行动则是为了避免瓜分。

当野牛成群结队来吃草时，埋伏着的猎手便暗暗物色自己的谋杀目标，然后小心翼翼地匍匐逼近。趁目标低头嚼草之际，早已瞄准它的猎手霍然站起放箭。随即又卧倒下去，动作之疾跟那离弦的箭一样。

箭在野牛粗壮的颈上颤动。庞然大物低哼一声，甩着脑袋，好像在驱赶讨厌的牛蝇。一会儿，它开始警觉地扬头凝视，那是怀疑附近埋伏着狩猎的敌人了。烦躁不安的几分钟过去后，野牛回望离远的牛群，想要去追赶伙伴们了。而正在这时，第二支箭又射中了它。野牛虽然目光敏锐，却未能发现潜伏在草丛中的敌人。但它听到了弓弦的声响。颈上的第二支箭使它加倍地狂躁，鼻子翘得高高的，朝弓弦响处急奔过去。它并不感到恐惧，只不过感到很愤怒。突然间它停了下来，因为它嗅到了可疑的气味儿，边闻，边向前搜索……

人被看到了！野牛低俯下头，挺着两支锐不可当的角，笔直地冲上前去，对那猎手来说，情况十分危险。如果他沉不住气，起身逃跑，那么他死定了！但他却躺在原地纹丝不动。野牛在猎手跟前不停地踩蹄，刨地，摇头晃脑，喷着粗重的鼻息，大瞪着因愤怒而充血的眼睛……最后它却并没攻击那具"人尸"，轻蔑地转身走开了……

但这只是一种"战术"而已。野牛的"战术"。这"战术"也许是从它的许多同类们的可悲下场本能地总结出来的。它又猛地掉转身躯，冲回到人跟前，围绕着人兜圈子，踩蹄，刨地，眼睛更加充血，瞪得更大，同时一阵阵喷着更加粗重的鼻息，鼻液直喷在人脸上。而那猎手确有非凡的镇定力。他居然能始终屏住呼吸，眼不眨，心不跳，仰躺在原地，与野牛眼对眼地彼此注视着，比真的死人还像死人。野牛一次次杀了五番"回马枪"，仍对"死人"看不出任何破绽。于是野牛反倒认为自己太多疑了，决定停止对那"死人"的试探，放开四蹄飞奔着去追赶它的群体，而这一次次的疲于奔命，加速了箭镞上的毒性发作，使它在飞奔中四腿一软，轰然倒地。这体重一千多斤的庞然大物，就如此这般地送命在狡猾的小小的人手里了……

现代的动物学家们经过分析得出结论——动物们不但有习性，而且有种类性格。野牛是种类性格非常高傲的动物，用形容人的词比喻它们可以说是"刚愎自用"。进攻死了的东西，是违反它的种类性格的。人常常可以做违反自己性格的事，而动物却不能。动物的种类性格，决定了它们的行为模式，或曰"行为原则"也未尝不可。改变之，起码需要百代以上的过程。在它们的种类性格尚未改变前，它们是死也不会违反"行为原则"的。而人正是狡猾地利用了它们呆板的种类性格。现代的动物学家们认为，野牛之所以绝不践踏或抵触死尸，还因为它们的"心理卫生"习惯。它们极其厌恶死了的东西，视死了的东西为肮脏透顶的东西，唯恐那肮脏玷污了它们的蹄和角。只有在两种情况下才发挥武器的威力——发情期与同类争夺配偶的时候以及与狮子遭遇的时候。它的"回马枪"也可算作一种狡猾的。但它再狡猾，也料想不到，狡猾的人为了谋杀它，宁肯伪装成它视为肮脏透顶的"死尸"……

比非洲土人猎取安可尔野牛更狡猾的，是吉尔伯特岛人猎捕大章鱼的方式。吉尔伯特岛是太平洋上的一个古岛。周围海域的章鱼之大，是足以令世人震惊的。它们的触角能轻而易举地弄翻一条载着人的小船。

猎捕大章鱼的吉尔伯特岛人，双双合作。一个充当"诱饵"，一个充当"杀手"。为了对"诱饵"表示应有的敬意，岛上的人们也称他们为"牺牲者"。

"牺牲者"先潜入水中，在有大章鱼出没的礁洞附近缓游，以引起潜伏的大章鱼的注意。然后突然转身，勇敢地直冲洞口，无畏地闯入大章鱼八条触角的打击范围。

充当"杀手"的人，埋伏在不远处，期待着进攻的机会。当他看到

"诱饵"已被章鱼拖到洞口，大章鱼已用它那坚硬的角质喙贪婪地在"诱饵"的肉体上试探着，寻找一个最柔软的部位下口。

于是"杀手"迅速游过去，将伙伴和大章鱼一起拉离洞穴。大章鱼被激怒了，更凶狠地缠紧了"牺牲者"。而"牺牲者"也紧紧抱住大章鱼，防止它意识到危险抛弃自己溜掉。于是"杀手"飞快地擒住大章鱼的头，使劲儿把它向自己的脸扭过来，然后对准它的双眼之间——此处是章鱼的致命部位，套用一个武侠小说中常见的词可叫"死穴"——拼命啃咬起来。一口、两口、三口……不一会儿，张牙舞爪的大章鱼渐渐放松了吸盘，触角也像条条死蛇一样垂了下去，就这样一命呜呼了……

分析一下人类在猎捕和"谋杀"动物们时的狡猾，是颇有些意思的。首先我们可以得出结论，狡猾往往是弱类被生存环境逼迫生出来的心计。我们的祖先，没有利牙和锐爪，甚至连用来自卫的角、蹄、较厚些的皮也没有，连逃命之时足够快的速度都没有。在亘古的纪元，人这种动物，无疑是地球上最弱的动物之一种。不群居简直就没有办法活下去。于是被生存的环境、生存的本能逼生出了狡猾。狡猾成了人对付动物的特殊能力。其次我们可以得出结论，人将狡猾的能力用以对付自己的同类，显然是在人比一切动物都强大了之后。当一切动物都不再可以严重地威胁人类生存的时候，一部分人类便直接构成了另一部分人类的敌人。主要矛盾缓解了，消弭了。次要矛盾上升了，转化了。比如分配的矛盾，占有的矛盾，划分势力范围的矛盾。因为人最了解人，所以人对付人比人对付动物有难度多了。尤其是在一部分人对付另一部分人，成千上万的人对付成千上万的人的情况下。于是人类的狡猾就更狡猾了，于是心计变成了诡计。"卧底者"、特务、间谍，其角色很像吉尔伯特岛人猎捕大章鱼时的"牺牲者"。"置之死地而后生"这一军事上的战术，正可以用古印度人猎蟒时的冒险来生动形象地加以解说。那么，军事上的佯败，也就好比非洲土人猎杀安可尔野牛时装死的方法了。

归根结底，我以为狡猾并非智慧，恰如调侃不等于幽默。狡猾往往是冒险，是通过冒险达到目的之心计。大的狡猾是大的冒险，小的狡猾是小的冒险。比如"二战"时期日军偷袭珍珠港的军事行径，所冒之险便是彻底激怒一个强敌，使这一个强敌坚定了必予报复的军事意志。而后来美国投在广岛和长崎的两颗原子弹，对日本军国主义来说，无异于是自己的狡猾的代价。德国法西斯在"二战"时对苏联不宣而战，也是一种军事上的狡猾。代价是使一个战胜过拿破仑所统帅的侵略大军的民族，同仇敌忾，与国共存亡。柏林的终于被攻陷，并且在几十年内一分为二，是德意志民族为希特勒这一个民族罪人付出的代价。

而智慧，乃是人类克服狡猾劣习的良方，是人类后天自我教育的成果。智慧是一种力求避免冒险的思想方法。它往往绕过狡猾的冒险的冲动，寻求更佳的达到目的之途径。狡猾的行径，最易激起人类之间的仇恨，因而是卑劣的行径。智慧则缓解、消弭和转化人类之间的矛盾与仇恨。也可以说，智慧是针对狡猾而言的。至于诸葛亮的"空城计"，尽管是冒险得不能再冒险的选择，但那几乎等于是唯一的选择，没有选择之情况下的选择。并且，目的在于防卫，不在于进攻，所以没有卑劣性，恰恰体现出了智慧的魅力。

一个人过于狡猾，在人际关系中，同样是一种冒险。其代价是，倘被公认为一个狡猾的人了，那么也就等于被公认为是一个卑劣的人一样了。谁要是被公认为是一个卑劣的人了，几乎一辈子都难以扭转人们对他或她的普遍看法。而且，只怕是没谁再愿与之交往了。这对一个人来说，可是多么大的一种冒险多么大的一种代价啊！

一个人过于狡猾，就怎么样也不能成其为一个可爱可敬之人了。对于处在同一人文环境中的人，将注定了是危险的。对于有他或她存在的那一人文环境，将注定了是有害的。因为狡猾是一种无形的武器。因其无形，拥有这一武器的人，总是会为了达到这样或那样的目的，一而再，再而三地使用之，直到为自己的狡猾付出惨重的代价。但那时，他人，周边的人文环境，也就同样被伤害得很严重了。

一个人过于狡猾，无论他或她多么有学识，受过多么高的教育，身上总难免留有土著人的痕迹。也就是我们的祖先们未开化时的那些行为痕迹。现代人类即使对付动物们，也大抵不采取我们祖先们那种种又狡猾又冒险的古老方式方法。狡猾实在是人类中的性格的退化，使人类降低到仅仅比动物的智商高级一点点的阶段。比如吉尔伯特岛人用啃咬的方式猎杀章鱼，谁能说不狡猾得带有了动物性呢？

人啊，为了我们自己不承担狡猾的后果，不为过分的狡猾付出代价，还是不要冒狡猾这一种险吧。试着做一个不那么狡猾的人，也许会感到活得并不差劲儿。

当然，若能做一个智慧之人，常以智慧之人的眼光看待生活，看待他人，看待名利纷争，看待人际摩擦，则就更值得学习了。

宽容是一种进步

——电话答记者问

人们谈论爱、婚姻太喜欢用"神圣"二字了。事实上，爱、婚姻是与人性关系最为紧密的事情。故也是与人性弱点关系最为紧密的事情。正如莲是美的，但是它的根扎在淤泥里。

人类是深知这一真相的。

人类最难于靠理念的执着去呵护的便是爱；最难于驾驭自如的乃是婚姻这叶扁舟。人类在许多方面体现出了伟大性，唯在爱与婚姻方面，仍忍受着人性弱点导致的种种烦恼的折磨。其性质和几千年前几乎没什么区别。

故我主张，无论对爱还是对婚姻，不要太理想主义，更不必赋予其"神圣"的色彩。恰恰相反，要极心平气和地承认其世俗的根本性质。正因为它的世俗属性，所以才要由责任和伦理道德去制约。

但是在爱和婚姻方面的"犯规"，一般而言，并不等于犯法。婚变不应被视为什么人生的末日或深渊；婚外恋之类，也并不一概地意味着道德败坏。里根也离过婚，而美国历史上作用伟大的总统威尔逊，与女黑奴有爱的隐私，前任法国总统也有一个私生女……

我不能在爱和婚姻方面对任何人提出任何建议。

我仅主张从容镇定面对爱和婚姻的变化。

我绝对地理解一个爱我的女人后来怎么又不爱我了这种事情……

我认为我不再爱我不爱了的女人，也是我人性最自然的现象……

并且，我不承诺我永远爱什么人。不承诺作为丈夫我一生在感情方面绝不会坠陷一次。

因为这基本上是人类最大的谎言。因为在这个世界上，凡综合素质高于低劣水平的男人和女人，几乎无一例外地一生发生过多次婚外恋。区别只不过是——有的仅仅在心理上。

故我觉得此例中男女的婚变，实为大千世界天天发生的寻常事罢了。没什么太值得分析的价值。唯一对他人有益的启发是——当事的男人和女人不闹、不报复、不深怀仇恨与自己纠缠不清……

这是起码的理性。

也是人类在几千年后唯一的一点在爱和婚姻方面的进步。

这进步包含着人类对自身人性弱点的必要的宽容。

这很好。

"傻"事中的诗性

十二年前，一位容貌俊秀的上海姑娘，确切地说，是一位大学化工系女生，爱上了一名留学生。他也是学化工的。他们毕业后结婚了。她跟随他去往他的国家、他的家乡。

一个沙漠之国，一个回教之邦——这是当时她对他的国家的全部所知。

于是他将他的中国新娘带到了他的国家的边界的一个小镇。那里距举世闻名的撒哈拉大沙漠仅二百余公里。那里便是他的家乡。一个经济落后、人口不多、规模很小的小镇。与中国长江以南的某些新兴县镇相比，那小镇更像一个社区化的村庄。

台湾女作家三毛写过一些关于撒哈拉大沙漠的散文，记叙了她和她的丈夫荷西的"撒哈拉"之恋，使那么多纯情的中国女孩儿读之深受感动。仿佛撒哈拉大沙漠才是真爱的源发地，爱的美好在沙漠上胜过在奥林匹斯山上似的。现在我们知道，其实三毛和她的夫君荷西，并不曾共同在撒哈拉生活过多久，也许总体时间加起来一年还不到……

但那位上海新娘，却已经在撒哈拉大沙漠边那个异国小镇，与她的丈夫共同生活了十二年了，而且一直无怨无悔地做着他的好妻子。两名化工系的学生，当初在那个人们靠种沙枣树谋生的小镇几乎找不到一份像样的工作。他们不得不双双打短工，每月的收入加起来，还不足五十元人民币……

如今他们终于有了自己的家。他们的家几乎空空如也。以前的贵重家具是冰箱和一台小小的黑白电视，刚换了一台大点儿的电视……

十二年间，她入乡随俗，改变了上海人的生活习惯和饮食习惯。连用水，都要从自家的井里汲取……

那家的房子，乃是他们租的。他们还要靠租房子才有家。分明地，在以后一个相当长的时期里，他们是买不起房子的……

十二年前窈窕的上海姑娘，如今体态胖了，是一位中国妇人了。

她从前白皙的肌肤被晒黑了，被撒哈拉的风沙吹得粗糙了……

张敏——如果不是中国电视台的境外专题摄制组到了那个异国小镇，除了她的中国亲友，有谁知道她的名字呢？

当记者同胞问她十二年来的生活感受时，她恬静地微笑着说："我既然爱上了他这个人，当然应该接受和他的人生相关的一切。"我望着电视里的张敏，倏忽间，我的心被她的话深深感动了。在这个世界上，具体一点儿说，在中国，还有男人或女人为了爱肯去往任何地方，过任何一种生活吗？我暗问自己——假使我们是未婚男人，我肯为爱做到义无反顾吗？我对自己的回答是——恐怕我已做不到。但以前我相信我是能做到的啊。以前？——只不过才是几年前呀。当我们自认为或被认为成熟了的时候，我们就会将爱在手上反复掂量，患得患失。当爱在我们种种的得失考虑中似乎被摆放于周到的位置了，爱已经具有太多的思谋的成分了。就像我们周到地思谋许多别的事情一样。我们都企图从爱这一种原本最最单纯的人类关系中，获得最最实际的益处。爱越来越成为成功了的男人们为他们的成功所付出的代价的一种补偿，正如荣誉之补偿运动健将们平素的苦练。也越来越成为女人们的人生的一种经营方式，仿佛这便是爱的天经地义的位置了。

那种只因爱上了一个人便肯选择一种在他人看来傻透了的生活的男

人或女人，已经很少很少了吧？进而我就不禁地想——以我这类俗男人的观点来看，张敏是否真的未免太傻呢？

国门敞开，爱的天地无比宽广了，多少中国女孩和女人带着她们的人生彩球迫不及待地去往西方去往欧洲，她怎么偏偏去往了撒哈拉大沙漠的边儿上呢？

如果她当年并未作这一种义无反顾的选择，她今天的命运将会多么地不同啊——倘她当年考硕士进而考博士，她也许将成为中国未来的化学专家吧？倘她当年嫁给她的某一位上海同学，他们今天也早该在上海有自己温馨的小家了吧？

女人们是否更会认为她十二年前的决定太傻了呢？由电视中那个叫张敏的上海女子，我联想翩翩，进而想到了许多与"傻"这个字紧密相关的人和事。

首先想到了天上的织女们。她们中的两个，一个下凡嫁给了董永；一个下凡做了牛郎的媳妇。而且也是那么始终不渝、无怨无悔。她们是多么傻呀！人间的公子王孙有多少哇，以她们的美丽容貌，迷倒哪一个不易如反掌呢？怎么偏偏爱上了连人间的女子们都不屑于正眼相看的两个一无所有的男人呢？

接着想到了白娘子，那个许仙对她疑神疑鬼的，竟那么地值得爱吗？害得自己被镇在雷峰塔下，仍痴心不改！

还想到了杜十娘，李公子负心就负心吧！孙某也富，也看中了自己，便跨过船去，转投孙某怀抱，未必一生不快活吧？何况她自己有百宝箱，做富有的女单身族也挺潇洒呀。倘性的观念开通一些，像才女鱼玄机用诗所"宣言"的那样——"自当窥宋玉，何必怨王昌"，不是也不算亏待自己的一生吗？

再接着想到了爱情以外的人和事：普罗米修斯何苦来的呢？你本优哉游哉地在天上做着你的神祇，人间黑暗不黑暗，关你什么事呢？你何苦为人间盗火，因而使自己遭受悲惨而又永远的苦难呢？须知人间并没几个人真心实意地感念你啊！人间非但不感念，还要告诉自己的后代，火种是自己钻木得来的。普罗米修斯啊普罗米修斯，不知巨雕每天一次用爪扒开你的胸膛，啄食你的脏腑的时候，你都在想些什么？人类的忘恩负义，你这神祇是一清二楚的呀！

还联想到了猎人海力布。蛇王的女儿明明预先警告过你——你所听到的鸟兽的语言是绝不可以转告别人的，否则你将变成石头。洪水要冲来了，你自己悄悄躲避到山上去就是了嘛！如果你怕只剩下你一个人太孤单了，你骗一个或者干脆用猎枪逼着一个女人随你一块儿上山岂不更好？而且，也别管她是不是已经嫁人为妻了，只要你爱她！反正，她的丈夫总是要被洪水淹死的。她还应该感激你的救命之恩哪！何况，部落中就没有谗言小人了吗？他们就没背后贬损过你的人格吗？你舍自己的命而也同时连小人都救了，你不是迂腐到家了吗？

联想到了一则外国故事中的两个人：一个人犯了莫须有的罪，被判绞刑。他请求临死前给他半天的时间，让他赶回家去与老母亲诀别。围观者中有一个人恻隐了，竟自愿登上绞架顶替他。而且当众声明，倘他逾时不返，自己宁可替死。多傻的一个大傻帽儿呀！这人已经傻得无可救药了，那人比他更傻！差几分钟行刑了，却气喘吁吁，通身大汗地赶回来！边往绞架那边跑，还边大喊："等等！等等！我回来啦！"——你说他不远走高飞，跑回来送死干什么呀！

联想到了北宋学者吕南公笔下记载的三个人——其一曰陈策。别人买他的银器和罗绮。他却只卖银器不卖罗绮。还要对人家说："罗绮我货仓中是有的。但那是别人用来抵债的。已经存放得太久了，丝力糜脆质地不保了，怎么能卖给你去做嫁女的嫁妆呢？"还指出银器也是别人抵押之物，怕是假的，投入火中亲自替买者验看。其二叫危整。有次他买鲍鱼，渔肆过秤的人私下告诉他："我在秤星上多替你做了五斤的手脚，你得请我喝酒！"占了大便宜，当然应该请人家喝酒的。他却不，追上卖鱼的渔民，补交了五斤鲍鱼的钱。顾惜名声，做到这份儿上也就算了吧？竟还请过秤的人喝酒，为的是在酒桌上批评人家的不对。照今天我们某些同胞看来，往好了评论是作秀，是沽名钓誉。若往损了评论，大约是要被说成装孙子的吧？第三个人叫曾叔卿，做陶瓷买卖的。北方有灾荒，所以虽备好了货而不往。有人买了他那批陶瓷，且已付了钱。他却要问人家买了干什么。人家实告：也打算和他一样贩到北方去呀！他却收回货，退了款，不卖了。怕那批陶瓷贩往北方卖不出去，砸在人家手里！不砸在别人手里，那不就很可能砸在你自己手里吗？曾叔卿呀曾叔卿，人人都像你这么经商，有几个能发得起来呀？你本与儒字不沾边的，图什么儒商虚名呢？何况，你家日子挺穷，你家妻儿还期待着你卖了陶瓷的钱买米下锅哪！……

　　"傻"人办"傻"事，自有他们的一套原则，或曰一套理念逻辑。其特殊之点是将人性操守化了，也反之按他们（包括她们）的理解将操守格外地人性化了。因而操守在他们和她们的意识里即人性的一部分，甚至是人性特别主要的成分。故他和她们与我们是那么不一样。不像我们似的，总觉得操守是人性自由的羁绊和枷锁。是的，他们确乎不这么觉得。我们有时也挺喜欢他们，那是因为我们凡事太少操守，太精于利己的思谋，于是使人性过于芜杂了。我们被其所累，便容忍有一种与我们的理念不同的、另外的人性模式存在着，使我们看了如此安慰我们自己——只要我愿意，我也可以那么简单地活一生。尽管我们其实永远不打算像他们那样对待任何一件与我们自身的利弊多少有些相关的事情。我们安慰我们自己时，还企图证明我们在对人性的理解方面，站立在比"傻"人们高得多的境界。而且，我们想要举出多少条，便可举出多少条现代的理念，支持我们对人性的理解的正确性。就好像大人面对孩子说："因为我已经不是小孩子了，所以我不会再做孩子事了。但是如果我的头脑重新变得像孩子那么简单……"

我们有时却很讨厌他们和她们，甚而嫌恶乃至憎恨他们和她们，总打算不容他们和她们的存在。不但嗤之以鼻地以一个"傻"字来定评，还往往要大加嘲讽、讥笑、攻讦。那是由于，因了他们和她们的存在，常常显得我们的不"傻"的活法未免也太是很累很累的活法了。真的，有时不"傻"的人的活法，比"傻"人们的活法更累。

"傻"人们的活法，以及他们和她们所做之种种在我们不"傻"的人看来实在"傻"得可悲可怜的事，是最经不起我们不"傻"的人如此一问的——何苦？

只要我们这么一问，"傻"人们就似乎的的确确是天生的一些"傻"种了。

而我最终想说的是——仅从美学的角度讲，某些事物恰恰因其过于复杂而失美，比如电脑的内部就不如电脑的外观那么好看，大脑也不如头颅那么好看。

人性亦如此。人性复杂进而芜杂，乃是人类后天相互传染的一种病。尽管我们普通的不"傻"的人，目前仍自赏着人性的复杂与芜杂，但总有一天，我们将不得不承认它是一种病。并开始研制给我们自己治病的药方。正如我们目前在研制医疗艾滋病的药方一样。人性在最简单的理解前提之下有诗性。这是"傻"人们给我的启示。故我每因我的不够"傻"，而深深地嫌恶我人性质量的糜烂的成熟。这使我常感羞耻不已……

关于"怀旧"

怀旧，其实便是人性本能的记忆。

好比年轮也意味着是树木的记忆一样——想想吧，若树木亦有情愫，它们那一圈圈细密的年轮，该录下了它们所经历的多少故事呢？难道，它们会忘记曾是幼树时遭遇过的某一场大风暴么？会忘记曾被折断过枝丫时那一种痛楚么？会忘记育林人为它们流过的汗水对它们的保护之恩么？……

怀旧，便是人性这样的一些记忆啊！它的本质就是缠绵于心灵中的一缕情愫，与思想和理念是并没有多少关系的。

倘我们看生活的眼光是入微的，我们当会发现，即或儿童和少年，也是每每难免要怀旧的呀！

一个男孩子说："去年春节的时候……"

一个女孩子说："爷爷活着的时候……"

一个少年说："我小学一年级的时候……"

一个少女说："别把我的布娃娃扔了，我还喜欢哪！……"

他们实际上是在说什么呢？难道不是在表明——过去的日子里，某事、某人、某物，在他们的心灵中留下了什么有价值的甚至自认为是宝贵的记忆么？而那记忆，难道不是总体现为一种情愫么？

不但儿童和少年，连动物们也是怀旧的呀！

"胡马依北风""羁鸟恋旧林""池鱼思故渊"……不要以为这样的一些诗句，只不过是诗人们的比赋。问问那些了解动物的人吧，他们兴许会感慨地告诉我们，动物怀旧的"情愫"，有时比我们人还甚之呢！据说，野狐死前的预感是很强的。它们一旦意识到自己的命限临终了，便尽可能地回到它们的第一处穴里。所以曹操有诗言——"狐死归首丘，故乡安可忘？"

怀旧的情愫是那么丰富，我敢说，几乎包括了人性的全部内容和侧面。思乡、念友、缅亲、恋物、感时叹岁、回顾以往……人性在怀旧之际，总是显得那么温良。

不要相信那些宣布自己绝不怀旧的人的话。他们这样宣布的时候，恰恰道出——过去之对于他们，必定是剪不断，理还乱。

据我想来，如果一个人真的根本不曾怀旧过——那么似乎足以证明，他或她的人性质量是相当可疑的。是的，是人性的质量可疑，而非是人生的。因为不管多么艰难的人生，并不意味着同时便是绝无温馨情愫的人生。事实上恰恰相反，温馨情愫相对于艰难人生，更是值得珍视值得回忆的啊！

"一枝何可贵，恰是故园春""伤心江上客，不是故乡人""双飞难再得，伤我寸心中""故人一别几时见，春草还从旧处生""人世几回伤往事，山形依旧枕寒流"——因为人性有怀旧的特点，我们才有许多情愫真切的诗句可欣赏，歌者才一吟三叹唱得我们感动啊！亲情、友情、爱情，在怀旧的情愫中，如雾里的花姿，如水中的月影，我们深知它们确曾因我们而存在过，我们深知它们的虚幻并非我们的想象，而是留在我们心灵中的印痕——于是我们因它们的确曾存在而庆幸人生的赐予，因了我们的铭记不忘而感动自己。

怀旧的情愫，印在人类全部的历史和现实的许多方面。它既与思想、意识、观念无涉，也不是它们所能切割或抵消的。

大多数人的生命特点基本上是这样的——幼年时朝前看，青年时看眼前，中年时边在人生路上身不由己地走着边回头，而老年时既不回头也不扬头了。老年人习惯于低头沉思。怀旧是老年人的情愫慰藉。他已无需太多的东西了，所以他不目咄咄地引颈寻觅。该记住的都印在他心灵里了，所以他也不必再频频回头去找……

人性的这一特点，也极分明地体现在人类的繁衍过程中……

中国人从前的怀旧人性是很受压抑的。一九四九年以后中国人不太敢怀旧了，那可能会从政治上被斥为"怀念旧社会"。一九七八年以后中国人对怀旧二字也是心里暧昧的，那可能被讽为对极"左"年代情有独钟……

现在好了，现在我们大家都可公开地流露各自的怀旧情愫了——对此的种种指斥，据我看来，实也是相对于人性的极"左"。而青年人对中老年人的嘲讽，除了证明他们人生的浅薄和人性的不成熟，不再证明别的——到他们也开始怀旧的时候，他们将恍然大悟——啊，人生竟是这样的啊！……

生命终了之际，每个人都会感受到，所谓人生——不过是一些怀旧的片断组成的记忆……

关于同情

去年下学期，我教的中文大三班，有一名女生叫杨燕群。她的家乡在湖南湘西，与贵州省交界的某地方。她是侗族女儿，那儿的大山的褶皱间，夹匿着一个小小的侗寨，它记录着她的成长史，而她是它的自豪。在她之前，那小小的侗寨没出过一名大学生。她是每年假期飞返于北京和那小小的侗寨之间的一只燕，一只雏燕。

她是一名很勤奋习写的女生，一学期里主动交给我多篇作业，其中一篇是《秋菊》。

我格外喜欢《秋菊》，在课堂上重点评析过，并且我应邀到别的大学去讲座时，每带着《秋菊》，读给别的大学的学子们听。

我当时问过杨燕群："你写的这个秋菊，是虚构的人物，还是有生活原型的人物呢？"

她回答："几乎写的就是我邻家一个小妹，我同情她。我成了北京的一名大学生后，不但不能渐渐地忘记她，反而越来越关心秋菊的命运了。"

而我，自从读了我的学生的《秋菊》，竟也变得像我的学生一样，内心每生同情。

秋菊的父亲是一个不争气的男人，或者又简直可以说，是一个酒鬼。秋菊的母亲是一个半哑的女人，吃苦耐劳却并不能摆脱穷日子的压迫。

秋菊还有一个弟弟，虽然不傻，但也聪明不到哪儿去。少女秋菊，常打算逃离她那个贫困的家，到大城市里去打工，却没谁肯带她离开那小小的侗寨。她的想法，当然也是为了能挣点儿钱减轻母亲身上的生活重担。没谁肯带她离开，最终便只有早早地嫁了人，以十五岁的少女之身，嫁给了一个从未见过面的年龄大她一倍的男人⋯⋯

一次我在某大学读过《秋菊》后，台下有学子不以为然地大声说："不过就是一篇同情习作，值得在大学礼堂当众读它吗？"

于是一片寂静，似有共鸣。

我回答："古今中外，纵观人类文学的总体现象，若没了同情，就好比从人性中抽掉了善，文学也就缺失了一种人类至今仍需要它的理由。从前那理由曾是很主要的理由，现在似乎变得不怎么主要了。但无论对于一个国家还是一个民族，其文学中如果根本没有了同情的元素，则我认为那一种文学在品质上是大打折扣的。没有同情，中国古典诗词中就没有了白居易的《卖炭翁》，就没有了杜甫的《石壕吏》，范仲淹'先天下之忧而忧，后天下之乐而乐'之名句，也就完全丧失了任何评论的意义，杜甫'安得广厦千万间，大庇天下寒士俱欢颜，吾庐独破受冻死亦足'之仰天长叹，就仿佛变得滑稽可笑。没有同情，曹雪芹断然写不出《红楼梦》；没有同情，鲁迅不能给我们留下《祝福》和《孔乙己》；没有同情，就没有屠格涅夫的《木木》；没有同情就没有托尔斯泰的《安娜·卡列尼娜》和《复活》，就没有雨果的《悲惨世界》，没有哈代的《苔丝》，没有司汤达的《红与黑》，没有霍桑的《红字》⋯⋯总而言之，没有同情，都德的《小东西》、莫泊桑的《羊脂球》和《一生》、左拉的《小酒店》和《萌芽》、契诃夫的《万尼亚舅舅》，我们就都将读不到了。此外还有雨果的《海上劳工》、陀思妥耶夫斯基的《被侮辱与被损害的》、小仲马的《茶花女》、斯陀夫人的《汤姆叔叔的小屋》，等等，大约都根本不会问世了。因为作家们的内心里若没有了同情，作家们的眼所见之世界之社会，就与他们所处之现实的世界和社会之间如隔重帏了。他们的头脑，也就不会去思考关于平等、博爱、人性权利以及人道主义种种问题了……"

我回答之后，台下又是一阵肃静，片刻有一个声音问："如此说来，文学不就是不堪救药了吗？而我们知道，另有许多经典名著，根本不是作家们出于对谁们的同情而写的，这也该是文学总体现象的一种真相吧？"

我回答："是的，那是一种真相。确乎，即使没有如上那些作家和他们的作品，剩下的文学的总体现象，依然会很丰富。比如想象方面的丰富，趣味性方面的丰富，预见性方面的丰富，推理性方面的丰富，欣赏性方面的丰富，纯粹文字阅读享受方面的丰富，等等。但请试想一下，果而没有了如上作品，文学的'人文精神'是不是将会变成一个清淡式的话题？又比如电影吧，为什么我们看过伊朗导演阿巴斯的《小鞋子》的人，会对电影作为一门艺术再度从内心里升起久违了似的亲和之感？如果我们不难明白我们久违了的是什么，我们的讨论也就有了某种答案。"

"可是从前卖火柴的小女孩们大抵是读不到安徒生那一篇著名的童话的，那么请问它的意义何在？"

我没有再作回答，我说我将把这一个问题带回给我的学生们，让他们去讨论，且看他们能讨论出个什么结果。

而我的学生们，讨论出了这样一个结果——文学现象中的同情之作，与其说是写给被同情的人们看的，还莫如说是写给那些人生基本上无忧无虑，在无忧无虑的人生中几乎已经快将同情之心丧失尽净的人们看的。同情之作，是写给那样的大人，那样的孩子，以及那样的青年们的。如果他们的同情之心根本已从他们的人性成分中丧失尽净了，那么同情之作也根本对他们没有任何意义了，将被视为敝屣，视为粪土。这世界上连丝同情心也没有了的人是有的，有那样的中年人，有那样的青年人，甚至，那样的少男和少女。人类值得庆幸的是，那样的孩子虽也有，却毕竟极少。同情之作，首先是为还没有根本丧失同情心的青年们看，绝大青年正是这样的青年。他们有同情心，但也常有自己的苦恼、郁闷、忧和很值得同情的方面，所以他们常觉得自己们才是这世界上最值得同情的人，别人们首先应该来同情自己、关爱自己才对。他们觉得竟没有获得到，或者觉得获得到的太少太少，太不够，于是进一步觉得这世界出了很大的毛病；于是总有那么点儿抱怨这世界，甚而嫌恶这世界；于是，也就当然的顾不上同情别人们。是的，同情之作首先是为这样的一些青年们写的。他们偶尔读了，别人们值得同情的遭遇或命运，将会使他们接受这样一个事实，即——认为自己才是世上最不幸的人，像认为自己是世界上最幸福的人一样是经不起思量的。这样的一个事实也是一种道理，果而明白了，于是同情就重又在他们的心灵里被唤起了，于是同情就又成为他们人性中的一种成分了，于是他们看别人们值得同情的遭遇或命运时，目光就变得温柔了，悲悯了。而他们长大为成年人，做了父亲和乡亲之后，也就会以同样的道理教育和影响自己们的儿女了。于是，同情的种子，在人类的社会中一代代得以自然而持续地播撒。如果没有这一种播撒，人类的繁衍，和世界上其他低级物种的繁衍，便没有了任何区别。人类数量的增多，除了是地球的一种空难，也就无可再说。因为有同情，国与国之间才有人道援助；因为有同情，民族和民族之间，才有符合亲善原则的关系，而又不至于弱肉强食；因为有同情，人和人之间，才能救死扶伤；因为有同情，所谓人类之文明，才不会凭着聪明和智慧反而走向反面……

我很欣慰于我的学生们关于"同情"这一话题所进行的讨论。

我要强调指出的是，我的学生杨燕群，她自己的家境，也是十分贫困的。在她还是少女时，迫于生活，父母就不得不分别到大城市去打工了，为了供她读完大学，至今亦然。她差不多是从小跟着外婆长大的，在湘西那一个小小的侗寨里，所谓好日子对于人们又能有几天呢？又能好到哪里去呢？但是她的眼，竟能始终同情地关心着邻家的一个叫秋菊的小妹——对于一颗尚在成熟着的心灵，此点是极其难能可贵的啊！

"同情"二字，显然是一个外来之词，中国的古汉语中没有这样一个词。至近代，随着中西文化和文学的互通，"同情"一词才被引入到中国的文字中来。我学识浅薄，实是不知"同情"一词最早出现在哪一国家的语言和文字中。古汉语中与之意思相近的词应是"怜悯"，我们在中国的古文学中，常能读到"心怜悯之"，或"暗怀怜悯""怜悯顿生"之类句子。

若比较一下，"怜悯"和"同情"二词，则我们会有这样一种印象，似乎"怜悯"具有很古老的词性，似乎"同情"刚被"创造"出来不久，还崭新着，像一个赤裸着然而却已能如大人一样自由行走的小孩儿，"他"并不因自己的赤裸而羞耻，知道自己对于世界是丝毫也没有害处的。"他"的名字即叫"同情"，所以反而无须任何遮掩和装扮。"他"的眼不是为了发现敌人而生长的，"他"的目光里永远流露着温暖。"他"被误解也不在乎，因为那并不能真的否定了"他"存在的意义。"他"似乎永远也长不大，似乎永远不谙世事的伪诈，于是"他"永远得以保持纯真，永远不会古老。

若将"怜悯"一词拆为二字，"怜"和"悯"皆有相近之意，组合在一起，加强了词意而已。"同情"一词却不一样，拆为二字，"同"和"情"，原本没有什么相近之意的。组合在一起，才派生出一种词意，其正确的解释或理解应该是我们是那么的相同，我们都是那么的脆弱，今天降临在你身上的遭遇，明天可能会降临到我身上，因而我今天对你的表达，也是明天我自己所需要的。"怜悯"的意思却不一样，因为词中没有一个"同"字，无论怎么表达，都难免给人以置身其外的印象。

大富翁是不同情苦儿的，他只不过怜悯之——如果他是一个仁慈者的话。

但是他的一个小孩子，却很可能同情一个处境悲惨的苦儿，因为他们都是孩子，有相同之处。一位贵妇，也是不会同情一个女佣的，她也只不过会怜悯对方罢了。但是当她们都成了被弃的女人时，怜悯就有可能转化为同情了。

在世界上还没有出现"同情"一词时的很久很久很久以前，同情就起源于我们古老的祖先们的内心里了。因为那时我们的祖先，相同之处远远多于不同之点。今天其中的一个被猛兽所扑食，明天同样的命运也许同样猝不及防地成为另一个另几个的下场，那时我们的祖先之间谈不上谁怜悯谁，互相唯有同情。

依我想来，同情之起源不但绝对早于怜悯，而且肯定也早于敌视，早于仇恨，早于幸灾乐祸。如果我们的一部分祖先身处苦难或险境，而另一部分作壁上观，那么肯定是由于恐惧和无奈。我们进化了的人类却不然，同样情况之下我们进化了的人类往往是因了快感。

同情是人类心灵中的一缕香火，弘扬同情的文学和文艺，是文化和文明为了使那一缕香火不至熄灭的本能。是的，文化和文明也像人类本身一样，具有本能。原因很简单，前者是后者创造的。

对于人类，如果同情之心灵中的香火熄灭了，那么我们既不能回到从前，像我们的祖先一样活得简单，依群而居，也根本不可能有什么乐观的将来……

关于不幸、不幸福与幸福

同学诸位：

希腊神话中有所谓"美慧三女神"，她们妩媚、优雅、美丽，乃三姐妹，都是宙斯的女儿。一位是优芙洛尼亚，意为欢乐；一位是塔里亚，意为花朵；还有一位是阿格拉伊亚，意为灿烂。她们喜爱诗歌、音乐和舞蹈。一言以蔽之，人类头脑中的文艺灵感，得益于她们的暗示、启发和引领。故她们也往往被称为"美慧三女神"。除了她们，希腊神话中还有所谓"复仇三女神""梦境三女神"，也都是三姐妹。而在美术创作中，有所谓"三原色"之说，即红、黄、蓝。

我想这么比喻——不幸、不幸福与幸福，也如同我们大多数人之人生的"三原色"，也如同我们大多数人之人生每将面对的"三女神"。她们同时出现在我们人生某阶段的情况极少，但其中两姐妹接踵而至甚至携手降临的现象却屡屡发生，于是有否极泰来、乐极生悲一类词。比如：苏三的人生可谓是否极泰来之一例，范进的人生可谓是乐极生悲之一例。

我将不幸、不幸福、幸福比作我们大多数人之人生的"三原色"，并非是指以上三种人生状况与红、黄、蓝三种颜色有什么直接关系，我的意思是——如同"三原色"可以调配出"七常色"及"十二本色"；不幸、不幸福、幸福三类人生状况，几乎是各种各样的人生的"底色"。世界非是固定不变的，人生更是如此。"底色"只不过是最初之色。

我认为构成人生不幸的原因主要有如下方面：

1. 严重残疾与严重疾病。

2. 贫困。

3. 受教育权利的丧失。

4. 因而沦为社会弱势群体。

5. 又因而身为父母丧失了抚育儿女的正常能力；身为儿女竟无法尽赡养父母的人伦责任……

也许还有其他方面，我们姑且举出以上几方面原因。

在以上原因中，有个人命运现象，比如先天失明、聋哑、智障、患白血病、癌等；也有自然生存环境和社会苦难造成的群体命运现象，比如血吸虫病、瘟疫、艾滋病、战争造成的伤残与疾病……

一个人的严重残疾与疾病，每每是一个家庭的不幸。一个群体的不幸，当然也应视为一个民族一个国家的不幸。个人的不幸命运既需要社会来予以关怀，也需要个人来进行抵抗。

海伦·凯蒂、霍金、保尔、罗斯福，他们证明了人生底色确实是可以一定程度地改变的，有时甚至可以改变得比成千上万正常人的人生更有声有色。

但不论怎样，不幸是具有较客观性的人生状况。这世界上没有人因残疾和疾病反而有幸福感。而某些自认为很不幸的人之所以并不能引起普遍人的深切同情，乃因他们的不幸不具有较客观的标准。所以我们才未将失恋也列入不幸范畴，尽管许多失恋的少男少女往往痛不欲生，自认为是天下第一不幸，第一值得同情者。当然，于连是有几分值得同情的，因为他的失恋也反映了一种社会疾病，那就是社会所公开维护的等级制。

很显然，同学诸位，皆非不幸之人。诸位能坐在我们北京语言大学的课堂上，应该说那还是比较幸运的。尽管大学一再实行扩招，却仍有一半以上你们的同龄人与大学无缘。其中许多人不是由于高考竞争的能力问题，而是由于自幼家境贫困，根本就丧失了竞争机会……

据我所知，同学诸位中，很有一部分人觉得自己是不幸福的。为什么明明是幸运者，却觉得自己不幸福呢？这乃因为，对人间真不幸所知甚少，所见更少，几乎没有怎么接触过。而对所谓幸福，却又欲求较多，定义得未免太过完满。窃以为，与不幸具有客观性相比，不幸福的感觉是常被主观所左右的。

我们中国的当下主流传媒有一大弊端，那就是——讳言贫困、落后、苦难和不幸，却热衷于宣传和炒作所谓时尚的生活方式。似乎时尚的、时髦的甚至摩登的生活方式，便是幸福的生活。而能过那种生活的人，在全世界任何一个国家都是少数。如此这般的文化背景，对新一代成长中的人，几乎意味着是一种文化暗示，即幸福的人生仅属于少数不普通的人；而普通人的人生是失败的，令人沮丧的，难有幸福可言的。

除了文化的这一种不是成心却等于成心的错误导向，我们国家十几亿人口的实际生活水平也是每使普通人感觉不幸福的原因。普通人这一概念在中国与在西方国家是不一样的。在中国，即使是在北京、上海等大城市，普通人及普通人家的生活水平其实也是非常脆弱的。往往是一人生病（这里指的是重病），全家愁苦，甚而倾家荡产。现在情况好了一些，公费医疗、医疗保险等社会福利保险制度有所加强，但仍处于初级阶段。粮食一涨价，人心就恐慌；猪肉一涨价，许多普通人家就奉行素食主义了；而目前的房价，使许多普通人家的"八〇后"一代拥有自己住房的愿望几成梦想……

这使新一代都市年轻人，包括同学诸位中的某些人，看在眼里，心生大虑，唯恐自己百般努力，却仍像父母辈一样，摆脱不了普通人的命运。

如果将大学学子、研究生们与进城打工的农村儿女相比较，结果是十分耐人寻味的——如果非是家境凄凉或不幸，只要有钱可挣，后者们的日常快乐反倒还会多一些似的。

日常快乐的多少也往往取决于性格，不见得就是实际生活幸福程度的体现，好的性格能够大大削弱感觉人生不幸福的烦恼。

为什么那些农村儿女们的日常快乐反而会多一些似的呢？乃因此之于成为大学学子、研究生们的都市青年对不幸见得较多，知得较多，接触得较多。而他们对所谓幸福的企求又是较低的，较实际的。还有一点也至关重要，那就是，他们的人生是有"根据地"的，是有万不得已的退路的，即他们来自的农村。那里有他们的家园，有亲情和乡情；那里乃是没有什么生存竞争压力的所在。

而前者们却不同，如果是城市青年，则他们没有什么"根据地"，退回到家里就等于是失业青年了。如果是农村青年，则从怀揣录取通知书踏上求学之路那一天起，就等于破釜沉舟地踏上一条不归路了。他们从小学到高中以毅忍之心孜孜苦学，正是为的这样一天。如果他们考入的还是北京、上海，那么在他们的思想意识里，不但没有了什么退路，简直还没有什么别路了。那种留在北京、上海的决心，如同从前的节妇烈女，一厢情愿地从一而终，一厢情愿地为自己的"北京之恋""上海之恋"而"守节"。这一种决心，是非常可以理解的。因为在常人看来，在北京，在上海，一个受过大学高等教育的人，终于成为不普通之人的可能性仿佛比别处多不少。即使到底还是没有不普通起来，但成了北京和上海这等大城市里的普通人，似乎那也还是要比别处的普通人不普通。这一种普通而又不普通的感觉追求，往往会成为一种"亚幸福"追求。但这一种决心有时候也是可怕的——因为对于人生，还是多几种生存、发展的选择好一些，还是有退路的状态好一些。我这里说的退路，当然不是指农村。大学生、研究生回到或去到农村当农民，是知识化了的人力资源的浪费。但除了北京和上海，中国另有许多城市，尤其南方城市，其发展也是很快速的，对年轻人而言，人生机会也是较多的。

总而言之，我的意思是，不幸福的人生感觉人人都会常有，是生存竞争压力对人的心理造成的负面感觉。不同的人面临不同的生存竞争压力。但有时候，也与我们对人生的思想方法有关。如果能提前对人生多几种考虑、打算、选择，也许人生的回旋余地会大一些，压力会小一些，瞻望前途，会相对乐观一些；那么，不幸福的感觉，自然会相对少一些……

谈到幸福，有些人肯定会和我一样，联想到《安娜·卡列尼娜》开篇的那一句话——"幸福的家庭是相似的，不幸的家庭各有各的不幸。"是否也可以这样说呢？——幸福的人是相似的，不幸的人各有各的不幸。

我个人认为，幸福的人一定是生活在幸福的家庭里。我至今还不曾认识过一个生活在不幸福的家庭里但自感很幸福的人。曾经生活在不幸福的家庭里，但后来另立门户，拥有了自己的小家庭以后，人生开始幸福了的人是有的。但前提是——他或她的小家庭，必是一个幸福的小家庭。或曰：幸福只不过是一种感觉。

此话对矣，但不够全面。确乎，幸福和不幸福一样，主要是一种心理感觉。然而人的心理，通常不会无缘无故地产生感觉，心理感觉更多的情况下是客观外界作用于主观的反映。如果说不幸福之感觉往往是与不直接的客观外界的影响有关系，那么幸福的感觉像不幸的感觉一样，更是与特别直接的客观外界的实际状态有关系。也就是说，幸福像不幸一样，是由某些普世于人心的方面组成的。

1. 我们已经说过，幸福的人，肯定有幸福的家庭。2. 幸福的家庭，理论上肯定是人人健康，家庭关系和睦，夫妻恩爱，手足情深，家风良好，并因而受人尊敬的。3. 一个有着这样的家庭背景的人，他或她还须是起码具有大学文化知识的人。4. 而且他所从事的职业，恰恰是符合他理想的，他很热爱的职业。5. 这一种职业，一般而言，还要有较高的工资和较有社会地位的特征。6. 于是他本人的爱情和婚姻不但是一帆风顺的，还是如愿以偿的。7. 他们的小家庭起码是富裕的，当然应拥有宽敞的住房与一辆准名牌私车。8. 他们的孩子是漂亮的、聪明的，将来肯定有出息甚至青出于蓝而胜于蓝……

我们还可以列出几条。

由是而论，我们不难看出，文化知识程度较高的人，比之于文化知识程度较低的人，对幸福指数的企求也是高的，即使口头上说自己只不过心存某些一般的幸福要求，综合起来，那些一般的幸福要求已是很不一般太不一般了。更有的时候，甚至会将幸福误解为一种人生的完美状态，因而似乎应包含一切人生的美好。而实际情况却是——世界上只有极少极少数人的人生是接近完美的幸福的人生。

如果将人的一生比作由一点开始画起的一个圆，那么只有极少极少数人的人生画得接近标准的圆形；有些人的人生仅仅是半圆，或一段弧。大多数人的人生，画成了一个圆，但却是像蚀缺时的月亮似的圆。

我个人认为，能将人生画成一个近似的圆，那委实已经该算是不错的人生了。我个人认为，一个人的人生，只要在以上几条中实现了两条，比如有一个比较和睦的家庭和比较美满的婚姻，他或她就有理由感觉幸福多一些，感觉不幸少一些了。而居然实现了三四条，几乎可以说，他或她真的就是一个幸福之人了。

家庭和睦，手足情深，亲人健康，工作稳定，收入能够满足一般消费，月有节余，哪怕很少……这是一般普通人的幸福观。他们既为普通人，却并不沮丧于普通的人生，于是他们反而善于在普通的人生中企求普通的幸福，并珍惜之。

同学诸位，这样的一种人生态度，是否也可以给尚处于人生的一无所有阶段，但希望过上幸福生活的大家一点儿关于幸福的另类参考呢？

最后我要讲一个汉语常识——"希望"一词中的"希"字，在古汉语中，同"稀"，是一个演化字。"稀"——大家都知道的，乃指"少"。在农业社会，稻粱是宝贵的，布匹是宝贵的，都是稀缺之物。生产力不发达，靠天吃饭，好收成非是自然而然的事，于是每每举行祈祷。在古代，"稀望"是祭典仪式中的心理。

同学诸位迈出校门以后，都是中国的新一代知识型人才了。大家打理自己人生的能力，毫无疑问将比古人们高出许多许多倍。所以，只要诸位善于理性地把控自己的人生，一步步走在实处，我相信每个人都会或多或少获得某一部分人生的幸福。这是所有当大学老师的人对学子们的祝福。

下课……

关于一场辩论

我曾被要求辅导我们北京语言大学的几名外国留学生参加一场辩论赛——非正式的，较好玩儿的那一类。辩题是——夫妻之间应不应该有隐私？

我方所获（抓阄）立场是——应该。

而我将此事，当成对学子们逻辑思维的一次训练。庄辩、谐辩、狡辩、诡辩、讥辩等等一应辩术，皆运用之，促使同学们在逻辑思维、借题发挥、快速联想和语言组织能力方面有所提高，当然，所持观点，并非全是"我方"真正立场……

一辩开场白

尊敬的对方辩友，尊敬的主持人、各位评委：

我方认为，在进行本场辩论之前，首先有必要阐述明白我们对如下问题之看法，即——人性的真相是怎样的？什么样的夫妻关系是互敬互爱的夫妻关系、明智的夫妻关系，符合现代人之婚姻意识、文明程度的夫妻关系？以及究竟什么是所谓夫妻间隐私？它通常包含有哪些情况？

　　我方首先认为，人之所以为人，乃因人性是极其复杂的现象。正如有位诗人所形容的——陆地比森林广大；海洋比陆地广大；天空比海洋广大；而人性的景象，仿佛天空一样。仿佛天空一样的人性，它的真相之一那就是——它永远有属于自己的某种秘密。它也许是一段剪不断、理还乱的情，也许是在少不更事或身不由己时酿下的一颗苦果，也许是一种承诺，也许是一种歉疚甚或某种罪过感。总而言之，即使在别人们看来大可不必加以隐瞒，当事人还是会在一定的时期内捂着盖着。这一点既是人性的真相之一，也同时是人性必然的弱点之一。几乎人人都有些弱点，直至人生终结才随之解脱。

　　第二，既爱一个人，并与之结为夫妻，那么首先需了解一个人。而了解自己的妻子或丈夫，首先要将对方当成一个如上的寻常人来了解，明白自己所爱的非是一个完人，或理想中人。还要了解对方的个性，即对方每每显出矛盾性、内心冲突性的那一面。对方一切所谓隐私，皆与对方的此一面有关。了解以上两点，就等于承认了对方会偶有隐私存在。这一种承认，不仅意味着明智，也意味着对一种符合人类文明的夫妻关系的承认。反之，在夫妻关系中扮演密探的角色，甚或动辄不问青红皂白，一棍子打死人，是不明智的甚至是愚蠢的妻子或丈夫。这样的夫妻，谈不上有什么文明的关系可言。

　　由于时间限制，关于所谓夫妻关系中的隐私，留待我们的二辩去继续陈述。总而言之，我方认为——夫妻间常有隐私，乃是一个不争的事实，不以任何一方的意志为转移，也不能以应该或不应该评说。只有承认真相，承认事实，以明智又宽宏之态度对待，以文明又艺术之方式方法化解因此产生的矛盾……

二辩第一次发言

尊敬的对方各位辩友：

我方一辩刚才所阐述的前提，本人不再赘言。我着重来谈夫妻间所谓隐私的情况。本人认为，古今中外，其情况可谓千般百种，举不胜举。撇开某些结得快、离得快的现象不论，夫妻关系即使不是人与人最长的一种关系，也是很长的一种关系。古今中外一丁点儿隐私也不存在的夫妻关系究竟是怎样的我没听说过，我只知道——某些有隐私的夫妻关系，各有各的隐私。大致归纳起来，可分如下几类：

一、单位隐私或曰事业隐私。

二、个人历史或曰经历或曰身世隐私。

三、特殊工作性质所决定的，必须连对妻子或丈夫也守口如瓶的隐私。这其实是一种严格原则所要求的隐私。

四、财产隐私。

五、情感隐私。

第一种情况很常见，一方在单位不顺心，事业处于低谷，甚或某天突然失业，却又不忍让另一方因之忧愁，于是隐瞒，这是一种出发点向善的隐私，最为体恤。

第二种情况也不少见。每个人婚前不可能向对方交一份五岁以后三代之内的"资格公证档案"，有时从前之事突然在婚后向自己发难，连自己也始料不及。这一种情况最应夫妻共同面对。

第三种情况往往也引起夫妻猜疑和矛盾，但一经澄清，反而恩爱有加，不必说它。

第四种情况常使夫妻间发生争吵。我们大多数人不是富豪，无非

"小金库"问题，无非你顾娘家多了，我顾手足久了。这一种隐私的存在，不必大惊小怪，更不值得我们双方唇枪舌剑。

如上所述，夫妻之间，有隐私我已司空见惯，根本没有隐私，我倒要大大地"友邦惊诧"了。

第五种情况，才正是对方辩友们一定要一口咬定，于是大谈夫妻间隐私之多么多么破坏关系、违背道德的一点。关于此点，请听我们的三辩如何理解……

三辩第一次发言

尊敬的对方辩友：

关于夫妻之间的隐私现象，我方一辩二辩，已从人性的真相、夫妻相互了解的前提以及隐私的各种情况诸方面加以阐述，我认为已经比较清楚地说明白了夫妻间倘有隐私存在，乃是多么必然多么正常的现象这一事实。而我着重要谈一谈夫妻间的感情隐私，以满足对方辩友看来最喜欢辩论这一点的心理。

首先我认为，将我们的辩题仅仅局限于此点，是将一个内容丰富情况多种多样的辩题一下子缩小了、单一化了，并进而夸大了的方式。这种方式显示对方辩友的缺乏自信，可以说是抓住一点，以一概全，不计其余。正好比我们辩的是"生物链"问题，而对方偏说毒蛇有多么危险，鳄鱼有多么可怕，狼太凶残，狐狸太狡猾，猴子和猩猩像人非人，使我们作为人的骄傲受到嘲讽。这么一来，世界上配存活的物种还有多少呢？

其次我要说——夫妻间的感情隐私即使有时的性质是婚外恋现象，那也没什么可怕的。更不应视为比毒蛇、鳄鱼、狼还可怕似的现象。我们文明了的人类已能正确对待癌症、艾滋病、SARS 和死亡本身，我们还怕妻子或丈夫发生了一次婚外恋么？我们已有足够的经验解决战争问题、灾难问题、资源问题、环境污染问题和经济危机种种关于人类生存的重大问题，难道连两个人"接轨"以后发生的婚外恋都痛不欲生或完全丧失了心理承受力么？难道我们人类竟反而越活越娇气，状态越活越"抽巴"了么？

最后我要强调，即使婚外恋，也不一概体现于道德评说的对立面。而有时恰恰相反。比如《廊桥遗梦》中的弗朗西斯卡，难道在对方辩友们看来，她和罗伯特的一段情，一定该由道德法庭打上红色的 A 字才肯罢休么？还有贾宝玉，倘他竟与林妹妹成了夫妻，却又没有坦白他与袭人"初试云雨情"的隐私，那么就是一个丑陋的男人了么？或者林妹妹因而大闹大观园，就一定是大快人心之事了么？

四辩第一次发言

为了节省宝贵的时间，恕我不再面面俱到地作秀礼貌的风度。让我开门见山，直陈己见：

一、我的问题是提给包括主持人、各位评委和一切场内场外听众的——古今中外，在这个世界上，究竟有多少人的婚姻是如此这般的？即——从小长到该结婚的年龄，一次也没有对异性产生过暗恋；婚前恋爱仅只一次，唯一的一次初恋顺理成章地结为美满婚姻；婚后情爱的闸门从此关闭，只将丈夫或妻子关在里边，并且贴上十二道封条，用合金焊得严严密密？于是恩恩爱爱，专一至死，保持了情爱档案白纸无瑕？我想，世上纵有这般理想的夫妻关系，那也是少数。我们多数人是凡男俗女，常拿我们人性的先天弱点没奈何的……

二、我们既经常拿我们先天的人性弱点没奈何，于是我们有时只得有隐情，有隐衷，有隐私。

三、世上没有一例隐私是永远的。情爱的隐私尤其不能持久。人类的社会越是以洪水猛兽视之恶之，情爱的隐私便越发战战兢兢不敢解密。诸位，我们芸芸众生我们凡男俗女，我们先天有人性之弱点的人们啊，我们容易吗我们？我们的人性弱点又不是我们愿意的，是由上帝那老头成心捉弄我们才决定在我们身上的呀！就好像我们美丽的双眼会生出"眵目糊"一样啊！

所以我希望，我们辩论的结果——是给夫妻间的隐私一种实事求是的认识，和一种宽松明智的态度。如此，有利于隐私的自行"解密"；反之，夫妻间的隐私，反而会常常变成夫妻关系中的"骇客"。

一辩两分钟立论

尊敬的对方辩友、主持人、各位评委：

我方认为——辩论"夫妻关系之间应该有隐私还是不应该有隐私"的问题，双方都应本着这样的前提：第一，其隐私不构成对夫妻各方法律身份的蔑视和亵渎；第二，不构成严重破坏家庭关系的性质。公开的或暗中的重婚罪，所谓"包二奶"或长期婚外姘居现象，以及其他种种触法犯罪之欺骗隐瞒，不在我们辩论的范围之内。因为那些事情一旦存在和发生，夫妻关系也就彻底变质，因而辩论将失去真正的意义。

在如上前提之下，我方认为——夫妻关系之间，不但仍会另有种种隐私存在，而且必然会有。故都应以明智的宽宏的态度，给对方以保留各自隐情、隐衷和隐私的空间，这是我们人类在夫妻关系方面理应达到的文明程度……

完毕。

二辩两分钟补充

对方辩友：

我方认为夫妻关系之间应该允许有隐私存在，并不意味着我们对此类隐私"情有独钟"，而是基于我们对于人性真相的严肃思考。

事实是——地球上的许多高等动物都有其本性所决定了的秘密，也可以称之为"隐私"。而人类是地球上最高级的动物，人性是地球上最为丰富也最为复杂的现象。我们人类至今仍对自身人性的复杂性进行着种种细致的探讨，而最重要的探讨成果那就是，我们发现一个人和另一个人关系无论多么亲密，无论其亲密程度是以血缘为基础还是以性关系为基础，都根本不可能像两碗水倒在一碗里那样融为一体。人性本身需要有一定的隐私空间，所以法律规定人人皆有隐私权。所以文明的父母，是尊重十八岁以上儿女隐私的父母；成年儿女，也以尊重老父老母的隐私为文明。同样道理，文明而又明智的夫妻，恰恰应在互相承认隐私，互相尊重隐私方面做得更艺术、更得体，更多几分理解和宽宏。

三辩总结发言

对方辩友、主持人、各位评委：

经过辩论，我方依然坚持认为——在正常的夫妻关系中，不但必然会有百种千般的隐私现象的存在，而且双方理应充分认识此点，此平常心承认这一普遍的人性真相，还应善于以文明的、明智的、艺术的方式方法对待它，处理它造成的误解、隔阂和猜疑。

正常的夫妻关系，恰恰是漫长的夫妻关系。而越漫长的夫妻关系，往往越是经历过多次隐私考验的夫妻关系。正常夫妻关系中的隐私现象，并不全起于主观内心。有时候有些情况之下，也是客观因素导致一方不得已而为之的一种隐私。正所谓"树欲静而风不止"。试问——世界上有哪一对夫妻敢于当众宣称——在他们的夫妻关系之中从来没有过隐私，以后也不会有呢？那种希望夫妻关系事不隔夜的想法，只不过是一种脱离现实的愿望罢了！何况，夫妻关系中不可能有永久的隐私，要使夫妻关系中的隐私尽快"解密"，除了为它营造及时"解密"的良好条件，别无他法。

谁希望正常的夫妻关系中隐私越少越好，那么谁就要首先不视它为洪水猛兽！

完毕。

主力反驳手驳词（△代表对方）

△对方辩友一开始就为我们画地为牢，而我方认为——恰恰是对方不允许我们涉及的现象中，包含着夫妻关系最大的隐私，也是我们一定要坚持进行辩论的。

驳：那么我们就应该换一个辩题，干脆将我们的辩题改为——"夫妻双方若有一方实行多夫或多妻，甚至触法犯罪，另一方该怎么办了？"那还莫如请公检法人员来进行一次普法教育！

△但重婚罪和"包二奶"现象，最初可都是隐私的也就是隐私的现象啊！

驳：这就好比我们辩论的是植物学生长空间问题，而对方辩友偏偏只对罂粟花极感兴趣。那么我们只得告诉对方两种常识——许多国家的法律都禁止私种罂粟花，因为对于它的认识，我们恰恰应该反过来——它首先是毒品原料，其次才是花。

　　△请问对方辩友，在你们强调不允许的前提之下，我们还剩下了什么夫妻间的隐私值得辩论？

　　驳：仍然多得很。它也许是一段剪不断、理还乱的旧情；也许是少不更事时酿下的一颗苦果；也许是特殊情况下非婚男女间的一种承诺、一种歉疚，甚或一种负罪感；也许是和前夫前妻以及首次婚姻的子女的关系问题；还也许干脆是私生子女突然找上门来，或假冒的私生子女进行敲诈——总而言之，即使在别人看来大可不必加以隐瞒，当事人还是会在一定的时间内捂着盖着。这是人性的普遍真相，也是人性的普遍弱点。

　　△隐私在被长期隐瞒的过程中，是会走向反面的，发生性质变化的！

　　驳：隐私如果不隐，也会事与愿违。因人而异，不可一概而论。比如《廊桥遗梦》中的弗朗西斯卡和罗伯特的一段婚外情，我方便认为还是"隐"的好。请问对方辩友，你方是否认为——即使弗朗西斯卡死了，也应给她的名字打上丑恶的红字，使她的名字万劫不复吗？

　　△夫妻关系中的情感隐私是夫妻关系中的"骇客"，它是一个质变的过程，最初总是如对方所描绘的那样，似乎不必过于认真——可是根据统计，目前中国乃至世界上，由于夫妻间情感隐私导致的恶性案件逐年上升，请问对方对此作何说法？

　　驳：如果有人作相反的统计，那么我相信——夫妻间由于明智地、文明地、艺术地对待了各自的情感隐私，因而"化险为夷"的例子，一定也是逐年上升的。

　　△请问对方辩友，你们是否在成心为你们以后的婚外恋大造舆论？你们还没结婚呢，就如此这般，谁还愿与你们结婚呢？

　　驳：上帝啊，我是一个凡夫俗子，如果我婚后发生了一次婚外恋，我实在做不到当天晚上就向我的妻子坦白交代；如果我的隐私被我的妻子察觉了，她大动肝火，将我一脚踹出门，并且随之由律师通知我离婚，那么我只能算我自作自受。但如果她宽恕了我，我将会自行处理好我的婚外恋，并吸取教训，再不"花心"，以我更深的爱回报妻子的宽恕。但如果我意识到我的婚外恋才是我的真爱，那我的隐私将不会太久。我明白隐私久了对三方都不公平的一般道理。上帝啊，您看我这样一个男人真的特丑陋么？道德方面还有救么？这世界上还会有哪一个女孩子爱上我么？

　　再驳：请问对方辩友，如果你认为将来作你爱人的男人（女人）不允许再有任何隐私的话，那么哪一个男人（女人）还敢爱你呢？

　　△对方辩友一定不知道，夫妻间的隐私使克林顿下场怎样？

　　驳：因而有一位哲人说过："政治是非凡的痛苦，当总统需要超常的勇敢。"——我宁肯不当总统，而多一点儿享有并保护自己隐私的权力。

　　再驳：美国上几任总统里根和南希的婚姻是二次婚姻，他的自传里写着他有过婚外恋。而法国总统密特朗有私生女。他们的国人都没有因而轻蔑他们。还有一位当代的外国人，在竞选总统时，有人问他——是否对妻子不忠过？他沉默良久，众目睽睽之下公开承认有过一次，并当众请他的妻子原谅——于是几秒钟后，掌声响起，他连任了总统。

　　△这不是恰恰证明，隐私还是及早坦白好么？坦白了不就是没有了么？

　　驳：如果几分钟后响起的不是掌声，而是辱骂声，和"绞死他"的喊声，并有各种东西砸在他的身上，他还有足够的勇气公开坦白么？如果他的妻子不是噙着泪拥抱他，对他表示了原谅；而是当众给他一耳光，在电视机镜头前骂他"臭不要脸"——那么他的隐私，将一直是一位总统内心深处的隐私，直至暴露为丑闻为止。

再驳：请问对方辩友，是一味从道德上严厉谴责夫妻间的隐私，使有隐私者如患 SARS 更能使夫妻关系文明？还是以掌声鼓励公开的诚实，更能促进现代人夫妻关系的文明？

△我们听来听去，总是从对方辩友们的话中得出这么一种印象——仿佛各有隐私的夫妻关系，倒是无比自然无比正常的；有隐私的丈夫或妻子，反倒更加值得同情，倍需怜惜似的；而没有隐私的夫妻关系，似乎倒不正常了……

驳：亲爱的对方辩友，不是正常或不正常的问题，而是在这个世界上，有谁敢当众声明，他们的夫妻关系间从前绝无任何隐私，以后也绝不会有任何隐私呢？此刻，你们中有谁，敢为你们将来的夫妻关系打这一包票么？

再驳：亲爱的对方辩友们啊，我们是有先天弱点的人类，不是完美的天使。我们公开承认我们的弱点，不是什么可耻之事。正视它，有时原谅它，主张明智地对待它，证明所谓"人文"理念，在夫妻关系方面，可以达到的认识水平。在这一个层面上，我们的客观的实事求是的态度，也包括了对待你们在内。阳光下，我们其实都有同样的弱点啊！请问对方辩友们看过美国电影《致命的诱惑》么？谈谈你们的观后感！

再驳：那一部电影的结尾是在教育我们——夫妻一方的婚外情感隐私如果导致了家庭面临"骇客"的侵犯，另一方尤其要同仇敌忾，当成共同的考验来对待。如果另一方幸灾乐祸地想——哼，你招来的杀身之祸你自己解决去吧，那么《致命的诱惑》就真的会致双方之命了！

△对方一再强调夫妻关系中隐私的必然性、合理性；那么"包二奶"这一类丈夫们，不是也可以理直气壮了么？

驳：丈夫已然"包二奶"了，作为妻子还继续视那样的男人为丈夫吗？也太丧失女性尊严了吧？那就离了算了！该离则离，夫妻关系解除，我们还为之辩论什么"夫妻间的隐私"呢？

△但"包二奶"现象最初可都是秘密的呀！按照你们的观点——隐私不就是个人秘密吗？不是应该给它留有空间的吗？

驳：在自然环境中，我们尽量给各种花草树木都留有生长的空间；但许多国家的法律禁止种植"大烟花"。报载日本一位作家由于在自家阳台上种植了几株"大烟花"而被起诉——因为"大烟花"种子是毒品原料，不管以什么理由，社会都不给人随便种植它的自由！

△对方辩友一味强调什么人生真相及其弱点，仿佛我们人类进化到了今天的文明程度，还只有屈从于我们人性的种种弱点似的，请问将人的主观能动性置于何地了呢？

驳：主观能动性有两种——一种建立在脱离客观实际的理想主义的基础上，比如幻想不扎手的玫瑰、无刺之鱼、无壳之蛋；幻想玻璃既是透明的，就应该永远一尘不染。因而常导致人干事与愿违的蠢事，比如企图剪掉玫瑰的刺自以为花儿会看上去更美；或做梦改造了鱼和鸡的物种；或患了洁癖，整天手不离抹布眼盯着窗子擦啊擦啊！另一种是建立在实事求是基础上的能动性。我方便是这样。在我方看来，玫瑰并不因为有刺而不是美丽的花，偶尔扎疼了我们的手，扎出了血我们也还是爱它欣赏它，我们更会反省我们折玫瑰的不得法；鱼与蛋，有营养，我方所欲也。好比婚姻，我们既享受它的幸福，就不抱怨因夫妻隐私带来的种种麻烦。我们也擦窗子，但我们绝不会患上洁癖。溅了些雨点，我们擦就是。只要窗框不散，玻璃不碎，我们就不会轻易毁了那窗。我方深信，我们对夫妻间隐私取这样一种能动性，恰证明我们是更严肃地对待夫妻关系的存亡的，也会更多一点儿感受婚姻的实质，那就是宽宏的稳定性。

△我们的辩题是——夫妻关系间应该有隐私，还是不应该有？我方的态度已经鲜明，没有好！请对方像我们一样干干脆脆简简单单地说出你们的立场！

驳：世界上每年都在举行选美比赛——请对方辩友告诉我：有汗毛的美女好还是没有汗毛的美女好？如果没有汗毛的美女才是真正的美女，那么请对方指点我，我究竟该到哪儿去追求一位全身绝无一根汗毛的美女？

再驳：任何一场辩论赛的辩题，都预设了某种误区，那是陷阱。也都可以在较高的思考层面展开辩论，显示我们双方辩论的才华和高水平。而不但自己们偏往辩题的误区和陷阱里滚去，还要揪住对方一起在辩题的低层面打滚，那不正中了出题人的下怀，令一切听者笑话我们的辩论水平低吗？朋友们，回到辩论的高层面来吧，求求诸位，别让我们陪着你们一块儿羞愧难当！

七答人际关系学

××：读者是你陌生而熟悉的朋友，你如何与他们交往呢？

梁晓声：我觉得，事实上，一个作家是很难与他或她的读者"们"交往的。纵然作家极想，也不可能。一个相对于天南地北的许多读者，作家若受"交往"之心左右，他就什么都不用干了，那也肯定还是"交往"不过来。所以，只有极少数的读者，非要和某作家交往不可。更多的读者，是比作家本人还明白这一点的。其明白，证明大多数读者对作家这一种职业是体恤的。我相信大多数的作家皆和我一样，内心里最真实的愿望恰恰是拥有充分的独处的时间。究竟能拥有多少这样的时间，对作家是至关重要的。如果这种时间居然被情愿地或不情愿地压缩到了最少的程度，那么在我看来是值得同情的。

我早就是一个拥有充分的写作时间的作家了，所以我对"社交"二字是最不以为然的，如同一个常处在发烧感冒情况下的人对冬泳不以为然。我每个月的时间往往是这样"瓜分"的——三分之一划归在单位的本职工作和难以推托的活动；三分之一划归"哥们儿"们，他们既非作家、编辑、记者，亦非文学的或我自己的读者，仅仅是些与我有着脐带般的"古老"友情的人。时代剧变，他们的境况都不怎么好。从前他们希望从我这儿求得具体的帮助，从前他们想当然地将一个作家的社会"能量"高估了。现在他们明白了这是一个错误，所以也仅仅满足于从我这儿获得友情的安慰以及咨询。这三分之一的时间在我这儿是必须优先确保，来者不拒的，否则我对我自己做人的感觉不好。最后的三分之一归于写作、家事、应酬来访的形形色色的不速之客。

我目前"争取"时间的方式是——尽量推脱掉几乎一切的活动，包括文学与影视活动。再从睡眠和吃饭时间内挤出一些"补贴"给写作。

所以我对"社交"二字无好感，想必也是可以理解的吧？

但是由此话题可引出另一话题——有次在某种文学场合，一名记者问我：一百个读者和一位卓越的评论家，你更看重哪一方对你的书的评价？

我毫不犹豫地回答：当然是一百个读者。

对方脸上呈现出了讥笑。

我脸上也呈现出了讥笑。

试问在中国，在目前，卓绝的评论家大名阿谁？差不多够个评论家的，我几乎都读过他们的文章，当场对面听过他们的发言。他们中有我极尊敬的人，但是我不觉得谁卓越。正如我看包括我自己在内的当代作家，没谁担得起"卓越"二字一样。而给我来信的读者们中，有初中生、高中生、大学生、硕士、博士以及他们的老师、导师；有机关干部甚至"高干"；有工人、农民以及他们的儿女；有科技工作者、医务工作者，包括商人；还有身份各异的国外华侨……我当然要极其认真地读他们的信，极其认真地思考他们对我的某部书某篇作品"评论"。他们的"评论"直来直去，毫无暧昧之词违心之词。最主要的，那是"干干净净"的"评论"，不掺任何杂质。有的信写得很长。香港的周安达源先生是一位经商者，曾用毛笔给我写来十余页的信谈我作品的得失。他当年毕业于美国某大学，而且是文学硕士。评论和创作一样，在我看首先是职业。职业者，"啖饭道"。

我写任何一篇作品时，头脑中从不曾有任何一位评论家的影子晃来晃去。

我起码是为"一百个"读者而写作的，当然同时也为自己。

我给读者回信，常常是在读者通过信向我求援，而我判断写信的人非是骗子，我又能够给予帮助的情况下。

如果这也算"交往"，那就算吧！而我认为其实不算的……

××：有的作家善交朋友，如毛姆的朋友圈颇为壮观，有的作家却落落寡合，如卡夫卡喜欢独步遐思，只与最亲近的朋友来往。你呢？

梁晓声：我属于后一类。因为，不但如前所述，时间和精力有限，而且身体也不好。我想毛姆一定精力过剩吧？

另外，从天性上，我喜欢静，喜欢独处。我父亲在世时如此，我高中的儿子亦如此。这是基因所决定的。我一直想弄明白某些人为什么热衷于社交，一直还没太弄明白。

我随团出访马来西亚，几天下来，终因无法独处片刻而不堪忍受，于是坚决请假两日，哪儿也不去，留在住所看看书，记点儿笔记。

独处对我是最好最好最好的时光。

我是个低消费者。我对物质生活的要求比较粗糙。一整日无人来访，吸着烟，安安静静地看一本好书，或一部录像带，对我来说是最大享受。

我极反感的事之一便是社交性聚餐。

我希望，一切够朋友的人，都能仁慈地照顾到——我也有享受人生最好时光的需要和权利……

××：鲁迅先生说，损着别人的牙眼，却反对报复，主张宽容的人，万勿和他接近。你最能原谅与最不能原谅的别人的缺点是什么？

梁晓声：鲁迅在他所处的时代，是一位受伤颇多的作家，所以才说那样激烈的话。鲁迅还说过——跟死神走那一天，"一个也不宽容"。鲁迅的话常使我身冷。我能理解一个人不得不"横着站"内心里那种感觉。

我基本上同意鲁迅的话。

但仅限于相对鲁迅而言。

正如"不想当将军的士兵不是好士兵"一句话，只有出自拿破仑之口才有深意。

我也是被屡屡损伤"牙眼"的人，但早已习惯了。我认为中国的文坛，一向便充满了"江湖气"。人在江湖，不可太娇。何况，我的"牙眼"被损伤过的程度，大抵都在可以忘却的范围。我被袭击了，就像兽那样，遁躲起来，用自己舌舔自己的伤。如果被小人布设的力紧齿锐的夹子夹住了，我想我会像熊或狼一样啃断自己的爪骨。残了也要好好活着，并且尤要好好写作。好好活着并不等于为了报复活着，不为了报复活着又并不就意味着宽容。

人应该这样——第一，不娇。你凭什么就不可以被伤害一次？你有什么特殊的？你有什么特别的？你是文坛王子或公主么？第二，要吸取教训。即使你是一头熊，也只有四只爪子。如果被夹掉了一只又被夹掉了一只，报复和宽容实际上对你都没区别了。第三，对于小人的伤害伎俩也可以轻蔑置之。鲁迅先生又曾说过——最大的轻蔑，是连目光也不瞥过去，而轻蔑比实行报复好。文坛之上，没有杀父之仇，没有谁推谁孩子下井的故事，轻蔑也就足够了。第四，主张宽容的人有几种。倘矛盾原来可以化解，后果对其中一方并不关乎身败名裂，可能还有双方意气用事的成分，则主张宽容的人，定比主张报复的人居心良好。倘一方受着严重的伤害，另一方洋洋得意者，有第三者暧昧于公理，暧昧于道义，半点儿正直也没有，只对受着严重伤害的一方尽说宽容——这样的"善良"的人，我也是不与接近的。我不见得会反其道而蓄谋报复，但会将他们列在不可做朋友的人一类。

过于自私自利而又毫无正义感可言的男人我不与之交往。

玩世不恭的男作家我不与之交往——我不能容忍男人身上的纨绔。玩世不恭加上纨绔放纵，我以为接近着佩戴文人徽章的流氓。

过于追求虚荣而又毫无同情心的女人我不与之交往。

女人而毫无虚荣是为女神。

女神又是根本没有的。

所以我说"过于"，"过于"的女人在中国现在越来越多了。

我不会主动与任何女人交往。

对于男人，我最能原谅的缺点是轻信。

我也不与从没上过当受过骗的男人交往，却不拒绝与革心洗面了的骗子交往。

对于女人，我最能原谅的缺点是无知和懦弱。

××：卡耐基说，一个人事业的成功是百分之八十五的人际关系加上百分之十五的专业技术，你同意吗？

梁晓声：这个卡耐基纯粹是胡说八道。

公关小姐、交际秘书、庸官、直销雇员以及一切专业上没有出息的人，才会拿出百分之八十五的时间和精力去搞人际关系。对于此外的人，卡耐基的话反过来才有些正确性。科学、现代技术、医学、艺术，如果从事于这些领域的人们仅仅具有百分之十五的专业能力，而且认为足够了，于是热衷于用百分之八十五的头脑去搞人际关系，则人类现在肯定还处在中世纪。即使写作这么庸常的事情，仅靠百分之十五的能力，也是很难从事终生的。

一个人的人际交往的能力真的需要很大很大么？其交往半径真的是越大越好么？

一位教授有必要也跟"追星族"们一样去结交影视明星歌星么？

一位学者非得去结交官员么？

一位作家非得和商人过从甚密么？

一名年轻人何必到处发名片索名片？

每个人都应该具有这样的能力——在学校，在单位，在社区，尽量使自己的存在不令别人讨厌。依我看谁都不必刻意去获得别人们的喜欢，不令别人讨厌也就足够了。人能做到这一点其实已很不容易。因为中国人的劣性之一便是一向嫌恶自己的同胞，这一种由来已久的嫌恶有一百种以上的理由支持着。所以一个中国人要处理好和自己同胞的关系，的确需要多方面的起码的修养。

一个人不可能也没必要天天总在那儿按别人们的好恶改变自己，还要做好另外的许多事。所以，达到起码的修养就可以了。因为我们大多数人活着的目的、意义和价值并不是做君子，而是首先避免做小人。

我让我初三时的儿子替我寄一封挂号信，他问我到了邮局该说什么。

我交代他在我出门后替我给一位朋友回电话，结果他辜负了我的信任——不是因为忘了，而是不敢在电话里跟陌生人说话。

这当然是不行的。

所以有待培养，必须提高——与人交往的起码能力。

提高到什么程度？——能与人正常交往的程度就行了。

我们哈尔滨人，将那种满世界忙忙碌碌地交际的人叫"社会人儿"。而一个人变成了这样，也就太不务正业令人讨厌了。

我可不愿我的儿子将来是一个"社会人儿"。

我不主张年轻人培养什么"交际"能力。年纪轻轻的，时间和精力不用在正地方，"交"的什么"际"？

但是起码应该做到，在学校、在单位、在社区，因自己的存在，那小小的人际环境多了一份安定、一份亲和、一份善良友爱……

××：怎样才算成功的人际交往呢？前人较满足于人生得一知己足

矣，而现代人是不是更看重关系网络四通八达？

　　梁晓声：人生得一知己固然少点。得"一帮"也就不叫知己了，成"弟兄会"了。三五知己可也。这我有——在中学老同学和兵团战友中。我若遭遇什么天灾人祸，他们会以最快的速度赶到北京。我若中年早逝，他们会悲泪泗流。他们是我的"情感财富"，我满足于此。

　　关系网络四通八达？——这真可怕。听来可怕，想来更可怕。那样的人还算是一个人么？不成了一台电脑了么？

　　电脑网络上能产生什么知己？——只能产生有用的人或互利的人罢了。

　　我只知世上有一种友情如陈酿——我珍重这一种友情。我对这一种友情的原则是——绝不利用了来将自己的困难强加于人。

　　××：八十年代到九十年代的人际关系商品化，六十年代到七十年代的人际关系政治化，你同意吗？

　　梁晓声：基本如此。

　　商品化的人际关系，人还能保留有一部分"自主权"。你不愿对人那样，你可以不那样。你不愿别人那样滋扰你，你可以远避那样的人。

　　商业时代并不能将它的功利目的强加在任何人身上。

　　定睛细看，所谓人际关系的商品化，无不是人与人自愿的。

　　而在政治时代，人没有丝毫的"自主权"。政治对人的强加带有不可抗性，每一个人都无法置其度外。你不愿对人那样，你已触犯了政治。别人对你那样，也有政治要求作为正当的理由。

　　在商业时代，人起码拥有这样一种自由——自我隔绝的自由。自己将自己像猴子似的关在笼中，冷眼相看外面的世界或精彩或无奈。

　　在政治时代，所有人都无一例外地同是被政治关在笼中的猴子。笼中只有政治一种关系，政治又在笼外进行着最严厉的监管。

自行地关在笼中（如果谁真的对商业时代不堪忍受的话）总比被关在笼中强些。

相互的利用似乎也总比相互的危害更符合正面人性……

××：中国人，一个人是条龙，日本人，一群人才是一条龙，您同意吗？

梁晓声：实际上这几乎是人类的一种普遍现象——鲁宾孙不是中国人，孑然一身流落荒岛后，很像一条龙，这叫"置之死地而后生"。一个中国人陷入绝境，其自救能力一点儿也不比世界上任何一个种族的人强。现在看来，几乎可以肯定地说是更弱了。日本人也不只有在集群的情况下才像龙，单个的日本人也有很"强大"的。

以上那句话，据我所知，是专指中国人在国外的作为而言的，尤其专指近十几年去国外撞人生幸运的中国人而言的。好机会有限，一个中国人为了强调自己是"最棒"的中国人，往往不惜贬低自己的同胞。大多数的他们初到异域，又往往无依无靠，如鲁宾孙之落荒岛。这时他们正反的种种人生能力就被逼出来了，所以在正反两方面都有点儿像龙了。

同在异域，其他国家的人，一般体现出靠拢倾向和凝聚本能，这一点以日本人、韩国人、黑人为突出，所以说一群日本人像一条龙。而中国人体现出独闯性，怕在好机会面前自己的同胞捷足先登，或怕同胞成了自己的累赘。

如果将一些韩国人、日本人、中国大陆人、中国台湾人、中国香港人"归纳"在同一个竞争平面，那么某一个韩国人最不能容忍的是自己弱于日本人。倘那日本人居然还在他面前趾高气扬，他也许会辞职；某一个日本人却会这样想：我弱于我的同胞不算什么特别耻辱的事，但我无论如何可不能弱于中国人！而某一个中国大陆人往往会这么立志气：我弱于谁都无所谓，就是别弱于我的那些同胞呀！我一定要向别国人证明我比我的那些同胞强多了；而某一个中国台湾人是不那么甘于居中国香港人之后的，而某一中国香港人的想法是，我起码要证明自己比大陆人强一些吧！

日本人和韩国人在国外的立足意识是——怎么看待我的同胞便等于怎么看待我，所以我的荣辱和我同胞的荣辱有时是连在一起的，所以我们必须相互靠拢。

中国的香港人和台湾人的立足意识是——我们一向是"另一类"中国人，我们要与中国大陆人保持一定的疏离，别被与中国大陆人混为一谈。

而一个中国大陆人的立足意识也许是——怎么看待我的大陆同胞与我何干？他们越被视为弱者、不争者，则越显出我是强者、优者，则属于我的机会不是越多了么？

近年出国的中国大陆人，几乎皆有学识和专长，个体素质相当高。所以抛却了集群生存的立足意识，追求实现个人目标的唯我机会。从正面说，个体的中国人在国外的竞争能力普遍强了，显示出一种个体中国人的龙虎之气；从反面说，同胞间的相互排斥、掣肘、倾轧，又总还是民族遗传性的猴气十足的劣相……

关于母爱

关于母爱，已经有了很多赞美——如诗、如画、如雕塑、如戏剧小说，甚至，还须加上新闻媒体的报道。而它告诉我们的，乃真人真事。进言之，乃人类最真实的那类母爱。

母爱是母亲的本能，这一点已经是人类公认的了。

这本能之无私，往往是惊心动魄的。

几年前我曾读到过一篇国外的报道——在地震中，一位母亲和她三岁的女儿同被压在房舍的废墟之下，历时七天七夜。怀抱着女儿，母亲心想——我死不足惜，但是女儿当活下去！

由这一意念的支配，母亲咬破了自己手腕，吮自己的血，时时哺于女儿口中。

七天七夜后，营救者们挖掘出这对母女时，女儿仍面有血色，而母亲却肤白如纸，奄奄待毙。

但她微笑了。

她说："我的女儿有救了。"这是她人生的最后一句话。她说完这句话，就死了。

几年前的几年前，我曾读到过一篇小说，篇名似乎是《面包》，短篇，仅二千余字。内容是——战争加荒年，哀鸿遍野，民不聊生；寂野，老树，昏鸦——瘫坐树下的中年母亲怀抱着幼小的儿子，饥饿已经使母子都没有了动一动的力气。走来了一名兵。兵的饥饿感也很强烈。但不是对面包，而是对女人。兵的背包中还有一个面包。于是他提议用半个面包和那母亲做一次性的"交易"。她其实并没有什么明确的反应。因为她已经快饿毙了。兵从她的眼神儿中觉得她似乎同意了。结果是兵的"饥饿感"一时解决了，而那母亲获得到了半个面包。面包一到手，她就狼吞虎咽起来。她早已饿得失去了理性呀！突然，她瞥见了被置于一旁的幼小的儿子——儿子正目瞪瞪地望着母亲，刹那间她的理性恢复了，但最后一小块儿面包也同时被她吃掉了。她当时同意"交易"时，其实是为儿子——她疯了……

这是一篇谴战小说，短而冲击人心。

其冲击力恰在于它悖逆母性、悖逆母爱的反人性逻辑的结局设定。

母性和母爱被钉在羞耻的板上，一位母亲几乎也就只有疯。

那是我读过的最难忘的短篇小说之一。"子欲养而亲不待"——此类"长恨歌"，往往会使儿女们痛不欲生，但一般也就是"不欲生"。

但父母，尤其是母亲，若认为自己在生死线上或能救儿女之命而居然丧失了机会，那她的心灵所受的自责的拷打，是十倍百倍地超过于儿女因"亲不待"而感到的悲伤的。

我们何必举太多的例子证明母性和母爱的这一种特征呢？

这根本是无须证明的。

是连在动物界也体现得昭然的。许多种母兽、母禽，在眼见其幼雏幼子陷于生死险境之际，每每不惜以身为饵，以死相救。不管面对的是凶残的狮、虎、豹，还是猎人的枪……

我们接下来主要谈的，却是母性和母爱的另一特征——那就是，在我们这个地球上，只有母亲，而且只有人类的母亲，她的爱心往往向她最不幸，最无生存竞争能力，包括先天或后天残疾了的儿女倾斜。

大抵如此。

男人总希望娶漂亮的女人为妻。

女人总希望嫁或有社会地位，或有钱财，或有权力，或英俊潇洒风流倜傥的男人。

无论男人或女人，大多数都愿交"有用"的朋友。

所以古人有言——"大丈夫处世，当交四海英雄。"

所以文人有言——"谈笑有鸿儒，往来无白丁。"

引以为荣，引以为傲。

所以"公门暇日少，穷巷故人稀"。

所以"人生当贵显，每淡布衣交。谁肯居台阁，犹能念草茅"遂成人间感慨。

但母亲，却最怜爱她那个最"没用"的儿女。儿女或呆傻，或疯癫，或残疾，或瘫痪，或奇丑无比，或面目非人，人间许许多多的母亲，都是不嫌弃的。倘那是她唯一的儿女，那么她总在想的事几乎注定了是——"我死后我这可怜的儿子（或女儿）怎么办？谁还能如我一样地照料他，关爱他？"倘那非她唯一的儿女，她另外还有几个有出息的儿女，不管他们表示将多么的孝敬她，不管他们将为她安排下多么无忧无虑的幸福生活，她的心她的爱，仍会牢牢地拴在她那个最"没用"的儿女身上。她会为了那一个儿女，回绝另外的儿女的孝敬，向期待着她去过的幸福生活背转了身，甘愿继续守护和照料她那个最"没用"可能同时还最丑陋的儿女，直至奉献了她的一生，无怨无悔。

真的，人类母亲们身上所体现出的这一种母爱的特征，的的确确是唯有人类的母亲们的人性中才具有的。

动物界没有。

动物界往往相反——它们的母亲几乎一向"明智"地抛弃生存能力太差的后代。

大多数父亲们往往也做不到像母亲们那样。他们的耐心往往没有母亲们持久。他们的爱心往往也没有母亲们那么加倍、那么细致入微。

我不敢说我们人类的母亲们身上所体现的这一种母爱特征是多么的伟大。

因为有些杂种早已开始不停止地攻击我是什么可笑的"道德论者"了。我清楚地知道，他们中有人对我的不停止的攻击是由于他们不停止地拿了一小笔又一小笔的雇佣金。尽管他们并不觉得自己"拿起笔做刀枪"的受雇行径不道德，尽管我非但不惧怕他们反而极端地蔑视他们，但我却不愿又留下空子给他们钻……

我想说——我感动。

真的!

对我们人类母亲们身上所体现的异乎寻常的母爱特征，很久以来，我感动极了!

二十世纪八十年代初发生在美国的一件事，想必是许多中国人也都知道的———一对中年夫妇喜得一子，但那孩子刚一出生就被诊断为病孩儿，而且是一种不治之症，一种怪病。身体不能与没消过毒的空气接触，一旦接触就会受感染而死亡。

医生告诉父母："你们的儿子将只能在一个特制的每天必须经过严格消毒的玻璃罩子中生存和长大。你们还打算要他吗?"

父亲犹豫起来，喜事变成了不幸。

医生又说："你们有权拒绝接受他。还没有一条法律要求你们必须接受这样一个儿子。如果你们不接受，我们将人道……"

不待医生说完，母亲哇地大哭了。

她的心难过得快碎了。

她悲泣着说："不，不，不! 但他毕竟是我的儿子! 但他毕竟已经出生了! 我要他活，不惜一切代价要他活……"

母亲的决心感染了父亲，也感动了父亲。

父亲也坚定地说："对，我们不惜一切代价也要他活！他有权活完他应得的一段生命！"

于是那婴儿就活了下来——在特制的玻璃罩里，在医院。

父母每周都到医院去看自己的儿子。他们去时婴儿几乎总在睡着。父母就久久地隔着玻璃罩观望他的睡态。那情形，想来如植物学家观望自己培育在玻璃罩内的一株小芽苗吧？倘值他醒着，并且不是在哭闹——他吮手的模样，他小脚儿的踢踹，他自得其乐的笑，都会使玻璃罩外的父母内心春花怒放，喜上眉梢。

儿子两岁时回家了，但仍只能活在特制的玻璃罩里。只有在给他喂奶，或换尿片时，或洗澡时，父母才有机会抱他，抚爱他。但那一切半点钟内就须结束。进行前的程序也是相当复杂的——房间，一切用物及父母本人，都必进行严格的消毒……

儿子就这样而三四岁而五六岁而七八岁。父母为他由中产阶级而平民，而卖车押房，而不得不接受社会慈善机构的资助。

但是他们始终无怨无悔。

相反，儿子每长大一岁，父母对儿子的爱心就增加一倍。

他们隔着玻璃罩上特制的谈话孔教会了儿子说话，隔着玻璃罩指导儿子在玻璃罩内"生活自理"，隔着玻璃罩亲吻他……

他们还隔着玻璃罩教会了他识字读书。隔着玻璃罩通过谈话孔放音乐给他听，放电视给他看，向他讲述和描绘这世界上的大事和趣事……

他们也从没忘记在他的生日送他鲜花和礼物……

七八年中玻璃罩已换了三次，一次比一次大，就好比为儿子乔迁了三次……

他们明白他们的儿子每一天都可能死去。但他们从来也不想他们对儿子的爱心、为儿子的一切付出值得不值得……

他们为了全心全意地照料他们的儿子的每一天，没再要第二个孩子……

他们的儿子在十一岁上死去了。

他临死时将握在手里的对讲机凑到嘴边——父母在玻璃罩外听到了他最后的话——"爸爸妈妈,我爱你们,感激你们为我做的一切……"

第二天报上登载了这一消息——全美国许多人为之动容……

我的世界观基本上是唯物的。但我每每也不禁地相信一下上帝,或类似上帝的神明的存在。于此事,我就曾不禁地做如是想——难道是上帝在有意考验我们人类的父母尤其是母亲们,对自己儿女的爱心究竟会深厚到什么程度吗?……

在北影,某一户人家,有一个不幸的女儿。我不详知她患的是什么病。也许是肥胖症?也许是瘫痪?也许是兼症?反正自从我一九七七年到北影以后,常见一位四十多岁的母亲,每于春秋两季,或夏季凉爽的傍晚,用小三轮车载着她的女儿,在院子里,在街上,陪女儿散心……

我还曾与她们母女交谈过。

有次我对那女儿说:"少见了,你今天气色真好!"

的确,她看上去刚洗过澡,穿的是一身新衣服,虽然非常胖,但显得很清爽,心情也似乎格外愉悦。

不料她一笑之后说:"还气色好呢,都快把我妈拖累垮了。真不想活了……"

她母亲轻轻打了她一下,嗔怪道:"这孩子,胡说些什么呢!妈不心疼你谁心疼你呀?妈不爱你谁爱你呀!……"

母亲一边说,一边掏出手绢,为女儿拭去脸上的汗。接着掏出小梳子,梳女儿并不乱的头发——那充满着爱的一举一动,使我心大为肃然。

女儿说:"妈,你不是替我梳过头了吗?"

母亲说:"再梳梳不是透风凉吗?"

随后有不少北影的人驻足与母女二人聊天,都因那女儿的气色好、心情好而替母亲欣慰……

我最后一次见到她们在四五年前。

据说那女儿已不在了，年仅二十一岁，或大几岁……

二十几年啊！

难道上帝又是在考察母亲对儿女的爱心吗？

我们童影也有一位同事家中不幸有一个呆傻儿。他们对儿子的爱心也常常感动我，并常常引起我替他们心存的一份忧愁……

我表哥的儿子从少年起就几乎失明——表哥的人生也就从三十五六岁起几乎为儿子在活……

我的哥哥从二十四岁起患精神分裂症，至今已三十余年，三十余年差不多是在精神病院度过的……

母亲的心从五十来岁起就被一个最执着的意念所支配——那就是，再穷，也要尽量节省下钱治好哥哥的病。这愿望直至她七十多岁以后才渐变为失望……

据说王铁成是非常爱他的弱智儿子的。这位做父亲的身上所体现的母性与母爱的仁慈，也很令我感动。

我的父亲已于十年前去世了。

不久前母亲也去世了。

我想，我应将哥哥从医院接出来，使他过上正常人的生活。我一直认为他能过正常人的生活。只不过这想法是从前父母和我都办不到的。想一想，一个精神病症根本不算严重的人，一个当年大学里的学生会主席，居然因为从前家里没有他的"一床之地"，就从二十四岁起，不得不将精神病院当成了家，一住就是三十余年……是很残酷的一件事啊！

是的，我一定要让哥哥过上正常人的生活，要让他有属于他自己的房子，要争取每隔一年陪他旅游一次，要经常接他来北京住——我要代替母亲爱他……

我们人类的母亲们身上所体现的母爱的特征，真的乃是世界上最无私无怨的一种爱啊！

这特征乃是世界上从古至今唯一的。

我不敢赞美它伟大，也不愿赞美它伟大。

因为对于父母，一个残疾的不健全的儿女，首先是一件伤心的不幸的事。当然对那样的儿女们也是。

但母爱的异乎寻常的特征，的确使我的心灵常常受到震荡式的感动。

我祈祷人类的医学进一步获得大的突破性发展，能保证母亲们生下的孩子都是健美的。

我祈祷我们的国家早日富强，使一切母亲的不幸的儿女，也都有处乐园，从而使母爱的特征，不再苦涩忧郁和沉重……

无私无怨无悔之事，虽感动人，却不见得都是美好之事啊！

向中国的母亲们致敬

立三兄：

辛苦啦！

与兄合编此集，特温暖事。

如许多人热忱配合，纷纷赐稿，你我共同荣幸也！

你在前言中必会感激再三，不复赘示。

我一向认为，一个民族怎样，肯定也与一个民族的母亲们怎样有关。

于是我想到了老舍先生回忆母亲的文章，他在文中写到——在他记忆中，母亲生前没穿过一件好衣服，没吃过一顿好饭……

想到了萧乾先生回忆母亲的文章，他在文中写到——他领到第一份工资时，转身就去匆匆买了一听罐头，匆匆往家赶，因为母亲一直在病着。待他用小勺将一颗罐头樱桃送到母亲唇边时，母亲已咽不下那颗樱桃了……

想到了季羡林先生回忆母亲的文章，他在文中写到——自己接到母亲病危的家信回到家中时，母亲已入棺了。而他"真想一头撞死在棺材上，随母亲于地下……"

他觉得，为了求学而竟没与母亲见上最后一面，是自己"永远的悔"。

想到了朱德那一篇著名的《我的母亲》……

如果有人做一项统计，那么事实是——几千年以来促进人类在各方面进步的数不胜数的儿女，他（她）们的母亲绝大多数是平平凡凡的母亲。他（她）们身上的可敬品质，也往往与他（她）们的母亲对他（她）们的日常影响有关。

这一事实体现在中国，尤其令人起敬意。因为在西方抚养儿女已不再是含辛茹苦之事时，中国的许多女性却是在饥寒交迫甚至贫病交加而且忍辱负重的情况之下，坚毅地做着母亲。

人回忆、缅怀父母的文章，我看重两方面的意义：一是情感意义，这是普世的；二是折射过去时代特征的意义，这是认知价值。二者相结合，是好的回忆文章的饱满元素。

立三兄，仅就呈现母爱的情感意义而言，若放眼世界来看，令读者唏嘘不止的好文章，比我们收在此集中的篇数多得多。若放眼全国来看，也还是要多出几倍。

你我其实是在做一件从大海中掬一捧水般的事情。

但通过此集中的一些文章，进一步唤起中国人对于中国母亲们的敬意；使对从前年代缺乏了解的当下青年，增加一点儿认知，怎么说都是必要的。

除了含辛茹苦的中国母亲们，另一些中国母亲们，也有特殊的可敬处——她们身为知识女性，注重对儿女们自幼的家庭文化启蒙和人文情怀的培养。她们是中国母亲中缪斯型的母亲，并且我祈祷中国以后含辛茹苦的母亲少一些，不但本身是知识女性，也特别注重以新思想为我们的国家培养"新国民"的母亲们多起来！

至于我的那一篇《母亲》，因篇幅较长，就不收了吧！此事兄当依我，不再提。有那篇幅，莫如多收入一两篇他人的文章。

立三兄，归根结底，我认为我们是编了一部感恩集——我们的每一位作者，通过回忆文章，表达了他（她）们对自己母亲的感恩；而他们所有人，通过这样一部集子，部分呈现了中国人对中国母亲们的感恩；

而一部分中国人对中国母亲的感恩，多少也总能带来人类对母亲们的感恩情愫。同时，如我前边所说，我们也是编了一部回眸集——向以往的年代，怀着人们对母亲们的敬意深情望去；于是一些以往年代的特征，必会或多或少呈现在字里行间。

而能达到以上两个初衷，你我作为编者，也就值得感到欣然了。

向中国的母亲们致敬！

向全人类的好母亲们致敬！

爱缘何不再动人

　　少年的我，对爱情之向往，最初由《牛郎织女》一则故事而萌发。当年哥哥高一的"文学"课本上便有，而且配着美丽的插图。

　　此前母亲曾对我们讲过的，但因并未形容过织女怎么好看，所以听了以后，也就并未有过弗洛伊德的心思产生，倒是很被牛郎那一头老牛所感动。那是一头多无私的老牛啊！活着默默地干活，死了还要嘱咐牛郎将自己的皮剥下，为能帮助牛郎和他的一儿一女乘着升天，去追赶被王母娘娘召回天庭的织女……

　　曾因那老牛的无私和善良落过少年泪，又由于自己也是属牛的，更似乎引起一种同类的相怜。缘此对牛的敬意倍增，并巴望自己快快长大，以后也弄一头牛养着，不定哪天它也开口和自己说起话来。

　　常在梦里梦到自己拥有了那么一头牛……

　　及至偷看过哥哥的课本，插图中织女的形象就深深印在头脑中了。于是梦里梦到的不再是一头牛，善良的不如好看的。人一向记住的是善良的事，好看的人，而不是反过来。

　　以后更加巴望自己快快长大，长大后也能幸运地与天上下凡的织女做夫妻。不一定非得是织女姊妹中的"老七"。"老七"既已和牛郎做了夫妻，我也就不考虑她了。另外是她的姐姐和妹妹都成的。她很好看，她的姊妹们的模样想必也都错不了。那么一来，不就和牛郎也沾亲了么？少年的我，极愿和牛郎沾亲。

再以后，凡是在我眼里好看的女孩儿，或同学，或邻家的或住一条街的丫头，少年的我，就想象她们是自己未来的"织女"。

于是常做这样的梦——在一处山环水绕四季如春的美丽地方，有两间草房，一间是牛郎家，一间是我家；有两个好看的女子，一个是牛郎的媳妇，一个是我媳妇，不消说我媳妇当然也是天上下凡的；有两头老牛，牛郎家的会说话，我家那头也会说话；有四个孩子，牛郎家一儿一女，我家一儿一女。他们长大了正好可以互相婚配……

我所向往的美好爱情生活的背景，时至今日，几乎总在农村。我并非一个城市文明的彻底的否定主义者。因而在相当长的一段时期，连自己也解释不清自己。有一天下午，我在社区的小公园里独自散步，终于为自己找到了答案之一：公园里早晨和傍晚"人满为患"，所以我去那里散步，每每于下午三点钟左右。图的是眼净。那一天下着微微的细雨，我想整个公园也许该独属于我了。不期然在林中走着走着，猛地发现几步远处的地上撑开着一柄伞。如果不是一低头发现得早，不是驻步及时，非一脚踩到伞上不可！那伞下铺着一块塑料布，伸出四条纠缠在一起的腿。情形令我联想到一只触爪不完整的大墨斗鱼。莺声牛喘两相入耳，我紧急转身悄悄遁去……没走几步，又见类似镜头。从公园这一端走到那一端，凡见六七组矣。有的情形尚雅，但多数情形一见之下，心里不禁骂自己一句："你可真讨厌！怎么偏偏这时候出来散步？"

回到家里遂想到——爱情是多么需要空间的一件事啊！城市太拥挤了，爱情没了躲人视野的去处。近年城市兴起了咖啡屋，光顾的大抵是钟情男女。咖啡屋替这些男女尽量营造有情调的气氛。大天白日要低垂着窗幔，晚上不开灯而燃蜡烛。又有些电影院设了双人座，虽然不公开叫"情侣座"，但实际上是。我在上海读大学时的七十年代，外滩堪称大上海的"爱情码头"。一米余长的石凳上，晚间每每坐两对儿。乡下的孩子们便拿了些草编的坐垫出租。还有租"隔音板"的。其实是普通的一方合成板块，比现如今的地板块儿大不了多少。两对儿中的两个男人通常居中并坐，各举一块"隔音板"，免得说话和举动相互干扰。那久了也是会累的。当年使我联想到《红旗谱》的下部《播火记》中的一个情节——反动派活捉了朱老忠们的一个革命的农民兄弟，迫他双手高举一根苞谷秸。只要他手一落下，便拉出去枪毙。其举关乎性命，他也不过就举了两个多小时……

上海当年还曾有过"露天新房"——在夏季，在公园里，在夜晚，在树丛间，在自制的"帐篷"里，便有着男女合欢。戴红袖标的治安管理员常常"光顾"之前隔帐盘问，于是一条男人的手臂会从中伸出，晃一晃结婚证。没结婚证可摆晃的，自然要被带到派出所去……

如今许多城市的面貌日新月异。房地产业的迅猛发展，虽然相对减缓了城市人的住房危机，但也同时占去了城市本就有限的园林绿地。就连我家对面那野趣盎然的小园林，也早有房地产商在觊觎着了。并且，前不久已在一端破土动工，几位政协委员强烈干预，才不得不停止。

爱情，或反过来说情爱，如流浪汉，寻找到一处完全属于自己的地方并不那么容易。白天只有一处传统的地方是公园，或电影院；晚上是咖啡屋，或歌舞厅。再不然干脆臂挽着臂满大街闲逛。北方人又叫"压马路"，香港叫"轧马路"。都是谈情说爱的意思。

在国外，也有将车开到郊区去，停在隐蔽处，就在车里亲爱的。好处是省了一笔去饭店开房间的房钱，不便处是车内的空间毕竟有限。

电影院里太黑，歌舞厅太闹，公园里的椅子都在明眼处，咖啡屋往往专宰情侣们。

于是情侣们最无顾忌的选择还是家。但既曰情侣，非是夫妻，那家也就不单单是自己们的。要趁其他家庭成员都不在的时间占用，于是不免有些偷偷摸摸苟苟且且……

当然，如今有钱的中国人多了。他们从西方学来的方式是在大饭店里包房间。这方式高级了许多，但据我看来，仍有些类似偷情。姑且先不论那是婚前恋还是不怎么敢光明正大的婚外恋……

城市人口的密度是越来越大了。城市的自由空间是越来越狭小了。情爱在城市里如一柄冬季的雨伞，往哪儿挂看着都不顺眼似的……

相比于城市，农村真是情爱的"广阔天地"呢！

情爱放在农村的大背景里，似乎才多少恢复了点儿美感，似乎才有了诗意和画意。生活在农村里的青年男女当然永远也不会这么感觉。而认为如果男的穿得像绅士，女的穿得很新潮，往公园的长椅上双双一坐，耳鬓厮磨；或在咖啡屋里，在幽幽的烛光下眼睛凝视着眼睛，手握着手，那才有谈情说爱的滋味儿啊！

但一个事实却是——摄影、绘画、诗、文学、影视，其美化情爱的艺术功能，历来在农村，在有山有水有桥有林间小路有田野的自然的背景中和环境里，才能得以充分地发挥魅力。

艺术若表现城市里的情爱，可充分玩赏其高贵，其奢华，其绅男淑女的风度气质以及优雅举止；也可以尽量地煽情，尽量地缠绵，尽量地难舍难分，但就是不能传达出情爱那份儿可以说是天然的美感来。在城市，污染情爱的非天然因素太多太多太多。情爱仿佛被"克隆"化了。

比之《牛郎织女》《天仙配》《梁山伯与祝英台》，《红楼梦》中的爱情其实是没有什么美感的。缠绵是缠绵得可以，但是美感无从说起。幸而那爱情还是发生在"园"里，若发生在一座城市的一户达官贵人的居家大楼里，贾宝玉整天价乘着电梯上上下下地周旋于薛林二位姑娘之间，也就俗不可耐了。

无论是《安娜·卡列尼娜》，还是《战争与和平》，还是几乎其他的一切西方经典小说，当它们的相爱着的男女主人公远离了城市去到乡间，或暂时隐居在他们的私人庄园里，差不多都会一改压抑着的情绪，情爱也只有在那些时候才显出了一些天然的美感。

麦秸垛后的农村青年男女的初吻，在我看来，的确要比楼梯拐角暗处搂抱着的一对儿"美观"些……村子外，月光下，小河旁相依相偎的身影，在我看来，比大饭店包房里的幽会也要令人向往得多……

我是知青的时候，有次从团里步行回连队，登上一座必经的山头后，蓦然俯瞰到山下的草地间有一对男女知青在相互追逐。隐约能听到她的笑声。他终于追上了她，于是她靠在他怀里了，于是他们彼此拥抱着，亲吻着，一齐缓缓倒下在草地上……一群羊四散于周围，安闲地吃着草……

那时世界仿佛完全属于他们两个，仿佛他们就代表着最初的人类，就是夏娃和亚当。我的眼睛，是唯一的第三者的眼睛。回到连队，我在日记中写下了几句话是：

> 天上没有夏娃，
> 地上没有亚当。
> 我们就是夏娃，
> 我们就是亚当。
> 喝令三山五岳听着，
> 我们来了！
> ……

这几句所篡改的，是一首"大跃进"时代的民歌。连里的一名"老高三"，从我日记中发现了说好，就谱了曲。于是不久在男知青中传唱开了。有女知青听到了，并且晓得亚当和夏娃的"人物关系"，汇报到连里。于是连里召开了批判会。那女知青在批判中说："你们男知青都想充亚当，可我们女知青并不愿做夏娃！"又有女知青在批判中说："还'喝令三山五岳听着，我们来了！'来了又怎么样？想干什么呀……"

一名男知青没忍住笑出了声，于是所有的男知青都哈哈大笑。

会后指导员单独问我——你那么篡改究竟是什么意思吗？

我说——唉，我想，在这么广阔的天地里不允许知青恋爱，是对大自然的一种白白浪费。

……

爱情或曰情爱乃是人类最古老的表现。我觉得它是那种一旦框在现代的框子里就会变得不伦不类似是而非的"东西"。城市越来越是使它变得不伦不类似是而非的"框子"。它在越接近着大自然的地方才越与人性天然吻合。酒盛在金樽里起码仍是酒，衣服印上商标起码仍是衣服。而情爱一旦经过包装和标价，它天然古朴的美感就被污染了。城市杂乱的背景上终日流动着种种强烈的欲望，情爱有时需要能突出它为唯一意义的时空，需要十分单纯又恬静的背景。需要两个人像树，像鸟儿，像河流，像云霞一样完全回归自然又享受自然之美的机会。对情爱城市不提供这样的时空、背景和机会。城市为情爱提供的唯一不滋扰的地方叫作"室内"。而我们都知道"室内"的门刚一关上，情爱往往迫不及待地进展为什么。

电影《拿破仑传》为此作了最精彩的说明：征战前的拿破仑忙里偷闲遁入密室，他的情人———一位宫廷贵妇正一团情浓地期待着他。

拿破仑一边从腰间摘下宝剑抛在地上一边催促："快点儿！快点儿！你怎么居然还穿着衣服？要知道我只有半个小时的时间……"

是的，情爱在城市里几乎成了一桩必须忙里偷闲的事情，一件仓促得粗鄙的事情。

我常想，农村里相爱着的青年男女们，有理由抱怨贫穷，有理由感慨生活的艰辛。羡慕城里人所享有的物质条件的心情，也当然是最应该予以体恤的。但是却应该在这样一点上明白自己们其实是优于城里人的，那就是——当城里人为情爱四处寻找叫作"室内"的那一种地方时，农村里相爱着的青年男女们却正可以双双迈出家门。那时天和地几乎都完全属于他们的好心情，风为情爱而吹拂，鸟儿为情爱而唱歌，大树为情爱而遮阴，野花为情爱而芳香……

那时他们不妨想象自己们是亚当和夏娃，这世界除了相爱的他们还没第三者诞生呢。我认识一个小伙子，他和一个姑娘相爱已三年了。由于没住处，婚期一推再推。他曾对我抱怨："每次和她幽会，我都有种上医院的感觉。"

我困惑地问他为什么会产生那么一种奇怪的感觉？

他说："你想啊，总得找个供我俩单独待在一起的地方吧？"

我说："去看电影。"

他说："都爱了三年了！如今还在电影院的黑暗里……那像干什么？不是初恋那会儿了，连我们自己都感到下作了……"

我说："那就去逛公园。秋天里的公园正美着。"

他说："还逛公园？三年里都逛了一百多次了！北京的大小公园都逛遍了……"

我说："要不就去饭店吃一顿。"

他说："去饭店吃一顿不是我们最想的事！"

我说："那你们想怎样？"

他说："这话问的！我们也是正常男女啊！每次我都为找个供我俩单独待的地方发愁。一旦找到，不管多远，找辆'的'就去。去了就直奔主题！你别笑！实事求是，那就是我俩心中所想嘛！一完事儿就彼此瞪着发呆。那还不像上医院么？起个大早去挂号，排一上午，终于挨到叫号了，五分钟后就被门诊大夫给打发了……"

我同情地看了他片刻，将家里的钥匙交给他说："后天下午我有活动，一点后六点前我家归你们。怎么样？时间够充分的吧？"

不料他说："我们已经吹了，彼此腻歪了，都觉得没劲透了……"

在城市里，对于许多相爱的青年男女而言，"室内"的价格，无论租或买，都是极其昂贵的。求"室内"而不可得，求"室外"而必远足，于是情爱颇似城市里的"盲流"。人类的情爱不再动人了，还是由于情爱被"后工业"的现代性彻底地与劳动"离间"了。

情爱在劳动中的美感最为各种艺术形式所欣赏。

如今除了农业劳动，在其他一切脑体力劳动中，情爱都是被严格禁止的。而且只能被严格禁止。流水线需要每个劳动者全神贯注。男女混杂的劳动情形越来越成为历史。

但是农业劳动还例外着。农业劳动依然可以伴着歌声和笑声。在田野中，在晒麦场上，在磨坊里，在菜畦间，歌声和笑声非但不影响劳动的质量和效率，而且使劳动变得相对愉快。

农业劳动最繁忙的一项乃收获。如果是丰年，收获的繁忙注入着巨大的喜悦。这时的农人们是很累的。他们顾不上唱歌也顾不上说笑了。他们的腰被收割累得快直不起来了；他们的手臂在捆麦时被划出了一条条血道儿；他们的衣被汗水湿透了；他们的头被烈日晒晕了……

瞧，一个小伙子割到了地头，也不歇口气儿，转身便去帮另一垄的那姑娘……

他们终于会合了。他们相望一眼，双双坐在麦铺子上了。他掏出手绢儿替她擦汗。倘他真有手绢儿，那也肯定是一团皱巴巴的脏手绢儿。但姑娘并不嫌那手绢儿有他的汗味儿，她报以甜甜的一笑……

几乎只有在农业劳动中，男人女人之间还传达出这种动人的爱意。这爱意的确是美的。又寻常又美。

我在城市里一直企图发现男人女人之间那种又寻常又美的爱意的流露，却至今没发现过。

有次我在公园里见到了这样的情形——两拨小伙子为两拨姑娘们争买矿泉水。他们都想自己买到的多些，于是不但争，而且相互推挤，相互谩骂，最后大打出手，直到公园的巡警将他们喝止住。而双方已都有鼻子嘴流血的人了。我坐在一张长椅上望到了那一幕，奇怪，他们一人能喝得了几瓶冰镇的矿泉水么？后来望见他们带着那些冰镇的矿泉水回到了各自的姑娘们跟前。原来由于天热，附近没水龙头，姑娘们要解热，所以他们争买矿泉水为姑娘们服务……

他们倒拿矿泉水瓶，姑娘们则双手捧接冰镇矿泉水洗脸。有的姑娘费用了一瓶，并不过瘾，接着费用第二瓶。有的小伙子，似觉仅拿一瓶，并不足以显出自己对自己所倾心的姑娘比同伴对同伴的姑娘爱护有加，于是两手各一瓶，左右而倾……

他们携带的录音机里，那时刻正播放出流行歌曲，唱的是：

　　我对你的爱并不简单，
　　这所有的人都已看见。
　　我对你的爱并不容易，
　　为你做的每件事你可牢记？
　　……

公园里许多人远远地驻足围观着那一幕，情爱的表达在城市，在我们的下一代身上，往往便体现得如此简单，如此容易。

我望着不禁想到，当年我在北大荒，连队里有一名送水的男知青，他每次挑着水到麦地里，总是趁别人围着桶喝水时，将背在自己身上的一只装了水的军用水壶递给一名身材纤弱的上海女知青。因为她患过肝炎，大家并不认为他对她特殊，仅仅觉得他考虑得周到。她也那么想。麦收的一个多月里，她一直用他的军用水壶喝水。忽然有一天她从别人的话里起了疑点，于是请我陪着，约那名男知青到一个地方当面问他："我喝的水为什么是甜的？"

"我在壶里放了白糖。"

"每人每月才半斤糖，一个多月里你哪儿来那么多白糖往壶里放？"

"我用咱们知青发的大衣又向老职工们换了些糖。"

"可是……可是为什么……"

"因为……因为你肝不好……你的身体比别人更需要糖……"

她却凝视着他喃喃地说："我不明白……我还是不明白……"

而他红了脸背转过身去。

此前他们不曾单独在一起说过一句话。

我将她扯到一旁，悄悄对她说："傻丫头，你有什么不明白的？他是爱上你了呀！"

她听了我这位知青老大哥的话，似乎不懂，似乎更糊涂了。呆呆地瞪着我。

我又低声说："现在的问题是，你得决定怎么对待他。"

"他为什么要偏偏爱上我呢……他为什么要偏偏爱上我呢……"她有些茫然不知所措地重复着，随即双手捂住脸，哭了。哭得像个在检票口前才发现自己丢了火车票的乡下少女。

我对那名男知青说："哎，你别愣在那儿。哄她该是你的事儿，不是我的。"

我离开他们，走了一段路后，想想，又返回去了。因为我虽比较有把握地预料到了结果，但未亲眼所见，心里毕竟还是有些不怎么踏实。

我悄悄走到原地，发现他们已坐在两堆木材之间的隐蔽处了——她上身斜躺在他怀里，两条手臂揽着他的脖子。他的双手则扣抱于她腰际，头俯下去，一边脸贴着她的一边脸。他们像是那样子睡了，又像是那样子固化了……

同样是水，同样与情爱有关，同样表达得简单、容易，但似乎有着质量的区别。

在中国，在当代，爱情或曰情爱之所以不动人了，也还因为我们常说的那种"缘"，也就是那种似乎在冥冥中引导两颗心彼此找寻的宿命般的因果消弭了。于是爱情不但变得简单、容易，而且变成了内容最浅薄，最无意味可言的事情。有时浅薄得连"轻佻"的评价都够不上了。"轻佻"纵使不足取，毕竟还多少有点儿意味啊！

一个靓妹被招聘在大宾馆里做服务员，于是每天都在想：我之前有不少姐妹被洋人被有钱人相中带走了，但愿这一种好运气也早一天向我招手……

而某洋人或富人，住进那里，心中亦常动念：听说从中国带走一位漂亮姑娘，比带出境一只猫或一只狗还容易，但愿我也有些艳福……

于是双方一拍即合，相见恨晚，各自遂心如愿。

这是否也算是一种"缘"呢？

似乎不能偏说不算是。

是否也属于情爱之"缘"呢？

似乎不能偏说不配。

本质上相类同的"缘"，在中国比比皆是地涌现着。比随地乱扔的糖纸冰棒签子和四处乱弹的烟头多得多。可谓之曰"缘"的"泡沫"现象。

而我所言情爱之"缘"，乃是那么一种男人和女人的命数的"规定"———旦圆合了，不但从此了却男女于情于爱两个字的种种惆怅和怨叹，而且意识到似乎有天意在成全着，于是满足得肃然，幸福得感激；即或未成眷属，也终生终世回忆着，永难忘怀。于是其情其爱刻骨铭心，上升为直至地老天荒的情愫的拥有，几十年如一日深深感动着你自己。美得哀婉。

这一种"缘"，不仅在中国，在全世界的当代，是差不多绝灭了。唐开元年间，玄宗命宫女赶制一批军衣，颁赐边塞士卒。一名士兵发现在短袍中夹有一首诗：

沙场征戍客，寒苦若为眠。

战袍经手作，知落阿谁边？

蓄意多添线，含情更着绵。

今生已过也，重结后生缘。

这位战士，便将此诗告之主帅。主帅吟过，铁血之心大恸，将诗上呈玄宗。玄宗阅后，亦生同情，遍示六宫，且传下圣旨："自招而朕不怪。"

于是有一宫女承认了诗是自己写的，且乞赐离宫，远嫁给边塞的那名士兵。玄宗不但同情，而且感动了。于是厚嫁了那宫女。二人相见，宫女噙泪道："诗为媒亦天为媒，我与汝结今身缘。"边塞三军将士，无不肃泣者。试想，若主帅见诗不以为然，此"缘"不可圆；若皇上龙颜大怒，兴许将那宫女杀了，此"缘"亦成悲声。然诗中那一缕情，那一腔怜，又谁能漠视之轻蔑之呢？尤其"蓄意多添线，含情更着绵"二句，读来令人愀然，虽铁血将军而不能不动儿女情肠促成之，虽天子而不能不大发慈悲依顺其愿……

此种"缘"不但动人、感人、哀美，而且似乎具有某种神圣性。

宋仁宗有次赐宴翰林学士们，一侍宴宫女见翰林中的宋子京眉清目秀，斯文儒雅，顿生爱慕之心。然圣宴之间，岂敢视顾？其后单恋独思而已。

两年后，宋子京偶过繁台街，忽然迎面来了几辆皇家车子，正避让，但闻车内娇声一呼"小宋"，懵怔之际，埃尘滚滚，宫车已远。回到住处，从此厌茶厌饭，锁眉不悦，后作《鹧鸪天》云：

画毂雕鞍狭路逢，一声肠断绣帘中。身无彩凤双飞翼，心有灵犀一点通。金作屋，玉为栊，车如流水马如龙。刘郎已恨蓬山远，更隔蓬山几万重。

此词很快传到宫中，仁宗嗅出端倪，传旨查问。那宫女承认道："自从一见翰林面，此心早嫁宋子京。虽死，而不悔。"仁宗虽不悦，但还是大度地召见了宋子京，告以"蓬山不远"。问可愿娶那宫女？宋子京回答："蓬山因情而远，故当因缘而近。"于是他们终成眷属。

诗人顾况与一宫女的"缘"就没以上那么圆满了。有次他在洛阳乘门泛舟于花园中，随手捞起一片硕大的梧桐叶子，见叶上题诗曰：

> 一入深宫里，年年不见春。
> 聊题一片叶，寄与有情人。

第二天他也在梧桐叶上题了一首诗：

> 花落深宫莺亦悲，上阳宫女断肠时。
> 帝城不禁东流水，叶上题诗欲寄谁？

带往上游，放于波中。十几日后，有人于苑中寻春，又自水中得一叶上诗，显然是答顾况的：

> 一叶题诗出禁城，谁人酬和独含情？
> 自嗟不及波中叶，荡漾乘春取次行。

顾况得知，忧思良久，仰天叹曰："此缘难圆，天意也。虽得二叶，亦当视如多情红颜。"据说他一直保存那两片叶子至死。情爱之于宫女，实乃精神的奢侈。故她们对情爱的珍惜与向往，每每感人至深。

情爱之于现代人，越来越变得接近着生意。而生意是这世界上每天每时每刻每处都在忙忙碌碌地做着的。更像股票，像期货，像债券，像地摊儿交易，像拍卖行的拍卖，投机性，买卖性，速成性越来越公开，越来越普遍，越来越司空见惯。而且，似乎也越来越等于情爱本身了。于是情爱中那一种动人的、感人的、美的、仿佛天意般的"缘"，也越来越被不少男人的心女人的心理解为和捡钱包、中头彩、一锹挖到了金脉同一种造化的事情了。

我在中学时代，曾读过一篇《聊斋》中的故事，题目虽然忘了，但内容几十年来依然记得——有一位落魄异乡的读书人，皇试之期将至，然却身无分文，于是怀着满腹才学，沿路乞讨向京城而去。一日黄昏，至一镇外，饥渴难耐，想到路途遥遥，不禁独自哭泣。有一辆华丽的马车从他面前经过而又退回，驾车的绿衣丫鬟问他哭什么？如实相告。于是车中伸出一只纤手，手中拿着一枚金钗，绿衣丫鬟接了递给他说："我家小姐很同情你，此钗值千金，可卖了速去赶考。"

第二年，还是那个丫鬟驾着那辆车，又见着那读书人，仍是个衣衫褴褛的乞丐，很是奇怪，便下车问他是不是去年落榜了？

他说不是的啊。以他的才学，断不至于榜上无名的。

又问：那你为什么还是这般地步呢？

答曰：路遇而已，承蒙怜悯，始信世上有善良。便留着金钗作纪念，怎么舍得就卖了去求功名啊。

丫鬟将话传达给车内的小姐，小姐便隔帘与丫鬟耳语了几句。于是那车飞驰而去，俄顷丫鬟独自归来，对他说：我家小姐亦感动于你的痴心，再赠纹银百两，望此次莫错过赴考的机会……

而他果然中了举人，做了巡抚。于是府中设了牌位，每日必拜自己的女恩人。

一年后，某天那丫鬟突然来到府中，说小姐有事相求——小姐丫鬟，皆属狐类。那一族狐，适逢天劫，要他那一身官袍焚烧了，才可避过灭族大劫。没了官袍，官自然也就做不成。更不要说还焚烧了，那将犯下杀头之罪。

狐仙跪泣曰：小小一钗区区百银，当初助君，实在并没有图报答的想法。今竟来请求你弃官抛位，而且冒杀头之罪救我们的命，真是说不出口哇。但一想到家族中老小百余口的生死，也只能厚着脸面来相求了。你拒绝，我也是完全理解的。而我求你，只不过是尽一种对家族的义务而已。何况，也想再见你一面，你千万不必为难。死前能再见到你，也是你我的一种缘分啊……

那巡抚听罢，当即脱下官袍，挂了官印，与她们一起逃走了……

使人不禁就想起金人元好问《迈陂塘》中的词句："问世间，情是何物？直教生死相许。"

"直教"二字，后人们一向白话为"竟使"。然而我总固执地认为，古文中某些词句的语意之深之浓之贴切恰当，实非白话所能道清道透道详道尽。某些古文之语意语感，有时真比"外译中"尤难三分。"直教生死相许"中的"直教"二字，又岂是"竟使"二字可以了得的呢？好一个"直教生死相许"，此处"直教"得沉甸甸不可替代啊！

现代人的爱情或曰情爱中，早已缺了这分量，故早已端的是"爱情不能承受之轻"了。或反过来说"爱情不能承受之重"。其爱其情掺入了太多太多的即兑功利，当然也沉甸甸起来了。"情难禁，爱郎不用金"——连这一种起码的人性的洒脱，现代人都做不太到了。钓金龟婿诱摇钱女的世相，其经验其技巧其智谋其逻辑，"直教"小说家戏剧家自叹虚构的本事弗如，创作高于生活的追求，"难于上青天"也。

进而想到，若将以上一篇《聊斋》故事放在现实的背景中，情节会怎么发展呢？收受了金钗的男子，哪里会留作纪念不忍卖而竟误了高考呢？那不是太傻帽儿了么？卖了而不去赴考，直接投作经商的本钱注册个小公司自任小老板也是说不定的。就算也去赴考了，毕业后分到了国家机关，后来当上了处长局长，难道会为了报答当初的情与恩而自断前程么？

如此要求现代人，不是简直有点儿太过分了么？

依顺了现代的现实性，爱情或曰情爱的"缘"的美和"义"的美，也就只有在古典中安慰现代人叶公好龙的憧憬了。

故自人类进入二十世纪以来，从全世界的范围看，除了为爱而弃王冠的温莎公爵一例，无论戏剧中影视文学中，关于爱情的真正感人至深的作品凤毛麟角。

《查泰莱夫人的情人》算一部。但是性的描写远远多于情的表现，也就真得失美了。《廊桥遗梦》也算一部。美国电影《人鬼情未了》是当年上座率最高的影片之一。这后两个故事，其实都在中国的古典爱情故事中可以找到痕迹。我们当然不能认为它们是"移植"，但却足以得出这样的结论——现代戏剧影视文学中关于爱与情的美质，倘还具有，那么与其说来自现实，毋宁说是来自对古典作品的营养的吸收。

这就是为什么《简·爱》《红字》《梁山伯与祝英台》《白蛇传》以及《牛郎织女》那样的纯朴的民间爱情故事等仍能成为文学的遗产的原因。

电影《钢琴课》和《英国病人》属于另一种爱情故事，那种现代的病态的爱情故事。在类乎心理医生对现代人的心灵所能达到的深处，呈现出一种令现代人自己怜悯自己的失落与失贞，无奈与无助。它们简直也可以说并非什么爱情故事，而是现当代人在与爱字相关的诸方面的人性病症的典型研究报告。

在当代影视戏剧小说中，爱可以自成喜剧、自成闹剧、自成讽刺剧、自成肥皂剧连续剧，爱可以伴随着商业情节、政治情节、冒险情节一波三折峰回路转……

但，的的确确，爱就是不感人了，不动人了，不美了。

有时，真想听人给我讲一个感人的、动人的、美的爱情故事呢！不论那是现实中的真人真事，抑或纯粹的虚构，都想听呢……

不爱当如何

　　最近，我为学生们放映了《罗马假日》。它一向被公认为经典的黑白片，也被公认为经典的爱情片。

　　学生们从多种角度评论它，而我之目的在于，提升他们对电影精妙细节及对话的赏析旨趣。《罗马假日》在以上两方面瑰彩纷呈，不但对电影评论与创作有示范意义，对文学评论与创作也有。

　　讨论中，一名叫王娇娜的女生提出了一个问题，她说："如果安妮公主不那么清纯美丽，心洁如泉；如果格里高利·派克扮演的小报记者布莱德也并不风度翩翩，温文尔雅，给人完全可以信赖的良好印象，结果将会怎样？"

　　这是一个令我始料不及的问题。

　　教室里一时肃静。

　　她接着说："我的问题不仅是由《罗马假日》而提出的。看完《泰坦尼克号》我也想过这一问题——如果一个女人其貌平平，一个男人绝不会爱上她，而她对他的人格又特别依赖，那么他还将靠什么停止对她的利用，不将损人利己的事干到底呢？"

　　这是一个太愚蠢的问题吗？同学们的表情告诉我，他们重视这个问题。是啊！

　　如果一个男人并没爱上一个女人，而对方也没爱上他，那么，他在完全可以通过蓄意设计的圈套大赚其钱的情况之下，还会改变决定吗？进言之，他还会像《泰坦尼克号》的男主人公那样，为了一个女人多一份活下去的机会，而自己甘愿选择死亡吗？

《罗马假日》中的布莱德，身为记者，他的做法百分之百地合法，并且根本不必顾虑来自公众社会的谴责。恰恰相反，不论是报界同行，还是喜欢看八卦新闻的市民，分明正嗷嗷待哺似的期望着看到关于一位皇族公主怎样自损形象的报道呐！那将令他们多么开心啊！而布莱德定会一夜成名，获得五千元的大宗稿费不算，还另加五百元和主编打赌所赢的钱。他的记者生涯，或曰他的事业，八成也会从此一帆风顺，否极泰来，蒸蒸日上。他的朋友，摄影记者俄宾，也会沾他的光和他一样利好多多啊！何乐而不为？

他当时可是身无分文了呀，连"打的"钱都是向看门人借的呀。

我想，学生王娇娜差不多是等于向全世界的男人提出问题呢；反之，此问题对于一切女人也显然是一个问题。

如果损人利己之事既在法律的许可范围，又有职业特性维护着，还将大受市民俗常心理的欢迎；并且，全无半点儿爱呀情呀的关系阻碍着——干到底？还是中途罢手？

教室里依然肃静着。

这是令人尴尬的肃静。

终于，一名叫赖庆宁的男生回答了王娇娜的问题，他站起来说："在男人和女人的关系中，除了爱，还应该有义啊！在电影中，当公主接见记者们时，一发现布莱德和俄宾站在第一排，赫本的表演告诉我们，公主的内心里是有几分惴惴不安的。有记者问她对她去过的哪一座城市印象最深，她回答：'罗马。无疑是罗马。'之后，又情愫绵绵地说，'我对罗马的良好印象，正如我对我和朋友之间的友谊一样。'而布莱德立刻这样说：'我们相信公主的判断是不会错的。'于是公主的唇边浮出了一丝会意的微笑。我个人觉得，此时布莱德与安妮公主之间的关系，比他们拥抱和亲吻时更令我感动。联想到在祈祷墙前，布莱德说：'这里后来是人们祈祷安全的地方。'而公主说：'听来真是耐人寻味。'而我想说，电影的编导们对两处情节的呼应性关照，也是特别耐人寻味的。在现实生活中，设圈套损人利己的现象越多，产生心理不安的人就越多。尤其当损人利己的事并不犯法时，我相信，每一个人都希望听到有机会危害自己的人说出布莱德那一句话。在那时，义比爱情具有更高的人性品质。尽管我并不自认为'义'这个字已经全部代表了我的观点……"

他的话被一阵掌声打断了。

我本想说——一个人仅仅如鱼戏水自在其乐地活在法律的底线之上，他难以成为像布莱德那么可爱又可敬的人。

我本想说——一个民族的人倘都那么活着，这个民族难以是一个可爱又可敬的民族。

我本想说——一个国家的人倘都以那么活着而洋洋得意，那么这个国家快拉倒了。所幸，世界上并没有那么一个不可爱不可敬的国家……

掌声即起，我觉得我的话没有再说的必要了。

经典之所以堪称经典，乃因它所带给我们的，远比表面看起来的要多啊！

向经典致敬！

二〇〇八年四月三十日于家中

仍爱当如何

相貌忠厚的黑人歌手自弹自唱着忧悒的歌曲，当歌声停止便响起令人欢娱的爵士乐。忧悒与欢娱交替营造着气氛，看起来都像绅男淑女的人们文质彬彬地饮着价格不菲的法国香槟，一个个表面平静其实各怀心事甚或鬼胎。每有身份不明形迹可疑者现身，于是这里那里随之骚动，交头接耳，窃窃私语：出境证、四千美元、一万五千美元……

然而这并不是在美国，而是在北非，在法属国摩洛哥一个叫卡萨布兰卡的小城；在这小城里一家叫力克夜总会里的情形。

斯时"二战"还没真正演变为第二次世界大战，但世界惨烈剧的序幕已徐徐拉开——德军已占领了巴黎，法国的抵抗已只能称作是"地下抵抗运动"了，整个老欧洲在德军震撼人心的翼影之下危若累卵。有钱又有办法的欧洲人或虽没有多少钱也没有多少办法却比较幸运的欧洲人纷纷云集在卡萨布兰卡。在这里形形色色的人暗中进行着贩卖出境证的交易，而女性的身体在交易中约等于金钱。

出境证……

出境证……

其实所有从欧洲云集到这北非小城的人都只为了一个目的，那就是弄到手一份出境证。只要有一份出境证，就可以从卡萨布兰卡乘机飞往里斯本，再飞往美国，于是远离战争的恐怖。对于那些欧洲人而言，地处美洲的美国，似乎已是地球上唯一安全的地方，自然也便成了他们唯一想去的地方……

这便是美国电影《卡萨布兰卡》的年代背景。

《卡萨布兰卡》又被译为《北非谍影》。

它是全世界公认的经典黑白片之一。像《公民凯恩》《罗马假日》《偷自行车的人》等经典黑白片一样，在世界电影史上具有无可争议的地位。

那么，它究竟何以获此殊荣呢？

是由题材所决定的吗？

不错，它可以归于"二战"题材。但其后反映"二战"题材的黑白电影为数不少，它又凭什么独受青睐呢？

是因明星作用吗？

不错，英格丽·褒曼饰演女主角伊尔莎；但在剧中她的演技只能算得上胜任了，其实并无光彩可言。

是以情节的扣人心弦而取胜吗？

其实它在情节方面并没什么惊险刺激的元素，故事内容只不过如下：

"力克夜总会"的老板方·力克这一位美国人，曾参加过反法西斯战争，为了逃避纳粹的追捕，从德移居巴黎，并在巴黎与褒曼所主演的姑娘伊尔莎双双坠入爱河。巴黎沦陷后，因为力克是德军悬赏缉拿的人，二人不得不相约离开法国。但不知为什么，伊尔莎却失约了。力克认为自己被耍弄了。用他自己的话说，在巴黎火车站那个雨夜，他的心被"踢翻了"。带着心灵创伤来到卡萨布兰卡的力克，从此郁郁寡欢，甚至变得有些玩世不恭……

令他意外的是，伊尔莎竟也来到了卡萨布兰卡。更令他意外的是，伊尔莎不是独自前来的，而是与"半个地球的人"都知道的丈夫双双出现在力克眼中。她的丈夫拉兹洛是欧洲著名的反法西斯运动领袖，一个斗争目标坚如磐石的人，一个随时准备为抵抗运动献身的人。他的生命不属于他自己，也不属于他的妻子，而几乎完全属于抵抗运动。夫妻二人都清楚这一点。他们来到卡萨布兰卡，乃因抵抗运动需要拉兹洛去往美国，进而向全世界说明法西斯主义危险的真相。但，在他们到来之前，为他们准备好出境证的人被警察击毙了，那份宝贵的出境证落在了力克手中……

怨恼、醋意、男人对男人正义名望和人格魅力的嫉妒，使力克对伊尔莎大发其火，极尽尖言刻语之能事。而伊尔莎之所以一度投入力克的怀抱，是因为自己当时获得了一个不实的信息——丈夫已经死在集中营里了。力克终于原谅了她，但却希望她跟自己前往美国。他认为谁拥有两份戴高乐亲自签署的出境证，谁才更拥有做伊尔莎丈夫的资格。而他遭到伊尔莎的明确拒绝……

影片的结尾自然是观众都希望的，一再公开声明自己不为任何人冒险的力克，不但将两份出境证给予了伊尔莎和拉兹洛，而且冒险护送他们赶往机场，还不顾个人安危，在紧急关头开枪打死了前来逮捕的纳粹军官。那么，我认为，我们前边提出的问题已经有了答案。人人都希望在电影中（包括戏剧和文学中）看到浪漫又美好的爱情，但人人也很希望看到爱情居然会是利他的，无私的。

仅仅以人自己做不到，于是希望看到别人做到这种肤浅的心理学逻辑来解释是不够的。事实上普遍之人们那一种普遍的希望，源自我们对每一个普通的甚至自私的人都有机会证明自己有时候可以超越自私本性——这一人性高尚现象的相信和敬意。

如果普遍的世人对此绝不相信也绝不心生敬意，那么人类的社会与动物世界相比，便没什么高级之处可言了。西方人是深知这一点的。从《海的女儿》到《罗马假日》到《卡萨布兰卡》到《辛德勒的名单》，二百几十年间文艺肩负人性熏陶的使命从未被嗤之以鼻地对待过。《卡萨布兰卡》正是以此文艺品格被列入经典的。这其实也体现着一种人类之深刻的文艺理念。凡二百几十年间，中国的《罗马假日》和《卡萨布兰卡》少之又少。我们对所谓"大师"的呼唤之声太多太久了；窃以为，还是先呼唤点儿普世的情怀吧……

二〇〇八年五月二日于北京

相见恨晚当如何

罗伯特是《美国国家地理杂志》的摄影记者；它是世界著名的杂志，而罗伯特恰届知天命之年，属于衣食无忧事业有成的单身汉，并且还挺中意自己目前的单身生活。

他奉命拍摄一座百年铁桥——廊桥。于是他来到了一处自己从未踏足过的地方，借宿了某家农场。女主人叫弗朗西斯卡。每一个男人面对着她，都会立刻想到"女人四十一枝花"这一句话，然而她是一个言行谨束的女人，安于在小农场做本分的妻子和可敬的母亲，尽管浑身焕发着四十岁女人稳重而又美好的性感魅力，从未红杏出墙过。她的丈夫却是一个只知终日劳作、毫无意趣可言的男人，连他们的性生活也每是"例行公事"，质量不保，数量也渐次减少。无论站在女人的立场还是站在男人的立场，都难免会令人觉得弗朗西斯卡为那样的丈夫洁身自好似乎有点儿亏。至于弗朗西斯卡本人，她倒没那么觉得过，她认为是自己应该适应和习惯的。

由于一些自然而然发生的细节，叫罗伯特的这一男人和叫弗朗西斯卡的这一女人，相互吸引了。当夜，他们发生了性的关系，按时下的说法，叫"一夜情"。对于弗朗西斯卡，那是惊心动魄的体受，她的丈夫从未给予过她那么一种深刻的性体受。对于罗伯特，弗朗西斯卡又燃起了他对女人的激情，那激情已熄灭多年了。他忽然感到，自己五十岁以后的人生，是多么需要有一位弗朗西斯卡这样的女人为伴……

相见恨晚——他们的共同心情，共同遗憾。

但是第二天，弗朗西斯卡相当平静地对罗伯特说——如果不是考虑到自己对丈夫的公平和对儿子的责任，她会毫不犹豫地跟随罗伯特离开农场。但问题是，她考虑到了……

她这话很容易使我们联想到在《罗马假日》即将结束时，安妮公主对皇室人员们说的话："如果我不是考虑到了国家和家族的荣誉，我就不会回来了。"

相见恨晚的男人和女人只有依依惜别。

二十几年过去了，一个叫罗伯特的老男人的骨灰，被按照他的遗嘱葬在廊桥附近，那里是遥望小农场的最佳位置。

弗朗西斯卡和丈夫也相继去世了。他们的儿女从母亲保留私密信件的小匣中发现了罗伯特死前写给他们母亲的信；罗伯特的信中写着——从二十几年前离开小农场那一天起，他再也没亲近过女人。虽然对弗朗西斯卡的思念是那么令他备受煎熬，但他相信，生前再也不出现在她面前，是爱她的最忠诚的方式……

二十世纪九十年代初，《廊桥遗梦》这一部薄薄的美国畅销小说，一经以中文版在中国大陆面世，便令许许多多女性大恸其心，泪湿书页。她们中有不少人和我讨论《廊桥遗梦》。她们比较共同的一个感受就是——只要一生中被一个罗伯特那样的男人爱过，也就生而无憾了。更有的说，为了那么样的"一夜情"，付出什么都在所不惜。我也曾请教她们——罗伯特那样的一个男人，究竟有什么好呢？答曰：成为自己所爱的男人的唯一，是一切懂得爱情的女人的祈求。于是我明白了，她们感慨于一个女人在真爱与儿女责任之间所作出的巨大牺牲性抉择；而感动于一个男人爱一个女人爱到自虐般的程度……

依我想来，无论一个男人爱一个女人或一个女人爱一个男人，既不必爱到肉体上完全占有或完全属于，也不必爱到精神上那样子。那和真爱与否肯定有关系，但肯定不是绝对的关系。那么做到了的，固然爱得可歌可泣；做不到的，也未必意味着不珍惜真爱。比如《卡萨布兰卡》中的伊尔莎，误以为丈夫拉兹洛死了，因悲伤和孤独而投入同样是好人的力克的怀抱寻求温暖与保护，在时局险恶的时代，是多么正常多么可以理解的人性现象啊！

故我在当年写下了一些关于《廊桥遗梦》的杂感，大意是——美国女性因弗朗西斯卡而感动，意味着传统的家庭观念的复归；中国女性因罗伯特而感动，意味着传统的家庭观念的动摇……

最近我接待了一位美国书评家，讨论中美文艺现象时又谈到了《廊桥遗梦》，问："美国男人们是怎么看那一通俗的畅销小说的？"

他说："我们也基本给予正面的评价。"

又问："因为家庭观念的复归？还是因为'曾经沧海难为水，除却巫山不是云'的爱情？"

不料他回答："主要不是你说的这两点。我们书评人给予正面的评价，是因为小说所体现的人对人的那一种尊重。"

见我大惑不解，他又说："弗朗西斯卡要求罗伯特别再让自己看到他，而罗伯特答应了。这是相爱的男人对女人的承诺。罗伯特信守了这一承诺，用你们中国人的话说叫作'无怨无悔'。信守承诺，这是人与人的关系中最普世的一种原则。爱一个人首先要尊重那个人；尊重自己所爱的人的最起码的一条是，应该信守对自己所爱的人的承诺，只要那要求不是邪恶的……"

问："罗伯特二十余年内再没亲近过任何一个女性，难道这一点……"

美国书评家笑着摇头道："那正是通俗小说的写作伎俩。罗伯特后来身边女人不断，或再没有亲近过任何一个女性，都不重要。因人而异，不值得特别加以评论。爱只不过是两个人之间的事；信守承诺或不信守承诺，却是全社会都在乎的事情。如果《廊桥遗梦》没有罗伯特信守承诺的情节，那种以'一夜情'为基本内容的小说，根本就不值得书评家关注了……"

我于是想到了"横看成岭侧成峰，远近高低各不同"两句诗，进而想到了我给学生们上的文学评论课，又由而想到了一名女生以不屑的口吻问我的话——"评论究竟有什么意义？"

评论的意义乃在于，将许多别人明明看了却没看到的"东西"指出给别人看。有时这并不容易，因为上帝不独赐给谁慧眼，所以需要学习一些方法，如比较的方法、解构的方法、深入分析的方法等等。所以，成为一种专业。

感激评论家！

否则某些人白长一双眼了，虽然不影响吃，不影响喝，不影响睡，不影响挣钱和花钱，不影响健康；但是，会使某一部分脑区退化。

比如弗朗西斯卡和罗伯特之间的关系，也许就是由于她的丈夫的某一部分脑区退化了而发生的……

人间自有温情在

两年前有一陌生青年叩开我家门。

我一坐定，他就跟我谈人心之不古以及世道的险恶。

随后就谈"他人皆地狱"，一副视他人全是仇敌，一种很激愤的样子，似乎他已活了好几百年，打从人心很古的时代活过来的。所以对人心之不古特别地痛心疾首。又似乎终于认清了一条真理，认清了宇宙间唯一的一条真理。这一条真理便是"他人皆地狱"。

大抵真理总有根据支撑着。

他说人都是极端自私的东西。

他说"人不为己，天诛地灭"这句话再正确不过了。

他说他从他的生活经历中总结出了几条生活经验。其中一条便是——即使对那些热忱帮助过你的人，你心里也须防着他。并且时刻问自己——他帮助你图的是什么？倘你是女性，那么对方一定有男人的非分之想无疑；倘你正在落魄之际，那么对方一定早已想好了，在你发达之后，向你勒索怎样的报答。所谓"无利不起早"。

我问他来找我干什么，是不是就为耳提面命地，对我进行这样一番"再教育"？

他这才从他的包里取出一个沉甸甸的大信封，说内中装着他的手稿，三十余万字。说要求我给看看。要求在三天内看完。还说要求我推荐给某大型文学刊物。

我说:"'他人皆地狱'——这是你信奉的真理。那么我对你来说,地狱也。你找你的地狱帮忙,岂不是太冒险的事吗?'人不为己,天诛地灭'——也是你信奉的。我呢,尽管原先不太信,现在却已被你开导得有些信了。你找上我家门,要求我这,要求我那,可我也是人呵。我也是极端自私的东西呵。我帮助你我能图着什么呢?若我什么都图不着,我不是无利而起早吗?我何苦来着?我已生着病,躺在床上看看书不好吗?"

他说:"算咱俩合作。算咱俩合作还不行吗?"——不惜血本大牺牲的口吻。

我说:"我还是不能帮助你。也根本不想帮助你。因为你对我来说,也是地狱呵。我帮助地狱,也是太冒险的事呵,恩将仇报的人很多。我怎么敢设想你绝不是那种人?"

他信誓旦旦地说:"请你一定相信我,我要是恩将仇报,天打五雷轰!"

我说:"你发誓也没用。你发再重的誓也不能使我相信地狱不是地狱。"

他瞪大了眼睛瞅我,愣愣地待在那儿。

看他那样儿,忍不住地,我就笑了。

我的话尽是调侃之词罢了。我并不想跟他认真。倘我认真起来,兴许会把他赶出家门。一张口闭口"他人皆地狱",而又以一种似乎应该的口吻求于他人的人,是讨厌的。除非他所面对的是神父、教士、修女。而我与神无缘。和生活中的大多数人一样,涵养有点儿但也有限。只能做到以凡人的情绪来对凡人的心态。

我没打从人心很古世风淳厚的年代活过。果有那样的年代,自然是很令人缅怀。我的童年和少年是在很穷很苦的生活中度过的。也同时品尝过那些年代人心和世风对穷人的不古。当然那时在我看来，生活远比现在单纯得多。但单纯并不意味着就是美妙。未成年的人对生活的感受无疑是幼稚的。因为他能和生活摩擦到哪儿去呢？又能和他人摩擦到哪儿去呢？如今我们从许多回忆文章中都能看出，当年大人们之心并不古。非但不古，且彼此互为地狱的情况不少。后来"文化大革命"的发生证明了这一点。

所以我想说，世道从来不曾古过。人心呢？我看也从来不曾。

但是不古的世道，一向自有人间的温情存在。正如不古的人心，彻底变成地狱是例外的绝望。尼采说过的偏激的话，并不比任何一位哲学家说过的偏激的话少。而哲学家大抵一开始都是企图以偏激匡正什么谬误的。

有这样一则儿童寓言，始终指导我认识生活真谛。

它讲的是——

一个孩子，救了一个小精灵。小精灵答应他，可以满足他的三个愿望。

于是孩子大声说："让所有欺骗过他人的人都变成石头吧！"

结果一切人瞬间变成了石头。世界凝固了。孩子感到触目惊心的孤独，赶紧又大声说："让一切为了善的愿望而欺骗过的人再变过来吧！"便有一半的石头人活过来了。他们活过来后，纷纷哭泣——因为那另一半仍是石头的人，和他们有着种种血缘的关系。孩子被那么多人哭得不知所措，慌乱中说出第三个愿望——"让世界恢复原来的样子吧！"于是一切人都活过来了。包括无耻的骗子们。于是世界就是现在这个样子，几乎不曾改变过。并且将永远夹在天堂和地狱之间。普遍的人心也是夹在天堂和地狱之间的东西。

有位二十二岁的姑娘，伫立五层楼的阳台上，要往下跳。楼下的巷子里，拥塞了许多人，仰望着她，有人期待她跳，期待亲眼一睹年轻的躯体怎样被摔得七窍流血一命呜呼……

有人大喊大叫："跳哇！跳哇！吉昌不是跳下去了吗？唐嘎也跳下去了！现在该轮到你啦（电影《追捕》之台词）！……"这是一九八四或一九八五年发生在湖北省孝感市的事情。姑娘死了……对于姑娘，巷子里那些渴望看见她死的人，乃地狱。我们很难猜测她当时内心里会想到些什么。但，在那人群中，却有一位老汉，顿足疾呼："姑娘，你千万不能啊！你还年轻哪！……"那老汉却遭到了他周围一伙流氓痞子的拳打脚踢。世上，是真有一些人的人心，只能用地狱比喻的。否认这一点是虚伪，害怕这一点是懦弱。祈祷地狱般的心从善，是迂腐。好比一个人愚蠢到祈祷这世上不要有苍蝇、蚊子、跳蚤、蛆、毛毛虫、毒蛇和蝎子之类。世界之所以叫世界，正因为它绝不可能干净到如人所愿的地步。世界是处在干净与肮脏之间的永恒的现实。人心也可以这样大致去加以分析。

在北京，有一对四十余岁的夫妻。丈夫患病，丧失了工作能力，每月只能拿到百分之六十的工资。妻子的工资也很低微。他们有一对双胞胎女儿，还有老母亲。在目前北京的物价情况下，其生活之艰难可想而知。单位按章程办事，还照顾不到他头上……他当年是一个北大荒知青。他当年的知青伙伴们没有忘记他。每月每人出贰元、伍元、拾元不等，有专人收齐，送到他的家里去……他们这样做已经整整三年了，还在这样做。他们会一直这样做下去的，这是毫无疑问的。还有不少温暖之手向他伸出。如果我们揣度他们这样做，有什么不可告人的动机的话，除了证明我们自己心里的阴暗和为人的混蛋，还能证明什么呢？

北京电影学院，有一位教创作的教师，当年是一位内蒙古兵团的知识青年。一次他在新街口"西安餐馆"吃羊肉泡馍，见一喝醉了酒的蒙古族汉子伏桌失声恸哭，引起许多人反感。他将那蒙古族汉子扶出了餐馆，扶至一僻静处，询问他到北京来办什么事，遇到了什么困难，何以悲哀。告曰独生子女不幸得了癌症，在北京住院。而当父亲的，因家中有急事，又不得不撇下女儿，赶回内蒙古去。女儿无人托付，去则不忍，留则不成，哭以宣泄……

他说："你放心离开北京吧！我是当年内蒙古兵团的知青，我会代你经常到医院去探望你的女儿的……"他说到了，也做到了。他告诉那蒙古族少女："我是你父亲的朋友。最好的朋友之一。"除了她的父亲，还从没有另外一个人到医院探望过她。每次同病房的人被探望，她是那么羡慕人家。而从此她可以获得一种情感满足了。北京对她来说，不再是举目无亲的城市了。北京有她父亲的"最好的朋友"，他答应她，会经常来看她。还给她读书，讲故事。能感受到这种关怀，对那患了绝症将不久于人世的蒙古族少女，是极其重要的，也是极其需要的。

一次他又去探望她，问她最想吃什么，她说最想吃羊肉汤，而且立刻就想吃到。他便走出医院去买羊肉。但他衣兜里只有柒角几分钱，卖羊肉的个体摊主嫌不值得一卖，不卖。他只好请求于人家。人家听他说完，默默操起刀，"啪"地一刀，砍下二三斤上好的羊肉，叫他拿走。且不收他一分钱。

他困惑了，反而愣在那儿。

人家说："我当年也是内蒙古兵团的知青。善良的事，别叫你一个人做了。有机会，我也愿意做。"

他有什么不良企图吗？卖羊肉的也有什么不良企图吗？作如此揣度的人，只能是一种人——混蛋透顶之人。

若让小偷选总统的话，他们非常可能选扒手。并且，他们非常希望，每位受尊敬的人，其实都曾有过溜门撬锁的劣迹。更非常希望，能从人类知识中，寻找到偷窃行为属人类正当行为的根据。因而无数名人的言论，被败类奉为座右铭，是丝毫也不奇怪的事。连真理有时也不能幸免遭到亵渎。

　　地狱并不在别处，正在每一个人内心里。所谓"圣界"也不在别处，也正在每一个人内心里。

　　坏人是死不绝的，正如好人是死不绝的。我们常常被告诫，要防备坏人。而这个世界，即使糟糕到极点，令人沮丧到极点，也起码是一个好人和坏人一样多的世界。故"他人皆地狱"，起码在一半意义上不是真理，而是心理变态者的呓语。纵然这句话最先是尼采说的，也完全可以这样认为。

　　在美国的一座城市里，每到圣诞节，总有一位老人徘徊街头，将一双双崭新的温暖的手套，赠送给不相识的、出门匆忙忘了戴手套的人们。他这样做已经整整十年。当别人问他为什么这样做，他说："能给予人们一点儿微小的关怀，我感到一种心灵的莫大愉快。"

　　他不是基督徒，也不是精神病患者。

　　在美国的一座城市里，有另一位老人于医院里将死去了。他唯一的愿望，就是死前能再见到他在另一座城市的儿子一面。院方虽然代他通知了，但他的儿子分明不能及时赶来。在他弥留之际，主治医生和护士走到了他的床边。他以为是他的儿子来了，紧紧抓住主治医生的一只手，说："亲爱的孩子，你不知我有多么想念你……"护士要将他的手和主治医生的手分开，而被主治医生用表情制止了。主治医生说："亲爱的爸爸，我爱你！原谅我来迟了！……"他示意护士搬一把椅子给他。他在老人床边坐下了，就那么被老人紧紧抓住一只手，从午夜到黎明，从黎明到天黑，坐了近二十个小时，直到老人那只手，自然地垂下……

　　这几件事，不是小说，是真人真事。

　　人间自有温情在。人间永远自有温情在。人内心里如果没有的东西，走遍世界也无法找到。善善恶恶，善恶迭现，世界从来就是这个样子。

　　信奉"他人皆地狱"的人，是很可怜的人。因为他的心，像木炭，吸收一切世间美好的温馨的情感，却体会不到那一种温馨那一种美好，仍像木炭。

这样的人，我认为，是不值得给予他们什么关怀和帮助的。即使他们在请求于你甚至乞求于你的时候，内心里也是阴暗的，也是对他人怀有敌意的。

尤其是，对那些张口闭口"他人皆地狱"的人，万勿引以为友。避开他们，要像避开毒虫一样。因为，真的可能对他人构成地狱之险恶的人，正是出在他们那些人之中。

这是我的人生经验，也是我对一切善良人的忠告。

谓予不信，你睁大眼睛，仔细观察你周围的人，听听究竟谁在那里张口闭口说"他人皆地狱"。你不难得出结论，那些人，恰恰是些怎样的人……

男人的嫉妒

正如大家所知道的那样——我是一个男人。

也许因为我是一个男人，所以我一向认定，某些品质是男人起码应该具备的。诸如真诚，诸如善良，诸如正义感，诸如爱憎分明。

我曾在一篇文章中公开声明——没有正义感的男人，我不与之交往。有些男人一年不见，我认为真是我的幸事。有些男人我见一次后悔一次。后悔我怎么还跟他握手？怎么还跟他说话？不但后悔，且深深谴责和憎恶自己的虚伪。尽管我从不向自己鄙视的男人主动伸出手或主动开口。我不能原谅自己的是——为什么对自己发誓终生恪守的原则，总不免有动摇的时候？

也许因为我是一个男人，我常审视男人们的弱点。这种审视首先是通过自审和自省而达到的。有些弱点有些缺点我已经克服。有些我已经改正。有些至今仍是我的弱点仍是我的缺点。甚至将来可能还是，最后只有带着它死掉。正如某些男人戴着假牙假发死掉一样。有些弱点有些缺点改正起来真是很难。难在你明明知道是弱点是缺点，但因它对人起保护作用，你便渐渐习惯了把它当成你的铠甲。好比秃头和假发的关系。很难说是假发伪装了秃头，还是秃头使假发变得重要……

世人认为嫉妒是女人的本能。

我认为多数的男人，甚至更多的男人，也都是非常有嫉妒之心的，都曾被嫉妒啮疼过灵魂。

事实上，摆脱不了嫉妒心的男人，一点儿不比摆脱不了嫉妒心的女人少。男人之嫉妒，一点儿也不比女人之嫉妒微小。嫉妒在通常情况下，使大多数女人们自己备受心理折磨，而在相当多的情况下，使男人们行坏女人们才行的勾当。

阿伽门农说："嫉妒的毒一旦深入心灵，便使患此病的人加倍地患病。"

难道我们不是常常当遭我们所嫉妒的人转过身去，就不失时机地进行贬损么？

仅止于此，则罢了。而有些男人往往做得使我们感到羞耻得无地自容——贬损几声无济于事，则反过来向所妒之人做叭儿状。

细微观察生活我们会发现，大多数女人并不这样。

一般来说她们远离她们所妒之人。而且，当她们所妒之人遭到某种厄运，比如一美丽的女人由于横祸而损毁了容颜，她们的嫉妒往往转化为同情。她们甚至会因她们的嫉妒而忏悔。

女人的心十分容易产生嫉妒。女人的心十分容易在男人认为不足论道的小事方面产生嫉妒。

但女人的心也十分容易消除嫉妒，或较快地悄悄地转移它。嫉妒一旦在男人的心内萌芽，则往往迅速长成巨大的毒藤。女人的嫉妒通常情况下导致女人的自卑。男人的嫉妒通常情况下导致男人的隐恨。如果绝对没有泄恨的契机，他们便会铤而走险，以报复现实来平衡倾斜的心理。

"嫉妒的人会并非出于恨而杀害他们嫉妒的对象。"

菲尔丁的这一句话，主要是针对男人们而言的。

报载某偏远乡村，几个未婚男青年，合谋杀害了自愿到那里当小学教师的一位大学毕业生，然后一起投案自首。他们的杀人动机简单得令审讯者大为震惊——他们说他们对被他们所杀害的小学教师不但无冤无仇而且颇怀敬意，只是不能忍受村里的姑娘们对小学老师的普遍好感。

"你们不知道杀人是犯法的么？"

"知道。所以我们来投案自首。我们偿命就是了么！我们几条命还抵不上他一条命吗？"

"因为他来了，姑娘们才开始看不起我们，议论我们没文化。我们愿意没文化吗？我们不杀他杀谁？"

……

如果说女人的嫉妒之陪衬物常常是眼泪，那么男人的嫉妒之陪衬物却极可能是鲜血。

亚里士多德对嫉妒作过很直白的说明——"我们嫉妒那些在时间、空间、年龄或声望方面接近我们的人，也嫉妒与我们竞争的对手。我们不会嫉妒那些生活在一百年以前的人，那些未出生的人，那些死人，那些在我们或他人看来，远低于或远高于我们的人。我们恰恰嫉妒那些和我们有相同奋斗目标的人。总之是那些和我们追求同样东西的人。正是这些人，而不是别的什么人，是我们往往嫉妒的。"

我们真的嫉妒，或确曾嫉妒过那些和我们有相同奋斗目标的人和我们追求同样东西的人么？果真如此的话，生活多么可悲，而我们自己又多么可憎呢？

亚里士多德的话，也主要是针对男人而言的。这位古希腊哲学家从精神上对女人的直言不讳的歧视和轻蔑，在他生活的那个世纪对男人们具有很大的影响。出现在他的一切论说中的"我们"，基本上专指的是男人们。何况，在那个世纪，除了女王，女人几乎只能在情场上成为她们自己互相嫉妒的对象。所以，连嫉妒的内容和性质，也是大大地逊于男人。

男人之间的嫉妒，有时足以令人瞠目结舌。

上一个世纪美国有两个杀人不眨眼的强盗，他们的罪行使他们成为新闻媒介的热点。他们神通广大，令警方形象难堪。后来警方中一个足智多谋，对男人心理颇有独到研究的老警员献计献策，巧妙利用新闻媒介，大肆渲染一个强盗如何身手非凡，仿佛超人，引起了多少多少女性的关注甚至崇拜。却对另一个强盗很少提及，如附带一句的话，用的也是讥诮之词。不久，警方只需通力合作对付一个强盗就行了，因为另一个强盗出于嫉妒杀死了同伙。于是作为孤家寡人的这个强盗很快被捕归案。

中国古代有一则典故——"一桃杀三士"。讲功劳不知究竟该评给三个有功的大将中的哪一个。结果他们互不相谦，以决斗分雌雄，最后皆死于对方的刀剑之下……

女人没有参与社会事务没有成为社会人以前的漫长世纪，她们的嫉妒通常不过表现在情感方面。而男人们却早就开始为权力、为荣誉甚至仅仅为了争凶斗狠而互相残杀。女人不太会由于嫉妒男人的权力和荣誉而杀人，但男人却会，而且会因此产生杀女人的念头。这比因情感缘故而杀她们更为丑恶。

现代社会使女人开始向一切原先仅只属于男人的事业进军。她们的成功系数一点儿也不比男人少，实际上正在比男人多起来。男人们在她们尚未成功的时候，往往虚伪地鼓舞她们，怂恿她们，更乐于支持和协助她们。在她们成功之后，她们便注定成了男人嫉妒的对象。除非她们的成功也标志着某些男人们自己的成功，足以使他们心安理得地分享她们的喜悦、骄傲和荣誉。

成功的女人不但在女人们的嫉妒半径以内，往往也处在男人们嫉妒的阴霾之下。现代社会里，男人们开始认为女人对他们不无危险，而事实上男人们对于女人们才更危险了，他们可能由于她们的容貌而诱猎她们，也可能由于她们的成功而企图毁灭她们的事业，乃至她们的肉体。

一次，我问一位美国朋友她对中国男人的印象如何。

她说了一些褒话，余下的就是"嫉妒"。

她说："梁先生，其实我对中国人并无成见。国际上，十分重视嫉妒对人的心理危害，以种种科学方法加以证明。并将其不良结果告诉人们。而你们的某些报刊，却要公开宣扬嫉妒的好处，并要十二亿中国人都相信，嫉妒也是促使人类进取的某种动力。"

我默然。我似乎明白了我应该为占世界人口四分之一的中国人做些什么。尽管我个人的力量是微不足道的，但我仍应该这样去做。

男人是女人的镜子

男人是女人的镜子。通过她所爱的男人，可以判断她大抵属于哪一类女人。不爱而做了某一男人妻子的，不在此列。错误的，将错就错，遗憾的，遗憾而无法改变的婚姻过去有，现在有，将来还有。正如不幸之永远不能避免。

其实中国人的婚姻观念，自古并不彻底封建。比如《汉书·孙光传》中即云——"夫妇之道，有义则合，无义则离"。本意指感情的真伪，但也包含着"无义"则"散伙"的主张。又如北齐颜之推《颜氏家训·止足篇》云——"婚姻勿贪势家"。隋朝的王通《文中子》一针见血地指出——"婚姻论财，夷虏之道"，斥为未开化民族的勾当。《水浒传》第二十五回，有句话是——"初嫁从亲，再从身"，说得相当明白，第一遭依了父亲，第二遭就依不得任何人，要依自己了。足见自古并不万众一心地认为嫁鸡随鸡、嫁狗随狗是合乎礼法的。

男人是各式各样的。时代的文明使男人的行色多起来。若取一种笼统的划分法，无非也这么几类：只能当官的，也能当官的，不能当官的，不愿当官的。都是女人的镜子。

"服官政"其实是正当的"行业"。能当官的也是"一技之长"。但中国的问题在于，"只能"当官的男人太多了。这是男人的退化，也是男人的悲哀。同时是中国女性面临悲哀现实之一种。由于当官和"干革命"

似乎连在一起，便使"只能"当官的男人不愿正视这一悲哀，更不愿将"只能"归于"物种"的退化。似乎当到老便意味着革命到老，当到死便意味着终生革命。并且，制造似乎"革命"的理论维护自己的利益，使很多当妻子的既迷惘又迷惑。早期的男性革命家大抵并非"只能"当官，他们有的可以从文，有的可以从艺，有的可以当教书先生或大学教授，有的可以当木匠、瓦匠，乃至农民。如今"只能"当官的男人，那真是"只能"一条道走到黑。你不让他当了，他便几乎就是废人一个了。据说在一次什么会上，有一种形成舆论的情绪色彩很强烈的"抗议之声"——认为干部六十岁便退休，未免太早了。要求起码延到六十五岁，延到七十岁更好。主张修正干部离休制的年限，我十分怀疑便是"只能"当官的一些男人们委屈。

所以我对未婚女性们的忠告是——择夫时，对"只能"当官的男人，须敬而远之。

经济体制的改革，最终必将带动中国政治体制的改革。终身"服官政"的男人的仕途之路将被堵塞，他想一条道跑到黑也不行。我们冷静观察生活，三十来岁四十多岁的男人中，正在退化的男人着实不少。他们大概是心甘情愿地乐在其中地退化。我从两个过去的知青伙伴身上便看到了这一咄咄逼人的可悲现象。不过是个处级，一旦这处级受到动摇，惶惶然不可终日之状令人哂笑。四方登门，八面奉迎，好比久病乱投医。后又眉舒目朗渐渐地活转来，乃因终于又谋求到了一个比处级大一点儿的职务。且因高了名不正言不顺的那"一点儿"沾沾自喜。但在这谋求的过程中失去了什么，却似乎毫不在乎。我不仅替他，也替他的妻子感到活得累。一旦再从那"一点儿"上动摇下来，他可怎么活呢？

也能当官的男人显然应该比只能当官的男人活得从容些，活得踏实些。我在"比"前加上"应该"两个字，意在强调从逻辑上讲是这样，但实际情况并不尽然。也能当官的男人们是些幸运的男人，大抵属于知识分子一类，如医生、律师、高等教育工作者、科研工作者、工程师、科学家、艺术家、文学家等。他们的职业较"服官政"的男人们相对长久得多，几乎可以成为终生的。并且不像普通劳动者们，工作水平受到年龄和体质状况的非常限制。所谓一技在身，终身所依。其中又尤以医生和律师更为优越，越老越有威望，职业经验也越丰富。医院的院长、大学的校长、科研单位的领导者，大抵是从他们中产生的。他们对自己的职业专长越自信，越不情愿当官，当上了也不将"乌纱帽"看成怎么一档子事。需要我当，我便当；不需要我当了，八仙归位。也有为了解决房子问题、夫妻两地生活问题，讲好一个条件，"下海"三年五载的。女人爱他们的同时，意味着培养了对某一职业的情感，而非对权势的偎傍。但这些男人，在中国始终是不断分化着的社会群体。一所名牌大学可有一百多位教授，但只能有一位校长。将专门的人才异变为庸官，是中国的弊端之一。既不但是某些男人的退化，其实也是时代的退化现象。既不但是某些男人的悲哀，其实也是国家的悲哀。

贤明的女人，对于如此这般的她们的丈夫，总是要时时提醒——别忘了你原本是怎样的人，别到头来成了"只能"当官的人，使他们于迷津中常有所省悟，在还没到"只能"的地步，回头是岸。

目光短浅的女人，却总是对她们的丈夫大加怂恿，向他们吹送万般皆粪土、唯有当官高的枕边风。所以他们的异变，的的确确也是某些女人们的过错。有时听到这样的夫妻争吵，很是耐人寻味。男人愤愤然说："我早就要不当，你偏不同意！现在好，让我去干什么？"女人亦愤愤然说："谁长那前后眼来，想到你会半途而废！"

中国目前仍是一个尚未矫正官本位的国家，她们是时代的产物，她们的懊悔不及的丈夫是她们的副产品。她们和他们的争吵，乐观点儿估计，还要继续一二十年。

不能当官的男人不是绝对没有当官能力的男人，他们是各行各业的劳动者。劳动者中有不少聪明的人，智慧的人，干练的人，他们的能力往往被埋没。中国是一个有十几亿人口的泱泱大国，不埋没人才是根本不可能的。他们当官的能力有时恰恰在刚显示出来的时候，便被周围的人挫顿或彻底扼杀了。其中幸运者，偶被上司赏识，委以微职，便往往誓心以报了。一位小百货公司的头头，未必在能力上远远不及一位大商场的经理。一位商场的经理，未必不能当商业局长。但能不能当官，是相当复杂的事。诚如老百姓总结的——"说你行你就行，不行也行；说你不行就不行，行也不行"。在中国这一现象你不服不行。于是劳动者中那些聪明的人，智慧的人，干练的人，大抵臣服于现实，其能力不是向外伸延，而往往谨慎收缩。以自己的小家庭画一个圆，在极有限的圆周内显示。他们的家庭便是他们的事业。他们的工作只不过是他们的工作。在他们的家里，从各方面可观察到他们的理财能力、治家能力、巧妙改善生活环境的能力和丰富生活内容的能力，以及培养子女所花的精力和心血。他们精打细算，他们一人多能，堪称各类工匠。一言以蔽之，他们是些生活能力极强的男人。而且他们完善自身的愿望也是动人的。他们其实多才多艺，有能诗会画的，有爱根雕的，有爱收藏的，有爱书法的。与"只能"当官的男人和从也能当官的男人中分划出去继而异变的男人相比，他们更是合格的男人。在困难艰险的条件下，有些男人会束手无策，他们不会。在外国，有些中国男人会饿死，他们不会。与有些知识分子对生活的索然心态相比，他们显得分外热爱生活，热爱生命。

他们以前曾被很不公正地一概贬之曰"小市民"。

其实，为男人，他们具有新的时代性的启示和意义。

我若是未婚的女人，我会将自己择夫的视野拓放得更宽广些。我决不将目光盯在那些"只能"当官的男人身上。和他们生活在一起，总有一天会明白是很"懊糟"的事。也决不将目光聚在从"也能"往"只能"异变的男人们身上。这二者在我看来都是没出息的。我倒宁肯选择劳动者中那些聪明的、智慧的、干练的男人。

这个时代"生产"出了太多太多除了文凭和学历其他一切方面太差太差的男人。科举时代早已过去，时代需要的是不但有文凭有学历而且有实际能力的男人。女人们也是。总有一天时代将宣布，它不需要太多太多的"书生"，他们过剩了。而女人们也将宣布，她们看重的不只是男人的文凭和学历。

男人是女人的镜子，女人是男人的学校。反过来不成立。女人并非男人的镜子。男人选择女人的内容要较女人选择男人的内容肤浅得多，不易全面映照出他的生活观念。男人也并非女人的学校。男人可以舍得花钱"包装"他所爱的女人，可以用他自己的生活观念改变女人的生活观念，可以用他的思想方法影响女人的思想方法，但他无法教导女人如何更女性化，因而男人对女人从本质上说没有塑造力。当代女人选择男人的困难比任何时代都大得多了。这个时代注定了是女性的大苦闷时代。但愿我的这些闲言碎语，道破一些简单的生活表象，捅穿男人们的一层糊窗纸，对妻子们重新认识自己的丈夫，对未婚女性选择丈夫，有那么一点点参考价值……

好女人是一所学校

——与记者的对话

男人创造世界，而女人创造男人

记者：你的那段情节,《雪城》中营部文书小周的男友给她的情书——《好女人是一所学校》有那么多报刊转载，流传相当广。我相信，凡是女人，看了很少有不为之心动的。你能说说你认为的好女人是什么样子吗？

梁晓声：我说的好女人是抽象的，不是具体的，我是从诗、散文、雕塑等艺术角度去看的，是女性一切美好品德的总和。

记者：生活中你遇见过你所说的好女人吗？

梁晓声：目前还没有。但我相信现实生活中是存在的，比如燕妮，马克思能获得那么伟大的思想，很大程度上取决于燕妮。我这句话还可以这样理解：人类生活中最温馨最富有诗意的，能使人类情感得到净化、趋向美好的部分，源于女性。所以我说，男人创造世界，而女人创造了男人。

记者：女人创造男人？

梁晓声：当然不是说女人生下了男人。男人很疲惫，很迷惘，很痛苦，很狂躁；而女人温和，冷静，最肯牺牲。女人暖化了男人，同时弥补了男人的不完整和幼稚，于是，男人才像一个真正的男人走向世界。

一个男人的一百个男朋友，也没有一个好女人好，一个男人的一百个男朋友，也不能代替一个好女人。

女人创造男人，除了情感还指教化。男人来到这个世界上，第一任教师就是他的母亲。当观察一个成熟的男人，无论优点缺点，几乎总能找到女人教化的痕迹。而这种教化，能影响一生。

记者：谈谈你自己，好吗？

梁晓声：有人调侃我，说我作品中有女性崇拜情结。冷静思考之后，我承认这一点。我从母亲身上更真切地体会到一个女人，特别是普通女人在生活中所承受的苦难和重荷。因此，我的小说对女性怀有一种经常的敬意。我的性格，待人处世，许多地方随母亲。比如宽容，委屈自己来求得人际关系的平衡，等等，虽然我还拿不准这样做好还是不好，也许有人认为迂腐。

由我的母亲，可以想到千千万万几乎一代人的母亲，尤其是那些平凡的甚至可以说是平庸的，在社会最底层喘息着苍老了生命的女人们，对于她的儿子，该都是些高贵的母亲吧？一个个说来，该都是充满了苦涩的温馨的坚韧精神的故事吧？

女人相信镜子，男人相信女人的眼睛

记者：从生活态度看，你认为男人女人最大的差异是什么？

梁晓声：男人追求成功，女人则比较现实。男人似乎总在寻找机会，就像寻找一辆车，急急开出，预先确认将来比现在好，因此男人常常困惑，焦虑，内心不平衡。女人就比较实际，就这个条件，这样的环境，着眼点是适应，适应之下争取生活得更好。

记者：这是否也意味着女性容易满足现状，不思进取？

梁晓声：我这里指的是思维状态，一般意义上的男人女人的思维状态。凡事都有个度，过了度就走向反面。从现实出发，这是一种很可贵的生活态度。太现实了，不思进取，当然不好。

记者：你说过"女人相信镜子，男人相信女人的眼睛"，是不是指男女在自我认识上的差异？

梁晓声：是的。女人都喜欢照镜子，自我感觉良好。女人易于习惯自己，钟爱自己，也总想改变自己。而男人对着镜子，却如同凝视着一个陌生人，他怀疑自己，否定自己，迷惘地寻找着自己。他往往需要通过女人来证实自己，因为女人比男人更希望男人是男人。

女人的苦闷，实际上也是时代的苦闷

梁晓声：我常常想，我们这一代人是多灾多难的，十年动乱，我们失去了很多机会，而女性就更惨，她们几乎没有恋爱，就匆匆走进了家庭。为了生存呵。若干年后，这一代女人可能产生优秀的作家、专家和杰出人物，但翻开她们的情感史，一页一页很可能是苍白和空洞的。她们得到了，也失去了。到那时，她们厮守着命运抛给她的男人，痛苦是可想而知的。

记者：在这一点上，这一代的男人不也一样吗？

梁晓声：女人和男人是不同的。男人属于物质世界，男人的寄托是建功立业。女人属于情感世界，没有含苞欲放，享受人生最美好的年华，就凋谢了，只能结出干涩的苦果。这对女人是十分残忍的。

记者：你这种划分很有意思，根据是什么？

梁晓声：感觉和经验。

记者：我承认，很久以来，女人在婚前，无论如何，还有憧憬，还有哪怕是一线的希望。一旦结婚，就注定了不会再有自我。可现在不同了，女人不是也有能体现自我价值的事业吗？

梁晓声：无非是一副重担之外，再加上一副更重的担子。为什么这一代女性中事业型、强者型的人多？就商品时代本身而言，它是不接受并且排斥传统女性的，只有反叛传统，接受挑战，才能顺应潮流。但是这种反叛注定了是无力的，商品时代最杰出的女性往往也是痛苦最多最深刻的女性，她们在发出短暂的欢呼之后，马上又会坠入一种内省的痛苦。

记者：旧有的秩序、平衡被打破了，面对许多束手无策的新问题，"新我"和"旧我"，行为感受与旧有观念的冲突、困惑是不可避免的。

梁晓声：灵魂无处安置，男人女人都有这种感受，女人更甚，因为她们负担重，也因为她们刚刚被抛进优胜劣汰的竞争中，心理承受能力，多重角色的压力，顾此失彼的失落感，是可想而知的。所以，我说，女人的苦闷，实际上也是时代的苦闷，女人开始和时代共命运了。

重要的导向和教化

梁晓声：现在内省的还是少数，普遍的中国女性正处在无内省也无痛苦的阶段，如果内省，那么中国女性的痛苦将比任何国家都要深刻。

记者：很少有像中国女性这样身受封建礼教的沉重桎梏的。

梁晓声：也很少有像中国女性之间差距这么大的。西方发达国家，一个公司的女雇员可以和撒切尔夫人受过同等教育，不同的只是契机而已。中国很难把政治、经济、文化的精英和农村妇女放在同一水平线上，那差距恐怕要用世纪来衡量。

中国也只是极少数妇女工作者以及和妇女工作有关联的一小部分女

知识分子，在关注妇女命运和地位。大多数妇女不去看你们的文章，也不关心你们提出什么口号。在相当长的历史进程中，可以说，她们不过依然按照传统去做妻子、母亲，老了再做祖母外祖母而已。

记者：妇女之间差距确实大，但我认为不管自觉的还是不自觉的，实际上相当多的妇女的生活道路已经和正在改变着。

梁晓声：我仅仅是一个男人的感觉，我当然不希望我们的姐妹按照老路子走下去。时代毕竟进步了，中国女性有了选择的权利，包括选择的需要，问题是有没有足以支撑这种可贵品格的真正才干？有没有与之相应的正确的价值观念？有的出色的女子，本可以在同胞中选择到优秀的男子，可她却选择了平庸的甚至很老的外国男人。再比如卖淫，旧社会是出于无奈，而现在有些女性甚至生活条件很优越的，也在干这种事情。也许这都是比较极端的例子，至少说明一个问题，导向和教化是非常重要的。

记者：这方面你有什么好建议？

梁晓声：我是个外行，不过我想妇女工作者、妇女报刊要充分发挥你们的优势，你们的工作相当有意义，实际上是在对这个民族的女性做一种教化的工作，尤其是教化那些并不得天独厚的女人。

假如不漂亮，谈吐气质也是一种魅力；假如生就贫寒，聪明才智也是可观的财富。总之一句话，只要你愿意，你就可以是一个好女人。

关于女人的絮语

在人的一切关系之中，再也没有比夫妻更互相影响的了。上自富豪贵族，下至庶民百姓，夫妻关系一旦既成事实，举案齐眉也罢，同床异梦也罢，都可从一个的身上，嗅出另一个的气味。好比一对儿壁虎，哪怕它们死了，将它们的尾巴研成齑，点燃之后，那奇妙的火焰也是互相牵引的——旧时走江湖的杂耍艺人，就是常靠这一小奥秘哗众取宠的。

或说爱是纯粹的"自我"感情的投入证明，乍听似乎不无道理，咀而嚼之，便会觉得相当片面了。因任何所谓纯粹的"自我"，只不过是纯粹的本能。爱并不纯粹是"性"，故不纯粹是本能。"造爱"和爱，是不可同日而语的。殊不知连蛔虫也"造爱"，否则小蛔虫从何而来？但外科医生倘从人腹剖出两条绞缠在一起的雌雄蛔虫，是不大会叹曰"好一对恩爱夫妻"的……

"自我"难以"纯粹"，遑论爱耶？

极少有这样的现象——被一切头脑正常不持偏见的人所鄙视所憎恶的恶人或小人，妻子对他们的"自我"感情的投入和证明不受丝毫动摇，坚如磐石地始终服从他们的"自我"。秦桧的太太没和秦桧闹过离婚，不说明她的"自我"如何如何，只说明客观上她和秦桧是臭味相投的一对东西。甚至不能用"情人眼里出西施"来理解他们的关系。艾娃爱希特勒，也并非她的纯粹"自我"的执着，而是当时几乎全体的德国人的"自我"出了毛病。对于德国人希特勒一半是神，是"民族英雄"。艾娃对希特勒的感情投入证明，受着出了毛病的德国人的"自我"之影响，判断失误。若当时几乎全体德国人也对希特勒恨得咬牙切齿，艾娃未见得便肯陪他死。艾娃之死，从心理学角度分析，更体现着一类极特殊的女人，心理上对于扮演悲剧角色的追求和向往。因为悲剧通常是迷人的，有魅力的。在这一点上，艾娃之死，和虞姬之死是循着差不多的女人心理轨迹的。而项羽和希特勒却既有共同之处又不属同一类男人，所以"霸王别姬"成为中国京剧的传统剧目，而艾娃之殉希特勒，起码至今还看不大出也会流芳千古的前途。当然这都是太极端的例子。不过想强调——就一般而言，普遍的女人，既不但希望她们的丈夫值得她们的"自我"信赖，其实也是在乎他们是不是值得朋友、同事、左邻右舍和人人都置身其中的或多或少的一部分群众信赖。一九五七年的"反右"和十年"文革"另当别论，因为这两个年代的几乎全体的中国人之判断准则认识准则也是出了毛病的。就说"文革"吧，到了后期，且不论"四人帮"，单只谈那些追随"四人帮"亦步亦趋干了坏事的男人们的妻子，包括他们的儿女，哪怕稍微与人民的心相通那么一丁点儿，便没有不替他们感到惶恐的。

只有非常势利的女人，选择丈夫的时候，只看他们是否而"仕"，而"服官政"，而"指使"，对他们的品行、德行、节操、人格不予必要的考虑。当然这样的女人古今中外从来都是有的，正如仅仅着眼于钱财而嫁的女人古今中外从来都是有的，也许现在是多起来了，但多也多不到哪里去。因为古今中外，女人对男人之爱，比男人对女人之爱，尤其包括品行、德行、节操、人格的内容，内容丰富得多，复杂得多，也全面得多。

一个女人所爱的男人，是她的镜子。

好女人所爱的男人，如果她未被他的虚伪他的假面所欺骗，必是在品行、德行、节操、人格方面恪守光明磊落之准则的好男人。

但人在社会中总是不断变化着的。置身于权力场名利场，或离权力场名利场太近的社会格局中的男人，从三十多岁到五十多岁，其变化之巨大，犹如"百慕大"三角洲的气候。四十来岁四十多岁时的变化，常不但令他们的妻子也令别的男人们无奈。差不多可以说是不以任何别人的愿望为转移，只取决于他们的"自我"，有的朝良好的方面变，令人刮目相待，敬意油然而生，有的不可阻止地朝恶劣方面变，令人轻蔑和唾弃。

好女人是这样的女人——当她们的丈夫因受着权力欲和名利欲的诱惑，开始朝恶劣方面变的时候，能够并且善于更加起到一所特殊的学校的作用，能够并且善于，从品行、德行、节操、人格诸方面，义不容辞地担当起老师的责任，重识并且重塑她们的丈夫，努力使他们恢复当初她们所爱的"那一个"男人的本色。

古希腊的两位哲人曾进行过下面一番对话：

> "什么比金子还好？"
>
> "璧玉。"
>
> "什么比璧玉还好？"
>
> "智慧。"
>
> "什么比智慧还好？"
>
> "女人。"
>
> "什么比女人还好？"
>
> "没有了。"

绝非所有的女人都够得上如此这般的赞美。好女人是够得上的。对男人们来说，好女人是"学校"，不好的女人同样是"学校"，坏女人也是"学校"。多欲亏义，多忧害智，多惧害勇。欲而不知止，失其所以欲；有而不知足，失其所以有。人欲盛，则无刚。刚则不屈于欲。好女人是懂得这样一些人生智慧的女人。谗口交加，市中可信有虎；众奸鼓衅，聚蚊可以成雷。好女人是尤其懂得这一道理的女人。男人在这样的好女人的谆谆告诫之下，更能明白自己在什么时候做什么，怎样做；什么时候不做什么，何以不做。比如在"众奸鼓衅，聚蚊可以成雷"的时候，明白不能怕，不能媚，不能自己也学蚊之嗡，随帮唱影。既在品行、德行、节操、人格诸方面恪守了起码的做人的原则，也维护了好女人的名誉。如果她便是他的妻子的话。所谓唇齿相依，夫妻共勉。

不好的女人肯定不懂那些人生智慧也不懂那些道理。——谁谁又提拔当处长了，你看你！——四十来岁了，也没捞到个一官半职，你对得起老婆孩子吗？还有脸回家吃饭！——谁谁下来了，这次你该有希望上了吧？什么什么？不想？你不想老娘还想呢！

接着兴许就是一通摔盘子掼碗。

男人们一回到家，受的便是她们的"挤兑"，还要忍看她们的脸子。打算恪守做人准则的，也会感到羞恼、沮丧。终于动摇。终于在她们的泼威之下，甚至为了替她们达到她们之目的，以自己的品行、德行、节操、人格到权力场名利场上去投资，去赌博，去开发，去下注，不惜拍卖自己。

不好的女人满意且满足的时候，她们似乎不知道，代价是很大的。因为那代价不是别的，而是她们的整个丈夫，甚至也许是她们的整个儿家庭。失身取官位，爵禄仅为耻。这样的例子，古今中外，是不少的。这样的女人，不是很有点儿可悲吗？这样的男人，不是更可悲吗？

当然，另一种情况也是有的。丈夫们不务正业，不求上进，游手好闲，吊儿郎当，甚至干脆就堕落为酒鬼、赌棍、混子、痞子，任你诲之不倦，他仍恶习不改，离婚顾忌多多，过下去也难，使当妻子的，进了家门就头疼，见了丈夫就心烦，如果连她们的宣泄的权利都剥夺了，生活对她们也就没半点儿公道了！

他们丝毫也不值得我们予以同情，值得同情的倒是他们的妻子。我们的同情其实对她无济于事，因为我们顶替不了她们，去和她们的丈夫过日子……

依我之见，替她们想来想去，还是离了的好。没有丈夫的生活，也比有那样的丈夫强百倍。

坏女人是各种各样的。这篇短文单论的是其中一种——利欲熏心型。她们可能挺正经，并不乱搞男女关系。也可能挺有家庭责任感，把家庭这口钟撞得挺勤。但是她们对权力和名利的追逐，同她们对名牌系列化妆品的消费心理是一样的，而她们自己并没有或缺少跻身于权力场名利场亲自搏杀的机会。为了达到她们之目的，只有怂恿她们的丈夫去搏杀，间接实现和满足她们自己的权力欲名利欲。她们的丈夫在她们的精心调教下，大抵具有不顾一切的侵略性。

社会学家将这一类女人贬为"教唆犯"。我觉得还是视她们为"学校"准确，或理解为"训练班""教导营"什么的。四十岁左右的男人，不是失足的少年，竟能被"教唆"而"犯"，根源还在他们自己。内因是主要的，先决的，本身素质问题。何况，一个好品行、有德行、有节操、有人格可言的男人，通常情况下，是不大会和她们结成伴侣的。即或犯下了选择的错误，他们也会当机立断，与之分手。因为好男人是根本难以忍受她们的。普遍的规律恐怕是——只有这样的时时觊觎权力和名利，时时准备瞅准机会，采取一切手段进行搏杀的男人，才和她们似乎有命定的缘分，相辅相成，"相得益彰"。从这一点上说，她们不失为他们的"贤内助"。出谋划策，运筹帷幄，上串下联，耳提面命，授以钻营、拍马、沽名钓誉、朝秦暮楚、巧妙投靠、"杀回马枪"、"使断魂剑"种种招数，甚至亲自上阵实践所谓"夫人外交"，唯恐他们拍卖品行、德行、节操、人格尚有顾忌，并不彻底。她们经常对他们说的是诸如下面的话：

——这年头，还讲什么人格呀？有奶便是娘！

——正直？正直多少钱一斤？谁买？咱们卖！

——你不忍出卖？那你就爬不上去！他不下来你怎么上去！

——错过了眼前当处长的时机，等于断送了你以后当局长的前程！

一句话，悠悠万事，唯权力为大。为了达到而"仕"、而"服官政"、而"指使"之目的，做人的一概一概、一切一切，照她们说来，都是子虚乌有不足论道的。

于是，在一切大大小小的权力场名利场上，便涌现形形色色的有欲无刚的男人，勇于搏杀的男人，见利忘义见小利而忘大义的男人，争权夺势争小小之权夺弹丸之势而不顾一切而寡廉鲜耻而任何手段无所不用其极的男人……于是便有了权力场名利场上的种种勾当龌龊行径卑劣现象……

毋庸置疑，这一切绝不仅仅只发生于四十来岁的男人的身上。发生于五十多岁六十来岁以及某些长者尊者们身上，也是相当触目惊心相当缭乱缤纷的。不过，发生于四十来岁的男人们身上心理上的大冲击、大动荡、大倾斜、大紊乱，甚至——大恶变，是人们从前所没关注到的，是值得社会学家重视和研究的新现象。这一现象通常伴随着社会的时代的大事件而呈现出来，所以就有格外值得重视和研究的价值。否则，投其所好，正中下怀，必误党、误国、误民、误具体的事业……

但我这篇短文，并非为党为国而写。纯纯粹粹，是为某些女人们而写。归根结底，某些男人们所误，是他们的妻子们，如果她们不是坏的"学校"的话。君不闻，小人戚戚，其妻泣泣吗？更多的女人，谁不愿意自己的丈夫是男人中的"丈夫"呢？……

语说"寒门"与"贵子"

汉文学的考究之处也在于——每可凭一字之别，表征出程度细致的不同。

如"痛哭"与"恸哭"，二者的不同实难途释清楚，所谓"只可意会，无法言传"。

"恫吓"与"恐吓"亦如此。

"贫穷""贫困""贫寒"三个词中，尤以"贫寒"之贫境甚，即——贫穷到了冬季没钱买柴取暖的地步。

"寒门"，即那样的穷人家。

"寒门之子"，即那样的穷人家的儿子。

"寒门之女"四字是少见的，因为在从前，她们大抵早嫁，或早夭了。与父母在"寒门"长相厮守、相依为命的老姑娘是有的，但情况极少。《聊斋》中的"侠女"近于那一情况，却据说是为报血海深仇而伴老母隐居于民间的吕四娘的原型，本属豪门之女，大仇一报，便人间蒸发，无人知其所终了。

故"寒门儿女"之女，多属小女孩。

"寒门之子"们的人生却又是另一番境况。通常他们是娶不上妻的，作为人子，并负有侍奉二老的责任。在旧时的小说或戏剧中，他们通常与老母相依为命地生活在一起，老母不但年事已高，且往往双目失明或是聋哑，娶妻之事于他们被说成"讨老婆"。未知此言先是由民间而戏剧或恰恰反过来，然一个"讨"字，具有极怜悯之意味，道尽了花最少的钱办终身大事的苦衷。

又如在"侠女"中，顾生便是如此一个"寒门之子"，"博于材艺，而家綦贫。又以母老，不忍离膝下，惟日为人书画，受赀以自给。行年二十有五，伉俪犹虚"。

古文中"材"指技能，以区别于"才干"之"才"。

綦——极也。

虽"博"于技能，但家境贫寒，且需赡养老母，娶妻便几成空想。

在旧小说或戏剧中，顾生们大抵是孝的榜样。"艳如桃李，冷若冰霜"之侠女，以处子之身报顾生相济之德，不仅出于对他"讨"不上妻的同情，还因敬他是"大孝"之子。

我小时候，常听到"寒门"二字，这二字总是与"孝子"二字连在一起。因为不但我家是当年城市里的贫穷人家，那一片人家皆贫穷。母亲与邻家大人聊得最多的一个话题，便是哪家哪家的儿子多么多么"孝道"。在社会的底层，"自古寒门出孝子"，是大荣耀。故我自幼确乎是将孝当成一种"道"来接受的。

长大后，才偶尔从旧小说中读到"寒门出贵子"这样的话。

自古寒门必然出孝子吗？

从没有统计数字予以证实，显然是谁都无法肯定地说清楚的。

为什么旧小说、旧戏剧中的寒门之子多是孝子呢？

因为对于寒门之子，孝是比较易于做到的，是可完全由主观来决定的，是想那样就能那样的。进言之，"寒门出孝子"是底层人家的父母极其现实也是极人性化的诉求——文艺家关注到了这种底层诉求，一代又一代、一个历史时期又一个历史时期地通过文学或戏剧予以满足，并且有意使之在底层社会形成重要的亲情伦理。其伦理基础是符合人心取向的，用民间劝人的话语来说往往如此："生活已是这般贫穷，父母已是这般不易，你作为儿子，有什么理由不孝啊！"

事实也是，民间的长辈，确乎一代又一代、一个历史时期又一个历史时期地对寒门的不孝之子进行几乎千百年来未变的台词式的教诲。

文艺的影响功能如民间教诲，久而久之，"寒门出孝子"这一底层愿望，演变成了"自古寒门出孝子"这一仿佛的规律。

是理想主义色彩很浓的愿望。

寒门肯定出孝子吗？

未必。

豪门富家之子定然不孝吗？

也未必。

既然都未必，为什么"自古寒门出孝子"会在底层民间口口相传呢？

非他，底层民间尤其需要此种亲情伦理的慰藉，正如真的牧羊女更需要白马王子爱上了牧羊女的童话——公主和格格们才不听不看那一类童话。

"自古寒门出孝子"之说是一种文化现象。分明地，很理想主义，却属于有益无害的那一种理想主义。

而所谓"自古寒门出贵子"之说，却是一种伪说，并且有害无益。

首先，何为"贵子"呢？

不论在中国的古代还是外国的古代，"贵子"一向专指成为权力显赫的达官的儿子们。特别是在中国的古代，纵然谁家儿子已成了富商，那也照样算不上所谓"贵子"，所以他们往往要花钱捐个红顶子戴。也就是说，马云如果是古代人，他如果不花钱捐红顶子戴，那么他究竟算不算贵子，恐怕是有争议的。

"贵子"二字在中国，一向是官本位下产生的专用词。它不同于西方的贵族之子，它是指"之子"自己成了公侯将相，起码是中了进士成了部或部以上的大官。

当下之中国，毕竟已是进入了现代历史时期的国家。那么，就连成了大老板的儿子们也算在"贵子"之列吧。

接着的一个问题是，官当到多大我们虽然已给出了比较能达成共识的结论，但老板要做到多大才约等于"贵子"呢？

而我认为"自古寒门出贵子"是一种当代中国人的伪说的理由更在于——无须统计也可以肯定，此前全世界任何一个国家的任何历史时期的任何一部书中，都断不会出现那样一句话。

因为它违背常识，不符合人类社会的普遍规律，是对个别例子的似乎的规律说。

但"寒门出贵子"五个字，不但在书中、在戏剧中、在民间语境中却也都是老生常谈了。

一种对个别例子的老生常谈的现象说。是的，仅仅是现象说，绝非规律说。

还以"侠女"为例，顾生虽是孝子，却命中注定寿薄，二十八岁就死了。但他与侠女之子却十八岁中进士，当大官是不成问题的，正所谓父仅孝子，未成贵子；子成贵孙，"犹奉祖母以终老"。

然而终究是故事。

却也不仅仅是故事——在古代，"寒门出贵子"的例子是有的：一靠"造反"，或曰"起义"，多是活不下去走投无路的农民及子弟。"起义"多见于近代史学，以给予正面的评价。这是豁出性命之事，成功者如朱元璋。二靠科举，科举一举两得，既缓解了造反冲动，也为朝廷选拔了人才。但若以为有很多寒门之子靠科举成了"贵子"，实在是大误会。自宋以降，科举渐成国策，然真的寒门之子通过此管道而成"贵子"者，往多了说也就千万之一二而已。

寒门之子往往输在科举的起跑线上——凿壁偷光、聚萤为烛与有名师启蒙的豪门之子拼知识，虽头悬梁、锥刺股，也总是会功亏一篑的。

项羽偶见秦始皇出行的阵仗，想："吾可取而代之。"

在他的意识中，"贵"至高峰莫过于称帝。

陈胜"造反"之前亦发天问："王侯将相宁有种乎？"

为了统一"造反"意志，他曾对铁杆弟兄们信誓旦旦地说："苟富贵，勿相忘。"

在他们的意识中，人生倘不富贵，便太对不起生命了。何为贵？做一把王侯将相耳！

贵族之子项羽也罢，寒门之子陈胜也罢，在他们所处的时代，对好的人生也只能有那一种水平的认识。

现代社会的现代性也在于如此两点——消除"寒门"现象；在好人生的理解方面，给人以比项羽比陈胜们广泛得多的选择。

由是，我对今日之中国，忽一下那么多人特别是青年哀叹"寒门何以再难出贵子"，便生出大的困惑来。

依我想来，现在中国即或仍有"寒门"人家，估计也是少的。但贫穷人家仍不少。那么，"寒门何以再难出贵子"，可以换成"底层人家何以再难出贵子"来说。

我的第一个大困惑是——在今日之中国，彼们认为，何谓"贵子"？

若仍认为只有做了大大的官、大大的老板方可言之为"贵子"，那么这一种意识，与项羽与陈胜们有什么区别呢？是否直接将好人生仅仅与陈胜们所言的"富贵"画了等号呢？

具体来说吧，倘数名曾经的寒门之子，至中年后，分别成部级干部、大学校长或书记（普遍也是局级干部）、大学教授、优秀的中学校长、中学特级教师、技高业专的高等技术工人、好医生、歌唱者（虽非明星大腕，但喜欢唱且能以唱自食其力，而且生活得还较快乐）……不一而足。

在他们中，谁为"贵"？

部长者？

大学校长或书记次之？

教授们无官职，大约不在 "贵" 之列啰？

其他诸从业者呢？既非 "贵" 其人生便平庸了没出息了吗？

若如此认为，岂不是很腐朽的一种人生认识论吗？岂不是正合了这样的逻辑吗——官本位，我所排斥也；但当大官嘛，我心孜孜以求也！

我的第二个大困惑是——现代之社会，为知识化了的人提供了千般百种的有可能实现梦想的职业，即或是底层人家之子吧，何必眼中只有当大官一条路？

我的人际接触面告诉我，在大学中，成为教授的底层人家的儿女多的是！在文艺界、体育界活得很精彩的底层人家的儿女也多的是！在当下的县长、县委书记中，工农的儿子也多的是！几乎在各行各业，都有底层人家的优秀儿女表现杰出甚而非凡，若以项羽、陈胜们的人生观来评论，他们便都不是底层人家的 "贵子" 啰？

怎么地，中国反封建反了一个多世纪了，封建到家了的关于人生的思想，居然还如此地能蛊惑人心并深入人心吗？

所以我认为，比之于 "自古寒门出孝子"，哀叹 "寒门何以再难出贵子"，实在是使拒绝封建思想的人心寒的现象。

而我之所以写这篇文章，动机倒不是出于批判；恰恰相反，而是想拨乱反正，纠正某些人的误解。

我觉得，中国之现实存在着如下三个特色——

官本位依然本位着；

官本位观念确已发生动摇，渐趋式微；

底层人家的子弟通向政界的通道梗阻仍多。

底层人家有不少子弟，仍十分向往为官，并且很可能是要以做 "大公仆" 为己任的，我们姑且这么认为。

为他们清除梗阻，使他们实现其志的过程顺畅些——这也体现着一种社会进步。

我想，这也许才是提出"寒门何以再难出贵子"这一话题的人的本意。

那么，这话题其实与龚自珍那"我劝天公重抖擞，不拘一格降人才"的诗句异曲同工。

而往直白了说，其实是这么一种意思——

我乃底层人家之子，我的人生志向是当大官。这是我最强烈的人生志向，我矢志不渝，并且自信能当得很好！中国，为什么我这样的人当大官难而又难，难于上青天？而奥巴马和普京，出身也和我差不多，却可以在他们的国家当上总统？敢问我的路在何方……

如此说来，便明白多了。我也就没了困惑，虽然仍会想，何必呢？但能十二分地理解。

只不过，对于这样的人，在当下之中国，我是无法安慰的。

贵贱揭示的心理真相

人类社会一向需要法的禁束、权的治理。既有权的现象存在，便有权贵者族存在，古今中外，一向如此。权大于法，权贵者便超惩处，不但因权而在地位上贵，亦因权而在人权上贵，是为人上人。或者，只能由权大者监察权小者，权小者监察权微者。凌驾于权贵者之上的，曰帝，曰皇，曰王。中国古代，将他们比作"真龙天子"。既是"龙"，下代则属"龙子龙孙"。"龙子龙孙"们，受庇于帝者王者的福荫，也是超社会惩处的人上人。既曰"天子"，出言即法、即律、即令，无敢违者，无敢抗者。违乃罪，抗乃逆，逆乃大罪，曰逆臣、逆民。不仅中国古代如此，外国亦如此。法在人类社会渐渐形成以后相当漫长的一个历史时期内，仍如此。中国古代的法曾明文规定"刑不上大夫"。刑不上大夫不是说法不惩处他们，而仅仅是强调不必用刑拷之。毕竟，这是中国的古法对知识分子最开恩的一面。外国的古法中明文规定过贵族可以不缴一切税，贵族可以合理合法地掳了穷人的妻女去抵穷人欠他们的债，占有之是天经地义的。

但是自从人类社会发展到文明的近现代，权大于法的现象越来越少了，法高于权的理念越来越成为共识。法律面前人人平等，于是权贵者之贵不复以往。将高官乃至将首相总统推上被告席，早已是司空见惯之事。仅一九九九年不是就发生几桩吗？法律的权威性，使权贵一词与从前比有了变化。人可因权而殊，比如可以入住豪宅，可以拥有专机、卫队，但却不能因权而贵。要求多多，比一般人更须时时提醒自己——千万别触犯法律。

法保护权者殊，限制权者贵。

所以美国总统们的就职演说，千言万语总是化作一句话，那就是——承蒙信赖，我将竭诚为美国效劳！而为国效劳，其实也就是"为人民服务"的意思。所以日本的前首相铃木善幸就任前回答记者道："我的感觉仿佛是应征入伍。"

因权而贵，在当代法制和民主程度越来越高的国家里已经不太可能，将被视为文明倒退的现象。因权而殊，也要付出相应的代价。其中一项就是几乎没有隐私可言。因权而殊，不仅殊在权力待遇方面，也殊在几乎没有隐私可言一点上。其实，向权力代理人提供特殊的生活待遇，也体现着一个国家和它的人民，对于所信托的某一权力本身的重视程度，并体现着人民对某一权力本身的评估意识。故每每以法案的方式确定着，其确定往往证明这样的意义——某一权力的重要性，值得它的代理人获得那一相应的待遇，只要它的代理人同时确乎是值得信赖的。

林肯坚决反对因权而贵。在他任总统后，也时常生气地拒绝因权而殊的待遇。他去了解民情和讲演时，甚至不愿带警卫，结果他不幸被他的政敌们所雇的杀手暗杀。甘地在被拥戴为印度人民的领袖以后，仍居草屋，并在草屋里办公、接待外宾。他是人类现代史上太特殊的一例。他是一位理想的权力圣洁主义者，一位心甘情愿的权力殉道主义者。像他那么意识高尚的人也难免有敌人，他同样死在敌人的子弹之下，他死后被泰戈尔称颂为"圣雄甘地"。

无论因权而殊者，还是受权而不受殊者，只要他是竭诚为人民服务的，人民都将爱戴他。但，他们的因权而殊，是不可以殊到人民允许以外去的，更是不可以殊及家人及亲属的，因为后者们并非人民的权力信托人。

因贫而"贱"是人类最无奈的现象。人类的某一部分是断不该因贫而被视为"贱"类的。但在从前，他们确曾被权贵者富贵者们蔑称为"贱民"。我们现在所论的，非他们的人格，而是他们的生存状态。如果他们缺衣少食，如果他们居住环境肮脏，如果他们的子女因穷困而不能受到正常的教育，如果他们生了病而不能得到医疗，如果他们想有一份工作却差不多是妄想，那么，他们的生存状况，确乎便是"贱"的了。我们这样说，仅取"贱"字"低等"的含意。

处在低等生活状态中的民众，他们作为人的尊严却断不可以便被论为低等。恰恰相反，比如雨果笔下的冉·阿让。他的心灵，比权贵者高贵，比富贵者高贵。

权贵者富贵者与"贱民"们遭遇的"情节"，历史上多次发生过。那是人类社会黑暗时期的黑暗现象。"高马达官厌酒肉，此辈杼柚茅茨空"是黑暗的丑陋的不公正的人类现象。

"朱门酒肉臭，路有冻死骨"同样是。

一以权贵而比照贫"贱"，一以富贵而比照贫"贱"。萧伯纳说："不幸的是，穷困给穷人带来的痛苦，一点儿也不比它给社会带来的痛苦少。"

限制权贵是比较容易的，人类社会在这方面已经做得卓有成效。消除穷困却要难很多，中国在这方面任重而道远。

约翰逊说："所有证明穷困并非罪恶的理由，恰恰明显地表明穷困是一种罪恶。"

穷困是国家的溃疡。有能力的人们，为消除中国的穷困现象而努力呀！

富贵是幸运。富者并非皆不仁。因富则善，因善而仁，因仁而德贵者不乏其人。他们中有人已被著书而传，已被立碑而纪念。那是他们理应获得的敬意。

相反的现象也不应回避——富贵者或由于贪婪，或由于梦想兼而权贵起来，于是以富媚权，傍权不仁，傍权丧德，此时富贵者反而最卑贱。比如《金瓶梅》中的西门庆去贿相府时就一反富贵者常态地很卑贱。同样，受贿的权贵斯时嘴脸也难免卑贱。

全部人类道德的最高标准非其他，而是人道。凡在人道方面堪称榜样的人，都是高贵的人。故我认为，辛德勒是高贵的。不管他真否曾是什么间谍，他已然高贵无疑了。舍一己之生命而拯救众人的人，是高贵的。抗洪抢险中之中国人民子弟兵，是高贵的。英国前王妃戴安娜安抚非洲灾民，以自己的足去步雷区，表明她反战立场的行为，是高贵的。南丁格尔也是高贵的。马丁·路德·金为了他的主张所进行的政治实践，同样是高贵的。废除黑奴制的林肯当然有一颗高贵的心。中国教育事业的开拓者陶行知也有一颗高贵的心。人类历史中文化中有许多高贵的人。高贵的人不必是圣人，不是圣人一点儿也不影响他们是高贵的人。有一个错误一直在人类的较普遍的意识中存在着，那就是以权、以富、以出身和门第而论高贵。

文明的社会不是导引人人都成为圣人的社会。恰恰相反，文明的社会是尽量成全人人都活得自然而又自由的社会。文明的社会也是人心低贱的现象很少的社会。人心只有保持对于高贵的崇敬，才能自觉地防止它趋利而躬而鄙而劣，一言以蔽之，而低贱。我们的心保持对于高贵的永远的崇敬，并不至于便使我们活得不自然而又不自由。事实上，人心欣赏高贵恰是自然的，反之是不自然的，病态的。事实上，活得自由的人首先是心情愉快的人。

《悲惨世界》中的沙威是活得不自然的人，也是活得不自由的人。他在人性方面不自然，他在人道方面不自由，故他无愉快之时，他的脸和目光总是阴的。他是被高贵比死的。是的，没人逼他，他只不过是被高贵比死的。

贵与"贱"是相对立的。在社会表征上相对立，在文明理念上相平等；在某些时候，在某些情况下，则相反。那是贵者赖其贵的表征受检验的时候和情况下，那是"贱"者有机会证明自己心灵本色和品质本色的时候和情况下。权贵相对于贫"贱"应贵在责任和使命，富贵相对于贫"贱"应贵在同情和仁爱。贫"贱"的现象相对于卑贱的行为是不应受歧视的，卑贱相对于高贵更显其卑贱。

有资格尊贵的人在权贵者和富贵者面前倘巴结逢迎不择手段不遗余力，那就是低贱了。低贱并非源于自卑，因为自卑者其实本能地避权贵者避富贵者，甚至，也避尊贵者。自卑者唯独不避高贵，因为高贵是存在于外表和服装后面的。高贵是朴素的，平易的，甚至以极普通的方式存在。比如《悲惨世界》中"掩护"了冉·阿让一次的那位慈祥的老神父。自卑者的心相当敏感，他们靠了自己的敏感嗅辨高贵。当然自卑而极端也会在人心中生出邪恶。那时人连善意地帮助自己的人也会嫉恨，那时善不得善报。低贱是拿自尊去换利益和实惠时的行为表现，低贱者不以为耻反以为荣，那就简直是下贱了。

贫"贱"是存在于大地上的问题，所以在大地上就可以逐步解决。

卑贱、低贱、下贱之贱都是不必用引号的，因为都是真贱。真贱是存在于人心里的问题，也是只能靠自己去解决的问题。

论贫穷

人类生活的一切不幸的根源，就是贫困。这是很明白的，贫困使一切穷人对生活产生共同的恐怖和疑惧……

贫穷是人类最大的丑恶现象。如果我们已知人类有百种丑恶，那么三分之二盖源于贫穷，三分之一盖源于贪婪……穷人是贫穷的最直接的受害者和牺牲品。贫穷恰恰是剩余价值的产物，正如富有是剩余价值的产物一样。

当剩余价值造就了第一个富人的时候，同时也便造就了第一个穷人。穷人永远是使富人不安的影子，进而使社会和时代不安……高尔基说过——人类生活的一切不幸的根源，就是贫困。这是很明白的，贫困使一切穷人对生活产生共同的恐怖和疑惧……

卢梭说过——贫困使一切做好事的手段显得脆弱。它又产生了如此强大的社会和时代难以消化的繁衍罪恶的能力。它使人类本性和道德这一公正存在的原则几乎完全丧失效应……

他们都曾体验过贫困的屈辱和压迫。他们的话代表知识分子对社会和时代的警告。约翰逊说过——贫困是人类幸福最大的敌人；它确实破坏了自由，使平等无法实现，使国家处于矛盾尖锐的境地……他的话代表政治家对社会和时代的警告。"开城门，迎闯王，闯王来了不纳粮。"——这是穷人对社会和时代发出的警告。关于贫困也有另外一些名人说过另外一些著名的话，比如伊壁鸠鲁说过——甘于贫困就是一笔体面的不动产！比如卢克莱修说过——甘于守贫是一个人的最大教养……

当我们研究他们的经济基础，却发现他们自己从不曾被贫困所窘过。对于时代和社会而言，他们的话仅仅是一些供富人品味的隽语而已。并且，他们的话常被教会所引用，借以对穷人进行说教……

在贫困超过了穷人的心理承受能力的情况下，通常便爆发了革命。革命的最初的使命——或者更准确地说，被穷人所理解的使命，乃是消灭富人。革命的原始口号正如我们所知道的那样，是——革地主的命！革资本家的命！革一切富人的命！然而历史向穷人开了一个很大的玩笑——它最终告知穷人——消灭富人并不等于消灭了贫困，也不一定就能使穷人得到拯救。正如卢梭所言——"消灭富人要比消灭贫困现象容易得多，而穷人却只能从后一种行动中获得普遍的利益。"中国之改革的最终目标我想可以归结为这样一句话——消灭贫穷。使一部分人先富起来是不难的，使先富起来了的一部分人继续参与使别人也富起来的改革是较难的。使许许多多仍处在贫穷生存状况的人，在眼见别人先富起来的情况之下，仍以高度的理性忍耐改革的步骤，这是更难的。而舍此，则不能完成中国之改革大业。再贫穷的国家也有那个国家的富人和大富豪。据统计，全世界的几近四分之一的巨大财富，控制在七千多万散于世界各地的华人手中，而中国目前却仍是世界上的贫穷国家之一。

改革像一切事物一样也是自有其负面的。一个值得政治家们关注的事实是——最有能力和最善于避开改革负面压力的人，往往是最先富起来的一部分人。而最没有能力和最不善于避开改革负面压力的人，则往往是最直接承受贫穷摆布的人。对中国而言，他们是比先富起来的人多得多的人。在国家不能替他们分担压力的那些地方和那些方面，将从他们中产生出对改革的怀疑、动摇，乃至积怨和愤愤不平，而他们恰恰又是曾对改革寄予最大希望的人。

贫穷是可以消灭的，穷人却是永远都存在的。

西方的金融大亨到阿拉伯石油王国去做客，离开对方金碧辉煌的宫殿，自嘲地说感到自己变成了一个"乞丐"。

"心理贫穷症"将是商品时代的一种"绝症"。全世界的首脑对此"绝症"都是束手无策的。时代、社会和国家，都无须对"心理贫穷症"者的嘟哝做出任何认真的反应……

现在是叫响另一个口号的时候了，那就是——消灭贫穷！

改革的最庄重的课题只能是——消灭贫穷！

贫富论

　　苏格拉底、亚里士多德、黑格尔、奥古斯丁、莎士比亚、培根、爱迪生、林肯、萧伯纳、卢梭、马克思、罗斯金、罗素、梭罗……

　　古今中外，几乎一切思想者都思考过贫与富的问题。以上所列是外国的。至于吾国，不但更多，而且最能概括他们立场和观点的某些言论，千百年来，早已为国人所熟知，不提也罢。

　　都是受命于人类的愿望进行思想的。

　　从前思想，乃因构成世界上的财富的东西种类欠丰，数量也不充足，必然产生分配和占有的矛盾；现在思想，乃因贫富问题，依然是世界上最敏感的问题——尽管财富的种类空前丰富了，数量空前充足了……

　　这世界上政治的、经济的、军事的、外交的，以及改朝换代的大事件，一半左右与贫富问题相关。有时表面看来无关，归根结底还是有关。那些大事件皆由背景因素酝酿，阶级与阶级、国与国、民族与民族之间的贫富问题常是幕后锣鼓，事件主题。贫富悬殊是造成年代动荡不安的飓风。经济现象是形成那飓风的气候。从前那飓风往往掀起暴乱和革命，就像灾难席卷之后发生瘟疫一样自然而然合乎规律。

　　从前处于贫穷之境无望无助的一部分人类，需要比克服灾难和瘟疫大得多的理性，才能克服揭竿而起的冲动。从前"调查"贫富悬殊的是仇恨，现在是经济水平。在动荡不安的年代连宗教也无法保持其只负责人类灵魂问题的立场，或成为可利用的旗帜，或成为被利用的旗帜。比如太平军起义，比如十字军"东征"。

一个阶层富到了它认为可以的程度，几乎必然产生由其代表人物主宰一个国家长久命运的野心，那野心是它的放心。一个国家富到了它认为可以的程度，几乎必然产生由其元首主宰世界长久命运的野心。

那野心也是它的放心。符合着这样的一种逻辑——能做的，则敢做。

第一次世界大战以前的世界史满是如此这般的血腥的章节。

第一次世界大战的结束其实不是由胜败来决定的，是由卷入大战之诸国的经济问题决定的。诸国严重的经济虚症频频报警，结束大战对诸国都是明智的。

第二次世界大战的起因尤其是世界性的贫富问题引起的，这一点体现于德日两国最为典型，英美当时的富强使它们既羡慕又自卑。对于德日两国，在最短的时间里最快地富强起来的"方式"只有一种，在它们想来只有一种，那是一种凶恶的"方式"。它们凶恶地选择了。

希特勒信誓旦旦地向德国保证，几年内使每户德国人家至少拥有一辆小汽车；东条英机则以中国东北广袤肥沃的土地、无边无际的森林以及丰富的地下资源诱惑日本父母，为了日本将自己的儿子送往军队……

海湾战争是贫富之战，占世界最大份额的石油蕴藏在科威特的领土之下，在伊拉克看来是不公平的……

巴以战争说到底也是民族与民族的贫富之战。对巴勒斯坦而言，没有一个像样的国都便没有民族富强的出头之日；对以色列而言，耶路撒冷既是精神财富，也是将不断升值的有形财富……

柏林墙的倒塌，韩朝的握手，不仅证明着统一的人类愿望毕竟强烈于分裂的歧见，而且证明着希望富强的无可比拟的说服力……

台湾不再敢言"反攻大陆"，乃因大陆日渐昌盛，"反攻"只能被当成痴人说梦……

克林顿的支持率始终不减，乃因他是使美国经济增长指数连年平稳上升的总统……

欧盟之所以一直存在，并且活动频频，还发行了统一的欧元，乃因它们认为——在胜者通吃的世界经济新态势前，要在贫富这架国际天平上保持住第二等级国的往昔地位，只有联盟起来才能给自己的信心充气……

阿尔诺德曾说过这样的话："几乎没有人像现在大多数英国人持有这么坚定的信念，即我们的国家以其充足的财富证明了她的伟大和她的福利精神。"

但狄更斯这位英国作家和萧伯纳这位英国戏剧家笔下的英国可不像阿尔诺德说的那样。

历史告诉我们，"日不落帝国"曾经的富强，与它武力的殖民扩张有直接的因果关系。

阿尔诺德所说的那一种"坚定的信念"，似乎更成了美国人的美国信念而不是英国人的英国信念。美国今日的富强是一枚由投机和荣耀组合成的徽章。从前它靠的是军火，后来它靠的是科技。

一个国家在它的内部相对公平地解决了或解决着贫富问题，它就会日益地在国际上显示出它的富强。哪怕它的先天资源不足以使其富，但是它起码不会因此而继续贫穷下去。

中国便是这样的一个例子。中国改革开放的最显著的成果，不是终于也和别国一样产生了多少富豪，而是各个城市里都在大面积地拆除溃疡一般的贫民区。中国只不过是一个正在解决着贫穷人口问题的国家，否则它根本没有在世界面前夸耀什么的资本，正如一位子女众多的母亲，仅仅给其中的一两个穿上漂亮的衣裳而且炫示于人，那么其虚荣是可笑的。贫富的问题一旦从国际谈到国家内部，先哲们不但态度和观点相左，有时甚至水火相克势不两立。耶稣对一位富人说："你若愿意做仁德之人，可去变卖你所有的财富分给穷人。"否则呢，耶稣又说："骆驼穿过针眼，比财主进上帝的国门还容易呢。"

耶稣虽不是人，但是他的话代表着古代的人对贫富问题的一种愿望。比之一部分人类后来的"革命"思想，那是一个温和的愿望。比之一部分人类后来在发展生产力以消除贫穷现象方面的成就，那是一个简单又懒惰的愿望。

人类的贫穷是天然而古老的问题。因为人类走出森林住进山洞的时候，一点儿也不比其他动物富有。一部分人类的富有靠的是人类总体的生产力的提高。全人类解决贫穷现象还要靠此点。靠富人的仁德解决不了这一点。苏格拉底是多么伟大的思想家啊！可是他告诉他的学生阿德曼托斯：当一个工匠富了以后，他的技艺必大大退化。他并以此说明富人多了对人类社会发展的危害。他的学生当时没有完全接受他的思想，然而也没有反对。

但事实是，一个工匠富了以后，可以开办技艺学校、技艺工厂，生产出更多更好的产品。那些产品吸引和提高着人们的消费，甚至可引领消费时尚。人们为了买得起那些产品，必得在自己的行业中加倍工作……人类社会基本上是按这一经济的规律发展的，因而我们有根据认为苏格拉底错了……最著名的古典神学者阿奎那不但赞成苏格拉底，而且比苏氏的看法更激烈。他说："追求财富的欲望是全部罪恶的总根源。"如果人类的大多数真的至今这么认为，那么比尔·盖茨当被烧死一百次了。

但是财富和权力一样，当被某一个人几乎无限地垄断时，即使那人对财富所持的思想无可指责，构成其现象的合法性也还是会引起普遍的不安，深受怀疑。

普通的美国人自然不可能同意阿奎那的神学布道，但是连明智的美国也要限制"微软"的发展。幸而美国对此早有预见，美国法律已为限制留下了依据。

比尔·盖茨其实是无辜的。"微软"其实也没有什么"罪恶"。是合法的"游戏规则"导演出了罕见的经济奇迹，而那奇迹有可能反过来破坏"游戏规则"。

美国限制的是美国式的奇迹本身。凡奇迹都有非正常性。一个国家的成熟的理性正体现在这里。培根不是神学权威，但睿智的培根在财富问题上却与阿奎那"英雄所见略同"。

连他也说："致富之术很多，其中大多数是卑污的。"他的话使我们联想到马克思的另一句话——（在资本主义制度之下）资本所积累的每一枚钱币，无不沾染着血和肮脏的东西。按照培根的话，比尔·盖茨是卑污的，但全世界都不得不承认他并不卑污。按照马克思的话，美元该是世界上最肮脏的东西了，但是连我们中国人，也开始用美元来计算国家财政的虚实了。而且，一个中国富豪积累人民币的过程，就今天看来，其正派的程度，肯定比一个美国人积累美元的过程可疑得多。因为一个中国富豪积累人民币的过程，太容易是与中国的某些当权者的"合作"过程了。

任过美国总统的约翰逊说："所有证明贫困并非罪恶的理由，恰恰明显地表明贫困是一种罪恶。"

萧伯纳在他的《巴巴拉少校》的序中则这样说："穷对一个人意味着什么呢？意味着让他虚弱，让他无知，让他成为疾病的中心，让他成为丑陋的展品、肮脏的典型，让他们的住所使城市到处是贫民窟，让他们的女儿把花柳病传染给健康的小伙子，让他们的儿子使国家的男子汉变得有瘰症而无尊严，变得胆怯、虚伪、愚昧、残酷，具有一切因压抑和营养不良所生的后果……不论其他任何现象都可以得到上帝的宽容，但人类的贫穷现象是不能被宽容的。"

而黑格尔的一番话也等于是萧伯纳的话的注脚。他说："当广大群众的生活低到一定水平——作为社会成员必需的自然而然得到调整的水平——之下，从而丧失了自食其力这种正常和自尊的感情时，就会产生贱民。而贱民之产生同时使不平均的财富更容易集中在少数人手中……"

他还说："贫困自身并不使人必然地成为贱民。贱民只是决定于与贫困为伍的情绪，即决定于对富人、对社会、对政府等等的内心反抗。此外，与这种情绪相联系的是，由于依赖偶然性，人变得轻佻放浪、嫌恶劳动。这样一来，在他们中便产生了恶习，不以自食其力为荣，而以恳求乞讨为生并作为自己的'特权'。没有一个人能对自然界主张权力。但是在社会状态中，怎样解决贫困问题，当然是贫困者人群有理由对国家和政府主张的权力……"怎样回答他们呢？林肯一八六四年在《答美国纽约工人联合会》时说："一些人注定的富有将表明其他人也可能富有。这种个人希望过好生活的愿望，在合法的前提之下，必对我们的事业产生巨大的推动力。"

在一切不合法的致富方式和谋略中，赎买权力或与权力相勾结对社会所产生的坏影响是最恶劣的。

这种坏影响虽然在中国正遭到打击，但仍表现为相当泛滥的现象。

它使我想到，若林肯是今天的中国领导人，究竟有多少贫穷的中国人会相信他那番话？

我个人的贫富观点是这样的——我承认财富可以使人生变得舒服，但绝不认为财富可以使人生变得优良。一个瘦小的秃顶的老头儿或一个其貌不扬的男人娶了一位如花似玉的娇妻，那必在很大程度上是财富"做媒"。他内心里是否真的确信自己所拥有的幸福，八成是值得怀疑的。对她亦如此，财富可以帮助人实现许多欲望，却难以保证每一种实现了的欲望的质量。

当然，我也绝非那种持轻蔑财富的观点的人。我一向冷静地轻蔑一切关于贫穷的"好处"的言论。威廉·詹姆士说："赞美贫穷的歌应该再度大胆地唱起来。"我们真的越发地害怕贫穷了，我们蔑视那些选择贫穷来净化和挽救其内心世界的人。然而他们是高尚的，我们是低贱的。我觉得他的话即使真诚也是虚假的。我不认为他所推崇的那样的些个人士全都是高尚的，不太相信贫穷是他们情愿选择的。尤其是，不能同意贫穷有助于人"净化和挽救其内心世界"的观点。我对世界的看法是，与富足相比，贫穷更容易使人性情恶劣，更容易使人的内心世界变得黑暗，而且充满沮丧和憎恨。

我这么认为一点儿也不觉得我精神上低贱。中国从古至今便有不少鼓吹贫穷的"好"处的"文化"。最虚假可笑的一则"故事"大约是东汉时期的，讲两名同窗学子锄地，一个发现了一块金子，捡起一块石头似的抛于身后，口中自言自语："肮脏的东西！"而另一个却如获至宝揣入怀中……这则"故事"的褒贬是分明的。中国之文人文化的一种病态的传统，便是传播着对金钱的病态的态度。

但是我们又知道，中国之文人，一向的对于自身清贫的自哀自怜以及呻吟也最多。倘居然还未大获同情和敬意，便美化甚至诗化了清贫以自恋。

而我，则一定要学那个遭贬的揣起了金子的人。倘我的黄金拥有量业已多到了无处放的程度，起码可以送给梦想拥有一块黄金的人。一块金子足可使一户人家度日数年啊！

何况，古文人的"唯有读书高"，最终还不是为了仕途吗？所谓仕途人生，还不是向往着服官装、住豪宅、出马入轿、唤奴使婢、享受俸禄吗？俸禄又是什么呢，金银而已。我更喜欢《聊斋志异》里那一则关于金子的故事，讲的也是书生夜读，有鬼女以色挑之，识破其伎俩，厉言斥去。鬼女遂以大锭之金诱之，掷于窗外……

明智的人总不能拿身家性命换一夜之欢、一金之财啊。

但若非是鬼女，或虽是，信其意善，则另当别论了。比如我，便人也要，金也要，还是不觉得自己低贱。但我对财富的愿望是实际的。我希望我的收入永远比我的支出高一些，而我的支出与我的消费欲成正比；而我的消费欲与时尚、虚荣、奢靡不发生关系。

不知从哪一年代开始，我们中国人，惯以饮食的标准来衡量生活水平的高低。仿佛嘴上不亏，便是人生的大福。

我认为对于一个民族，这是很令人高兴不起来的标准。

我觉得就人而言，居住条件才是首要的生活标准。因为贪馋口福，只不过使人脑满肠肥，血压高，脂肪肝，肥胖。看看我们周围吧，年轻的胖子不是太多了吗？

而居住条件的宽敞明亮或拥挤、低矮、阴暗潮湿，却直接关系到人的精神状态的优劣。

我曾经对儿子说——普通人的生活值得热爱。也许人生最细致的那些幸福，往往体现在普通人的生活情节里。

一对年轻人大学毕业了，不久相爱而结婚了。以他们共同的收入，贷款买下七十平方米居住面积的商品房并非天方夜谭，以后十年内他们还清贷款也并非白日做梦。之后他们有剩余的钱为他们自己和儿女买各种保险。再之后他们退休了，有一笔积蓄，不但够他们养老，还可每年旅游一次。再再以后，他们双双进入养老院，并且骄傲于非是靠慈善机构的资助……

这便是我所言的普通人的人生。

它用公式来表示就是——居住面积七十平方米的住房 + 共同的月收入 × 元。

我知道，在中国，这种"普通人"的人生对百分之九十的当代青年还是可望而不可即的事。但毕竟的，对百分之十左右的青年，已非梦想。

什么时候百分之十的当代青年已实现了的生活，变成百分之九十的当代青年可以实现的生活，中国就算真的富强了。

贫富之话题也就是多余的话题了……

羞耻论

近三十年来，中国之实际情况差不多是这样——国民在郁闷中成长着，国家在困扰中发展着。

对于我们同胞国民性的变化，我不用"成熟"一词，而用"成长"，意在说明，其变化之主要特征是正面的，但离成熟尚远。而我们的国家，也分明在困扰中令人欣慰地发展着，但其发展颇为不顺，国民所感受的林林总总的郁闷，其实也正是国家的困扰。

但一个事实却是——虽然普遍的国民几乎经常被令人愤懑的郁闷从四面八方所包围，社会经常弥漫对各级政府的强烈谴责之声，但总体上看，中国社会现状基本上是安定的。潜在的深层的矛盾衬出这种安定显然的表面性，但即使是表面的，肯定也为国家逐步解决深层矛盾争取到了可能的甚至也可以说是宝贵的前提。

"树欲静而风不止。"古今中外，没有一个国家一向如世外桃源尽呈美好，波澜不惊。

日本多年前发生过奥姆真理教地铁放毒事件。那时，我恰去日本访问。地铁站台荷枪实弹的武警壁垒森严，到处张贴着通缉要犯的布告，其中包括数名女大学生。二〇一一年，日本又遭遇了海啸袭击，发生了核泄漏事件。从一九九六年至今，除了以上两大事件，日本亦不能说太平无事。比如首相秘书贪污事件、校园少年犯杀害同学的事件……

　　韩国也如此，前总统因家族受贿问题曝光跳岩自杀，因政府引进美国牛肉，现任总统几乎面临下台的局面；"天安舰"沉没事件——以上事件，曾使韩国人一次次冲动万分……

　　欧美各国也殊少宁日，一方面恐怖袭击使各国政府风声鹤唳，忐忑不安，国民们的神经时常处于高度紧张；另一方面，各国受金融危机冲击，失业率增长，国际金融信任率降低，时而曝出令全世界瞠目结舌的新闻。如《华尔街报》的窃听事件，世界银行总裁的性丑闻风波……

　　如果放眼世界，将社会分为相当稳定、较为稳定、不稳定、极不稳定四个级别，那么中国处在哪一个级别呢？

　　我认为，首先中国不属于极不稳定的国家当无争议——阿富汗、利比亚、伊拉克……那些国家才显然处于极不稳定之中。

　　中国也不属于社会极稳定的国家。我这样认为首先是从普遍之国民的综合素质而言的。这一种综合素质的水平，决定一个国家的公民在面对国家大环境恶化时的理性程度。其次也是从一个国家的公民与政府之间的长久关系而言的。欧美各国，其西方式的民主国体存在了一两百年不等，他们的国民早已适应了、习惯了、认可了那一种国家制度。虽然那一种制度的弊端也多有呈现，他们的国民对那一种制度也不无怨言甚至质疑，但是他们起码目前还不能设想出另一种更好的也更适合的制度取而代之。这一种国民与国家相互依赖的关系，使他们具有一种"万变不离其宗"的理性意识。基于此种理性意识，面对颓势，他们具有一种以不变应万变，相信一切都会过去的自信和镇定。

　　那么，在较为稳定和不稳定之间，中国属于哪一类国家呢？

　　社会不稳定的国家具有以下特征：

　　一、其政府管理国家的意识、能力，不是与时俱进，而是意识偏执，固守不变，能力每况愈下。

　　二、经济发展停滞不前，甚至发生倒退，致使人民的生活水平不是逐渐提高，而是一日不如一日，连好起来的希望也看不到。

三、对于大众生活的艰难视而不见，对于大众怨言及正当诉求充耳不闻，甚至以专制手段压制之，摆出强硬对着干的态度。

这样的国家目前世界上还是有的，但实在已不多。进言之，处于社会不稳定状态的国家，要么它的大趋势毕竟还是与世界潮流逐渐合拍的，要么倒行逆施，直至彻底滑向世界潮流的反面。

目前之中国显然不是这类国家。所以我认为，目前之中国是一个社会较为稳定的国家。

政府管理国家的意识已由从前国家当然以政府为主体逐渐转变为以人民为主体。管理已不仅仅是一种权力意识，同时也是责任意识了。

政府管理国家的能力亦在提高。不是指压服能力在提高，而是指向"以人为本"的宗旨改进的觉悟在提高，方式方法在提高，经验在提高。

特别要加以肯定的是，中国人的公民意识显然在提高，并且还在以不停止的、较全面的精神风貌提高着。目前之中国人，已不再仅仅将自己低看成"老百姓"。嘴上往往也仍说"咱们老百姓"，而实际上，此"老百姓"与历朝历代各个不同历史时期被叫作的彼"老百姓"，身份内涵已大为不同。目前之中国人，也不再仅仅满足于被文字表意"人民"，不再仅仅满足于文字表意上的"人民利益高于一切""为人民服务"等等口号，而开始要求各级政府将"为人民服务"落实在具体行动上，而开始名正言顺地向政府提出各种"人民"诉求，主张各种"人民"权利，包括监督权。于是，现在的中国"人民"，无可争辩地史无前例地接近现代公民了。

故我对目前我们的同胞的国民性方面令人欣慰的变化，持特别肯定的看法。这一种特别肯定的看法，包括我对"八〇后"的看法，也包括我对"九〇后"的看法。我还要进而这样说，包括我对"八〇后""九〇后"们的下一代的看法。

当然，这并不意味着我们中国人的国民性已很值得称赞了。依我看来，体现在我们某些中国人身上的丑陋的、恶俗的、邪性的言行，在目前这个世界上每不多见的。比如大学生救人溺亡于江，而捞尸人挂尸船旁，只知索要捞尸费的现象；比如发生矿难，煤老板贿赂媒体，悄塞"封口费"，而某些政府官吏暗中配合力图掩盖的现象；比如拜金主义、媚权世相等等。我们当下国民的文化素质，不是也每遭西方文明国家人士的鄙视和诟病吗？

所以我说正在"接近"现代公民。现代公民不仅具有不轻易让渡的公民权利意识，同时还应具有现代社会之公德自觉。在后一点上，某些中国人往往还表现得很不像样子，令大多数中国人感到羞耻。

中国在中国人日益增强的权利意识和仍显缺失的公德意识两方面的挤压之间发展着。中国人的公民素质在经常从四面八方包围而来的郁闷中有希望地成长着。

两方面自然是互相博弈的关系，却又并非在博弈中互相抵消，而是共同增减，共同提升。中国人的权利意识每有提升，政府的管理能力也便相应提升。政府的管理能力越人性化，中国人的公德体现也越接近公民素质。反之，政府的管理言行越滞后于中国人的希望、要求和期待，中国人的郁闷感觉越强烈。但这并不是什么中国之发展和中国人之变化的奥秘，而是全世界一切国家向现代化转型的规律。

中国和中国人在改革开放以后，只不过都被这规律所"转型"了而已。那么，对于中国和中国人，好光景之可盼的根据也正在于此……

论"不忍"

"不忍"二字，曾人言颇多。指谁将做什么狠心之事，却受一时恻隐之心的干预，难以下得手去。于是，古今中外的小说和戏剧，便有了大量表现此种内心矛盾的情节。倘具经典性，评论家们每赞曰："人性的深刻。"前些日子唱红过一首流行歌曲《心太软》。"不忍"就意味着"心太软"。"心太软"每每要付出代价。最沉重的代价是搭上自己的命。一种情况是始料不及，另一种情况是舍生取义。

京剧《铡美案》中有一个人物叫韩琪——驸马府的家将。陈世美派他去杀秦香莲母子三人，"指示"复命时要钢刀见血。那韩琪听了秦香莲的哭诉哀求，明白了她的无辜，目睹了她的可怜，省悟了驸马爷派他执行的是杀人灭口的勾当。天良起作用，又没第二种选择，横刀自刎……

某日从电视里看到这一场戏，感动之余，突发篡改之念。原因是，似乎只有篡改了，才能更符合当代之某些中国人的思想观念，才能更具有现实性，才能"推陈出新"……于是篡改如下：

韩琪："秦香莲，哪里走？留下人头来！"秦香莲："啊，军爷，我秦香莲母子的可怜遭遇，方才不是已说与军爷听了么？"韩琪："听是听，可怜么，倒也着实可怜。但却饶你们不得！"秦香莲复又双膝跪下，并扯一儿一女跪于两旁，磕头不止，泗泪滂沱，咽泣哀求："啊，军爷呀军爷，既听明白了，既信真相了，既已可怜于我们了，缘何不放小女子一马，又非要我们留下人头来？"

韩琪："嘟！秦香莲，你也给我仔细听着！想我韩琪，乃驸马府家将。驸马爷与当朝公主，一向对俺不薄。并言事成之后，定有重赏。杀你们母子三人，对俺易如反掌。区区小事，驸马爷挚诚秘托，俺韩琪身为家将，岂有欺主塞责之理？倘不曾堵得着你们，还则罢了。已然堵你们于此庙中，心软放之，教俺如何向驸马爷交代？！韩琪也乃一条好汉，站得直，坐得正，驸马爷与公主面前深获信任。言必信，行必果，驸马府里美名传。若今放了你母子女，我将有何面目重见我那恩主驸马爷？！"

秦香莲："军爷呀军爷，难道没听说过'仁以为己任，不亦重乎'这句古话么？"

韩琪："秦香莲，难道没听说过'受人好处，替人消灾'这句古话？我今杀你们，天经地义，理所当然！不杀，倒特显得我韩琪迂腐了！"

秦香莲："军爷呀军爷，我们母子女与你往日无冤，近日无仇，军爷还是开恩饶命吧！"

于是再磕头，再哀求；于是子与女皆磕头如捣蒜，皆咽泣哀求……

不料韩琪怒从心起，喝道："嘟！好个啰唆讨厌的秦香莲！都道是'理解万岁'，你怎么只一味儿贪生怕死，丝毫也不理解我韩琪的难处？！真真一个凡事当先，只为自己着想的女子！难怪世人说——可怜之人，必有可恨之处！韩琪从前不信，今日信了信了！"秦香莲："军爷呀……"韩琪："休再啰唆，哪个有耐心听你哭哭啼啼，看刀！"

遂手起刀落，将那香莲人头削于尘埃；又唰唰两刀，结果了那少年与少女的性命……

当然，开封府包大人帐前，韩琪也就免不了牵扯到人命官司里去了。包大人铡了陈世美，自然接着要铡韩琪的。

当然还要一番篡改：

韩琪："包大人，冤枉啊，冤枉！韩琪虽死，理上也是不服的！"

包大人："韩琪，似你这等冷酷无情，替主子杀人灭口的恶仆，铡了你，你有什么可冤枉的？你又有什么理上不服的？！……"

韩琪："包大人，韩琪有自辩书一份，容读。请大人听罢再作明鉴……"

自辩书云：

"君命臣死，臣不得不死；父叫子亡，子不得不亡。此乃我中华民族昭昭纲常之首义也！推而及主奴关系，则可引申出主之忧，奴当解之；主之托，奴当照办的道理。家将者，府奴也。犹如臣惟命于圣上，子依从于父训。违之，殊不义也？抗之，殊大逆不道也？又常言道——有奶便是娘。奶者，实惠之物也。娘者，至尊之人也。如君相对于臣，如父相对于子，亦如主相对于奴也！臣奉君旨而行事，虽错虽恶，错恶在君耳！子依父训而差谬，虽差虽谬，差谬在父耳！奴为主杀人灭口，当诛者，主耳！在家将，只不过例行公事也！小的韩琪杀人，实在也是出于为奴仆者尽职尽责的一片耿耿忠心呀！所以包大人若连韩琪也铡了，韩琪到了阴曹地府也是一百个不服的！"

《赵氏孤儿》中，也有一个与韩琪类似的人物，叫鉏麑，是奸臣屠岸贾的家奴。屠命其深夜去行刺忠臣赵盾。他勾足悬身于檐，但见那赵盾，秉烛长案，正襟危坐，等待上朝。他心里就暗想了，早听说这赵盾是大大的忠臣，今日亲见，果然名不虚传！此夜此时，良辰美景，哪一王公大臣的府第之中，不是妖姬翩舞，靡音绕梁呢？满朝文武，像赵盾这么家居简陈，尽职至夜者实在不多了呀！我若行刺于他，天理不容啊！他这么一想，他可就一时"心太软"了。"心太软"，他就做出了太愧对自己的正义冲动之事来了——纵下檐头，蹿立厅堂，朗声高叫："赵大夫听了，我乃屠岸贾之家奴鉏麑是也！今夜屠岸贾命我前来行刺大夫，并许以重赏。鉏麑每闻大夫刚正不阿之名，心窃敬之。岂忍做下世人唾骂之事！然大夫不死，鉏麑难以复命，故鉏麑宁肯自尽了断恶差！我死之后，那屠岸贾必派他人继来行刺，望大夫小心谨慎，处处提防为是……"

小时候读过这戏本，台词意思记了个大概。于今想来，这鉏麑其实也是不必自己死的。他不妨向赵盾说明自己的两难之境，请赵盾反过来同情自己，体谅自己，对自己"理解万岁"。想那赵盾，既要于昏君当道之世偏做什么刚正不阿之臣，必有思想准备，早已将生死置之度外。绝不会香莲也似的魂飞魄散，咽泣哀求。而那鉏麑，杀人前先便获得了被杀者的理解和同情，天良也就不必有所不安了。即使后来因而受审，也可以振振有词地自我辩护——赵盾当时都理解我了，你们凭哪条判我的罪？难道我当时的两难之境就不值得同情么？……

联想开去——罪恶滔天的德国军党战犯，后来正就是以此种辩护逻辑为自己的罪名开脱的。

侵略无罪是因为"军人以服从命令为天职"。

屠杀犹太人无罪是因为"执行本职'工作'"。

连希特勒的接班人格林在战后公审的法庭之上，也是自辩滔滔地一再强调——我有我的难处，对我当时的难处，公审法官们应该"理解万岁"……

日本大小侵华战犯，被审时的辩护逻辑还是如此，现在，这逻辑仍在某些日本人那儿成立……

联想回来，说咱们中国，从"文革"后至今，同样的逻辑，在某些"文革"中的小人、恶人、政治打手那儿，也仍被喋喋不休地嘟哝着——大的政治背景那样，我怎么能不服从？我的罪过，其实一桩也不是我的罪过，全是"文革"本身的罪过……

"文革"中狠心的事冷酷的事太多了。

"不忍"之人的"不忍"之心体现得太少了……

联想得再近些，说现在——大家都知道，现在的中国，是很有一些人肯当杀手的。雇佣金从几万十几万二十几万元到几百万元不等。而且，时兴"转包"，每一转再转，中间人层层剥皮。最终的杀人者，哪怕只获几百元也还是不惜杀人，甚至不惜杀数人，不惜灭人满门。

他们丝毫也没了"不忍"之心。

当然，也断不会像小说、戏剧以及近代才有的电影中的情节那样，给被杀者哀求和陈诉真相的机会，自己也完全没有希望被杀者死个明白，要求被杀者对自己"理解万岁"的愿望……

一旦接了钱，他们往往是举枪就射，举刀就砍，举斧就劈。

其过程是那么符合现代的快节奏——想了就议，议了就决，决了就干，干就要干得干脆。自己没"废话"，也不听"废话"，人性方面绝对不会产生什么"不忍"……

但是，倘被缉拿归案，又总是要找律师替自己辩护，强调自己只不过是被雇佣的"工具"。既是"工具"，似乎便可以超脱于人性的谴责。就算有罪，仿佛也罪不当诛。犯死罪的，似乎只应是雇佣者们了……

在中国，可以想象，韩琪和鉏魔那样的杀手，那样的刺客，也许，再也不会产生了。

他们显得太古典了，因而也未免显得太迂腐了。

我心里，有时却不禁产生一种崇古之情，每每竟有些怀念他们那样的古代杀手和刺客。于是也不禁每每自嘲自己的古典情结和与现代格格不入的迂腐……

若联想得更近些，说我们大家人人身边的事——读者诸君，你们是否也和我一样，对"不忍"二字有点儿久违了似的呢？你们是否也和我一样，经常能听到的，倒是"别心太软"的告诫，或"只怪我心太软"的后悔之言呢？

我们大家人人身边的事，当然都只不过是些"凡人小事"，并不人命关天——比如小名小利……千万别心太软！……有什么忍不忍的？这年头，你不忍，别人还不忍么？……你不忍了？那么你等着吃哑巴亏吧！……于是，我们往往也就正是为了那些小名小利，将别人，甚至将朋友抛出去"变卖"一次，或将友情、信任出卖一次。当陷别人于窘境，于困境，甚至可能毁了别人的名誉之时，我们又往往这样替自己辩护：

我不过是奉行了合理的个人主义啊！如今这年头，谁不像我一样呢？真的，我眼见的这类人和这类事，多得早已使我的心有些麻木了。于这麻木之中，我竟每每很怀念"不忍"二字。难道这"不忍"二字，真的将从我们某些中国人的日常用语中废除了么？难道我们某些中国人迅速地"现代"起来了的头脑中的观念，真的半点儿古典的缝隙也不存在了么？阿门，给我们中国人的人心，留下一条还能夹住"不忍"二字的缝隙吧！……

现实中的"不忍"渐少，小说、戏剧、电影中的"心太软"自然就多起来。人想要的，总会以某种方式满足。画饼充饥的方式，于肚子是没什么意义的，于精神，却能起到望梅止渴的作用。

在小说、戏剧和电影中，情节（而且往往是尾声情节）通常是这样设置的——即使是坏人、仇人，一旦落到任凭摆布之境，主角们便顿时地恻隐起来，"不忍"起来。于是坏人、仇人大受感动，幡然悔悟，放下屠刀，立地成佛。于是人性的力量光芒四射……

但在近当代的小说、戏剧和电影中，这样的情节已不常见，被认为是陈旧的套路，事实上也确实成为陈旧的套路。

近当代的小说、戏剧和电影，在处理类似的情节时，似乎更愿告诫和强调人性恶的顽固。那情节一般是这样的——主角们手起而刀不落，枪逼而弹不发，虽咬牙切齿，却终究有几分心不忍……

于是遏敛杀心，刀归鞘，枪入套，转身而去……

被放条生路的坏人、仇人们却不领情，爬将起来，从背后进行卑鄙又凶恶的暗算……

于是惹得英雄怒发冲冠，慈悲荡然，不复心软，灭绝有理……

这类情节所证明给人看的，乃鲁迅先生"费厄泼赖应当缓行"的主张，或"东郭先生"可以休矣理念。

还有另一种处理——坏人、仇人暗算成功，主角仆于尘埃，卧于血泊，绝命前指着说出一个字是："你……"

倘我们用现今生活中的惯常话替他说完，那句话大概是——"你怎么这样？！"

坏人、仇人则冷笑不已。或说什么，或什么都不说，趋前再加残害。台词也罢，表情也罢，行为语言也罢，总之是这么个意思——你活该，谁叫你对我心太软？后悔晚了！……

从此等情节，可反观出我们近当代人对人性善与人性恶的大矛盾——我们是多么的希望自己的心有所不忍啊！我们又是多么的恐惧于一旦不忍导致的悲剧结果啊！

港台的武侠片、江湖片，外国的黑社会片，几乎片片都有相似情节，亦成套路矣。

《这个杀手不太冷》冲击过不少影碟发烧友的感官，故事也比较动人心魄。我也曾是影碟发烧友，当然也动我心魄。

此片名译为中文，真有点儿怪怪的。我们将近当代之人心不冷的希望寄托于冷酷杀手，让他替我们去义无反顾出生入死地完成人心不冷的"任务"，足见我们自己的心已经多么承受不起"心太软"的人性的负担和后果，也多么渴求人心别太硬的温暖……

此片问世后，同类故事的影片相继而出。仿佛这世界上心并不冷心最不冷的，倒仅剩下些杀手们似的了。

比如另有一部美国电影，片名译为中文是《黑杀手》。因为那杀手乃五十来岁，人高马大，外表迟钝木讷的老黑哥们儿。他属于职业杀手。

他也自认为杀人是他的职业，与歌唱、经商、体育、拳击、从政等职业没有什么两样。他从事此业二十余年仍能混迹人群，逍遥法外，证明他虽外表迟钝木讷，于业务方面还是有不少"宝贵经验"的。他无忏悔之心，因为他每次进入"工作阶段"之前，都被告知对方是坏人。坏人们消灭不过来，他就"替天行道"。他也是人，也有物质的需求，所以"替天行道"也不能白干。他又认为他从事的是"高风险行业"，索费颇高。但是他觉得"廉颇老矣"，厌倦了"工作"，打算自己允许自己"退休"了。偏偏在这样的情况之下，又有人花钱雇他杀人了。若不干，对方威胁要告发他。那他岂不就只有"退休"到监狱里去了么？他没了选择，违愿地接了钱。一接钱，黑社会内的规矩，就等于签合同了，就负有信誉责任了。而当时接头匆匆，竟忘了问明白将要杀的是什么人，自己"替天行道"的前提充分不充分？……

及至骗开了门，面对一位三分清醒七分醉的水灵小少妇，他不禁暗暗叫苦不迭。因为他还从未杀过女性。因为那小少妇怎么看都不像坏人恶人。而且，似乎还未成年……

他冒充检修电路的。她也就相信他是，让他顺便检修一下电视插板——当晚有她喜欢看的肥皂剧，她正因看不成而寂寞而沮丧。他佯装检修，打开工具箱，取出手枪时，她奔入厨房去了，而卧室里传出了婴儿的哭声。他蹿入卧室抱起婴儿拍，哄，唯恐哭声引来多事儿的邻居。此时这杀手，内心不但暗暗叫苦，简直还恼火透了！杀女人已经违反他的职业原则，捎带着还得杀一个不满周岁的孩子！事情明摆着，只杀小母亲，那孩子没人哺乳，很可能也饿死。一不做二不休地一块儿杀了吧，雇主付给他的可是只杀一个大人的钱！杀了再去讨一份儿"工钱"吧，雇主肯定不认账，肯定会说我也没要求你多杀一个孩子呀！发慈悲不杀孩子呢？万一自己刚杀了母亲，前脚才出门，孩子的哭声就引来了人呢？公寓管理人员看见他进这房间了，那他还能继续逍遥法外么？……

接下来，读者能想象得到的，开始了一连串的喜剧情节。

他抱着孩子问她："你怎么小小年纪就结婚，并且做了母亲？"

他问的当然是气话。因为她的特殊性，使他这一次要完成的"工作"复杂化了——想想以前，"工作"多么简单啊！

她正有对人诉说的愿望，经他一问，于是珠泪成行，娓娓道出一名失足少女值得同情的经历……

在他以前的"工作"中可没有过这种插曲。

他听了，就"心太软"起来。他一"心太软"，就更加生气。因自己竟"心太软"而生气；因将被杀的是女性而生气；因只收了杀一个大人的钱，有一个孩子的死也将算在自己账上而生气……

他一会儿要杀，一会儿不忍；他要杀时她恐惧，可怜；他不忍时她接着娓娓诉说，显出涉世太浅心地单纯的可爱模样……

他有一句台词十分精妙："住口！你已经使我没法儿进行我的'工作'！"

潜台词当然是你已使我不忍杀你！……

此片算不上一部高品位的电影。只不过因为喜剧风格，情节还有意思，表演还逗哏，台词还俏皮……

我喋喋不休地讲这部二三流电影，归根结底想要说的是——我真希望从某些报刊上有一日也读到类似的报道——被雇的杀手终于不忍下手，就像《黑杀手》的结局一样。而不是频频读到——一切杀手杀起人来就像干"工作"一样，数千元就"包一次活儿"。甚至，数百元也"包一次活儿"。更甚至，像某些工程一样，中间人多多，吃回扣的多多，层层转包，层层剥皮，永远只有心狠手辣，而人心似乎永远没有不忍的时候……

而我也真希望——现实生活中喜剧多发生一些，甚或闹剧多发生一些。若人心不能在庄重的情况下兼容"不忍"二字的存在，于喜剧和闹剧中出现"心太软"的奇迹，也是多么好啊！

读者，你近来可曾听到你周围的人说他或她在某件事某些小名小利的关头"不忍"过？

"不忍"，"不忍"，人心中的"不忍"哦，真的，我们是不是久违了？……

论敬畏

畏是连动物也有的表现。畏极于是害怕，怕极于是恐惧。畏之表现，不敢轻易冒犯耳。此点在动物界，比在人类社会更加司空见惯。因所谓动物界，乃杂类同属。而人类的社会，毕竟是同类共处。

在动物界，大到虎豹狮熊、象犀鳄蟒，小到蜈蝎螳螂、甲虫蝼蚁，若遭遇了个碰头对面，倘都是不好惹的，并且都本能地感到对方是不好惹的，便相畏。常见的情况是，彼此示威一番之后，各自匆匆抹身而去。

在人类，这种情形每被说成是——各自心中掂量再三，皆未敢轻举妄动，明智互避。确乎，此时之互避，实为明智选择。但如果一方明显强势，一方明显弱势，那么无论在动物界还是在从前的人类社会，后者之畏，不必形容。为什么要强调是从前的社会呢？乃因从前的社会，人分高低贵贱的种种等级。这一种分，延及种族、姓氏与性别。小官见到大官，大官见到皇帝乃至皇亲国戚，也是不可能不畏的。在种族歧视猖獗时代的美国，黑人远远望见白人，通常总是会退避开去的。大抵如此。

在特别漫长的历史时期内，畏是人类社会的潜规则，也是人类心理的一种遗传基因。故那时的"民"，快乐指数是很低的，须活得小心谨慎，战战兢兢。因为他的天敌不但有动物界凶猛邪毒的大小诸类，还有天降之灾，更有形形色色自己的同类。"宦海多厄""如履薄冰""官大一级压死人""伴君如伴虎"，这些文言俗语，或是受畏压迫的官们的自白，或是看得分明的非官场人士们的观察心得。官们尚且活得如此不潇洒，百姓们又哪里来的多少快乐呢？故很久很久以前的"民"，又被称为"草民""愚民""贱民"。不仁的权贵者可践踏也，可羞戏也，可欺辱也。

现代的人类社会的标志之一是人格的互尊、人权的平等。人格是译语，最直接的意思其实是"界"，暗示着彼人也，吾亦人也，同属"人"界，勿犯于我的思想。一言以蔽之，"天赋人权"，人皆站在同一地平线上。

由是，在人类的社会中，人畏人的现象，便渐渐少了许多。

人遭动物的进攻和伤害的几率少了，人对自然灾害的预知能力提高了，抗击能力增强了，控制能力加大了。人对人的畏，如上所述，也几乎全变成历史记忆了——那么，人是否就可以变得天不怕地不怕了呢？

人类感到人类还不应该这样。

因为现代了的人类，头脑是更智慧了。而天不怕地不怕是反智慧的，正如宇宙是无边无际的不符合人的思维逻辑。

于是我们人类从以往的宗教中、文化中、习俗中，筛选出某些仍有必要保留，保留将有益无害的成果，加以补充，加以修正，加以完善，加以规范，使之成为原则，并以另一种畏的虔诚态度对待之，便是敬畏。

值得人类敬畏的事已经不多了，却更有质量了。

比如法律，人类每称之为"神圣的法律"。法律无情，故人甩之；法律公正，故人敬之；法律的天平一旦歪斜，全社会的心理平衡便紊乱了。所以人需要对法律保持敬畏，这种敬畏符合普遍之人的理性。

但世界上所有的法典加在一起，也还是不能尽然解决人类社会的全部是非问题。有相当多归不进法律的是非问题，依然和人类的心是怎样的有关。

所以除了法律，人类的文化主张还要敬畏良心的谴责。良心者，好的心。善为好，故良心首先是善良的心。倘不善良，一颗搏动了八十年的心，即使还像运动健将的心一般跳得强劲有力，那也只能说是一颗好的心脏而已。这样的人，是没良心可言的。没良心可言的人好难以长久，虽不好但也不至于坏的人，其坏是迟早之事。因为，他以为他没犯法，而实际上，他已站在法律电网的边沿，任何一阵诱惑的风，都极可能使他跌入犯法的罪过坑里。并且，站在法律边沿之人，每有一种试探法律权威的冒险念头，以及擦边而过的侥幸者的沾沾自喜，这也都是最终导致其跌下去的原因。

良心不在法律的边上。良心在法律的上空，无时无刻不照耀着法律。故良心又叫"天良"，虽无形，但有质。倘无良心的照耀，连法官也会成为坏法官，结果导致法律腐败。故，人类也要敬畏天良之谴责。生命不仅对人只有一次，对一切生物也只有一次。故生命对一切使地球现象丰富的、美好的、有趣的生物，不但是宝贵的，而且具有神圣性。除了不仅有害于人类，同时也有害于绝大多数别种生物的害虫、病菌，人也应对一切生命予以珍视。爱一物之生，怜一物之死，此曰敬畏生死。敬生不等于畏死，畏死乃指不敢于轻生。既不轻人类自己的生，也不轻别种生物的生。并且，连对尸体也当尊重。

"天地有定律，四季有成规，万物有法则。"人还应敬畏于自然界的秩序。急功近利地或无端地破坏自然秩序的行为，将使人类受到严厉惩罚。所幸，今日之人类，对此有共识。

敬畏非是由畏而敬。害怕的心理，其实不能油然转化为敬意。敬畏乃指由敬而生的尊重，不是畏别的，畏己之冒犯之念也。一个人也罢，一个民族也罢，一个国家也罢，倘几乎没有什么敬畏，是很可怕，最终也将是很可悲的。

我们中国，时至今日，是有敬畏之心的人多呢，还是无敬畏之心的人多呢？这是一个我们中国人必须正视，并且必须作出诚实回答的问题。由此想到——有轻生少女犹豫于高楼，我同胞围观"白相"者众，且有人喊："姐们儿快跳啊，别让大家等急了！"

由此想到——七八个大学学子为救溺水儿童，其中三人献出宝贵生命，所谓"捞尸船"上的人，竟以铁钩钩肤、绳索系腕，任几小时前还是朝气青年的尸体浸泡江中，却指手画脚，狮子大张口，在船头、岸上抬高其价！

那三名大学生孩子，真是死得让人心疼，死后还让人心疼！那些个"捞尸人"，那样子对待同胞，那样子对待同胞中的殉身的孩子，还有半点儿天良吗？这等事，我敢说，除了发生在中国，在二十一世纪的今天，断不会再发生于别的任何国家。

鲁迅说："救救孩子！"而我要说："救救大人！"谁帮中国的某些大人们找回敬畏之心，找回天良？！连大人都越来越丧失了的，又凭什么指望我们的孩子们会自然而然地有？！

论荣誉

何谓荣誉？光荣之名誉耳。

世上绝大多数人，出生时都是没有什么荣誉的。

但极少数人是有的，如高贵的血统，古老而令人尊敬的姓氏，世袭的爵位或名分、封号。然而无论在中国抑或别国，那都是古代之事了。至近代，世人越来越倾向于这样一种共识——荣誉是不能世袭的。出身名门乃至皇室，除了是幸运说明不了别的。著名而卓越的政治家、科学家、文艺家和企业家们，他们所获得的任何荣誉，皆无法直接遗传给下一代。

人们也许会情不自禁地羡慕他们的下一代，但却不太会因而顿起敬意。

确乎，荣誉是和敬意连在一起的。敬意是和一个人具体做了什么可敬的事连在一起的。然而也不能完全否认，一个曾经广受尊敬的人物，他的下一代丝毫也分享不了他的光荣。如果谁遇到了一个男人或一个女人，确凿无疑地晓得了他或她的祖父外祖父什么的是林肯或是丘吉尔，起初多少还是会刮目相看的。这是一种很正常的心理反应，敬意肯定是会有些的，但通常情况下，更多的是好奇。因为他们的先人非同寻常，我们想要了解他们的欲望更大些。但如果他们本身并不优秀，我们起初的敬意也罢，好感也罢，好奇也罢，不久便会消失殆尽。也许，还会对他们颇觉失望。

今天的英国以及其他有王权存在的国家，依然会将贵族头衔"赐封"给在某一业界卓有成就的人——对双方，那也依然意味着是一种荣誉的授予与幸受。

但贵族头衔本身已经没有了实际意义，一连串的贵族头衔之总和，恐怕也抵不上一项具有权威性的专业内所授予的荣誉。故王室的赐封，一向都进行在专业荣誉授予之后。

古代的人们，不论中国人还是外国人，大抵都是很珍惜荣誉的。又不论男人还是女人，往往视荣誉为第二生命。于男人们，倘荣誉受损，并且是被别人败坏的，那么便往往会与别人决斗。于女人们，则往往以自杀来洗刷清白，表示抗议。

但这只是古代的人们对待荣誉之态度的一方面，而另一方面乃是，对于所谓荣誉，他们是看得很透，也是看得很深的。按王安石的说法是——"古之人以名为羞，以实为慊，不务服人之貌，而思有以服人之心"。对于今人，王安石自是古人；对于王安石，其所言"古之人"，大约是指尧舜禹、黄帝时候的古代了。他为什么发那样的"厚古薄今"之感慨呢？显然是基于他那个时代沽名钓誉的人太多的原因。

在他那个时代，荣名亦分两种：一种是百姓所给的，一种是皇家出于笼络和利用之目的给的。百姓给的荣名，仅仅是荣名而已。皇家给的荣名，总是与利益实惠挂钩的。故逐名者流所"沽"所"钓"，其实也是在钩利益和实惠。

看透了这一世相，于是王安石、颜之推、骆宾王、柳永们说："上士忘名，中士立名，下士窃名。""不修身而求令名于世者，犹貌甚恶而责妍影于镜也。""不汲汲于荣名，不戚戚于卑位。"或者说得更干脆——"忍把浮名，换了浅斟低唱。"最起码，要求自己"功成名遂身退"。既然"功"有利国利民的一面，让有抱负的人士完全放弃为国为民的志向，显然也是不对的。既然"功成"而后"名遂"于是利至，那么便"身退"以避利之熏染。

此种思想，体现着一种对泛滥的逐利现象的拒绝，所以在古代的语汇中，产生了"清名"和"清流"二词。不屑仕途者，以"清流"自我要求，或曰"自标"。已入仕途者，起码还在乎其名清否。若"清"，便是获得了"清誉"。"清誉"当然也是荣誉。这一种荣誉，质地干净。估计连柳永，也还是肯要的。

放眼今天，中国也大，人口也众，荣名需求也多，故政府也授，企业也颁，各类机构也给，民间也不甘寂寞地选，报刊一概传媒也乐得有热闹可以营造，可以报道，于是不遗余力推波助澜——于是，几乎年年月月地评，如同天女散花，荣名满天飞。学子也要荣名，教授也好荣名，企业家财源滚滚也觊觎名利双收，官员更是使出浑身解数，忙不迭地亲抓一项项面子工程……得到的欢喜，授予的高兴，得不着的郁闷生气，于是时不时地这里那里曝出着评选丑闻……

在中国，荣名之给与受，每天要有不少人耗很多的时间，投入很大的精力；而好荣名者，遂挖空心思专执一念，走后门托关系拉选票，弄虚作假且不脸红。

"潜规则"按理说应是"过街老鼠"，在中国却似乎直接就成了"规则"之一种。既然是"潜"的，应和着暗中来做就是。

人人心知肚明，彼此心照不宣，乐此不疲，皆来劲也。

保自家"清名"的人是越来越少。"清名"对人有何好处？没半点好处要它作甚？

连自标"清流"的人也越来越少了。真守得住"清名"的已是凤毛麟角，根本形成不了"流"，因而就全无名节吸引力。标而后，人们必果然以"清流"要求，那将活得多么拘谨，岂不是犯傻吗？连政协委员、人大代表，往往也被当成荣誉来给、来受，并不计较是否真的有那份替人民大众鼓与呼的参政议政责任感。

不消说，中国必是世界上最大的荣名集散场。

然若按人口比例来说，中国创新型人才是少的，真有品质的创新产品也并不多。

因太多的人都宁肯荒了专业，去逐荣名了。

忙是，歌星影星们，忙得倒还实在些。因为功夫毕竟还得用在专业上，而不是专业以外的别的方面……

二〇〇九年十一月十九日

论崇高

崇高是人性善的极致体现，以为他人为群体牺牲自我作前提。

一个时期以来，"崇高"二字，在中国成了讳莫如深之词，甚至成了羞于言说之句。我们的同胞在许多公开场合眉飞色舞于性，或他人隐私。倘谁口中不合时宜地道出"崇高"二字，那么结果肯定地大遭白眼。

而我是非常敬仰崇高的。我是非常感动于崇高之事的。

我更愿将崇高与人性连在一起思考。

我认为崇高是人性内容很重要也很主要的组成部分。我确信崇高也是人性本能之一方面。确信它首先非是任何一类道德说教的成果。既非宗教道德说教的成果，亦非政治道德说教的成果。

我确信人性是由善与恶两部分截然相反的基本内容组成的。若人性恶带有本性色彩，那么人性善也是带有本性色彩的。人性有企图堕落的不良倾向，堕落往往使人性快活；但人性也有渴望升华的高贵倾向，升华使人性放射魅力。长久处在堕落中的人其实并不会长久地感到快活，而只不过是对自己人性升华的可能性完全丧失信心，完全绝望。这样的人十之七八都曾产生过自己弄死自己的念头。产生此种念头而又缺乏此种勇气的堕落者往往是相当危险的。他们的灵魂无处突围便可能去伤害别人，以求一时的恶的宣泄。那些在堕落中一步步滑向人性毁灭的人的心路，无不有此过程。

但人性虽然天生地有渴望升华的高贵倾向，人类的社会却不可能为满足人性这一种自然张力而设计情境。这使人性渴望升华的高贵倾向处于压抑。于是便有了关于崇高的赞颂与表演，如诗，如戏剧，如文学和史和民间传说。人性以此种方式达到间接的升华满足。

崇高是人性善的极致体现，以为他人为群体牺牲自我作前提。我之所以确信崇高是人性本能，乃因在许多灾难面前，恰恰是一些最最普通的人，其人性的升华达到了最最感人的高度。

一九六一年十二月十七日，巴西某马戏团正在尼泰罗伊郊区的一顶尼龙帐篷下表演，帐篷突然起火，二千五百名观众四处逃窜，其中大部分是儿童。

一个农民站在椅子上大喊："男人们不要动，让我们的孩子们先逃！"

他喊罢立刻安坐了下去。

火灾被扑灭后，人们发现三十几个人集中坐在椅子上被活活烧死，都是农民。

没谁对他们进行过政治性的崇高说教。他们都非是教徒，无一人生前进过一次教堂。

一八八九年五月三十一日，位于美国宾夕法尼亚州的约翰斯敦水库十二英里长的水库堤坝全线崩溃，泻出水量四十万立方英尺，五十六亿加仑的水重达二千万吨，压塌了山谷，顿时将约翰斯敦和周围的十几个城镇摧为废墟。

下游城镇的几乎全体居民发动了空前自觉的营救。许多人为救他人而献身。

一九一三年，美国俄亥俄、印第安纳、伊利诺伊等州洪水泛滥成灾，十二万五千居民被困在屋顶和树上，许多居民自发地组成了互救队，涌现了许多感人的崇高、英雄主义的事迹。七十高龄的国家货币注册公司经理帕特逊，只着短裤，独自驾舟往返于各街道之间，从水中救起几十人……十二名电报业务员坚守岗位六十余小时，她们不知亲人安危与否，半数人因过度疲劳而昏倒。俄亥俄州特立华大学的学生们也涌现出了一桩桩可歌可泣的营救事迹。两名学生和一位老教授划船救了几十人后，船被大浪掀翻，师生三人一起遇难……

伊利诺伊州州长灾后的一次讲演中有这样一句话："在此次灾难中，上帝引导我们中许多人舍生忘死，先人后己。这些人便是上帝，他们人性中的崇高美点永垂不朽！"

世界各地从古至今的每一次灾难中都曾有崇高之烛闪耀过。我们人类的人性中的崇高美德接受过何止百次严峻的检阅？

一九九八年，中国南北两地的抗洪救灾，也何尝不是经受这样的大检阅呢？之所以感人，恰因那种种的崇高，乃是被标定在人性最高的位置上昭示于我们啊！

其他任何位置，依我看来，都非那种种崇高真本的位置。中国人，珍视啊！千万不要扭曲了它啊！一想到这里，我不禁地忧郁起来……

我心灵的诗韵

怀疑

△对于人，怀疑是最接近天性的。人有时用一辈子想去相信什么，但往往在几分钟甚至几秒钟内就形成了某种怀疑，并且像推倒多米诺骨牌一样去影响别人……

怀疑是一种心理喷嚏，一旦开始便难以中止，其过程对人具有某种快感。尤其当事重大，当怀疑和责任感什么的混杂在一起，它往往极迅速地嬗变为结论，一切推理都会朝一个主观的方向滑行……

△在任何时候，在任何情况之下，倘对出于高尚冲动而死的人，哪怕他们并未死得其所——表现出即使一点点儿轻佻，也是有人心的。是的，伤可以为之遗憾，但请别趁机轻佻……

△那些挥霍无度的男人和那些终日沉湎于享乐的女人——当他们和她们凑在一起的时候，人生便显得癫狂又迷醉。但，仅此而已。我们知道，这样的人生其实并没太大的意思，更勿言什么意义了……

△同样的策略，女性用以对付男性，永远比男人技高一筹，稳操胜券……

激情

△人的诉说愿望，尤其女人的，一旦寻找到机会，便如决堤之水，一泻千里，直到流干为止……

△某些时候，众人被一种互相影响的心态所驱使而做的事，大抵很难停止在最初的愿望。好比许多厨子合做一道菜。结果做出来的肯定和他们原先商议想要做成的不是一道菜。在此种情况下，理性往往受到嘲笑和轻蔑。而激情和冲动，甚至盲动，往往成为最具凝聚力和感召力的精神号角。在此种情况之下人人似乎都有机会有可能像三军统帅一样一呼百应千应万应——而那正是人人平素企盼过的。因而这样的时候对于年轻的心是近乎神圣的。那种冲动和激情嚣荡起的漩涡，仿佛是异常辉煌的，魅力无穷的，谁被吸住了就会沉入蛮顽之底……

虔诚

△追悼便是活人对死的一种现实的体验，它使生和死似乎不再是两件根本不同的事，而不过是同一件事的两种说法了。这使虔诚的人更加心怀虔诚，使并不怎么虔诚的人暗暗感到罪过。这样虔诚乃是人类最为奇特的虔诚，肯定高于人对人产生崇拜时那种虔诚。相比之下，前者即使超乎寻常也被视为正常，而后者即便寻常也会显得做作……

△即使神话或童话以一种心潮澎湃的激越之情和一种高亢昂扬的自己首先坚信不疑的腔调讲述，也会使人觉得像一位多血质的国家元首的就职演说。故而，多血质的人可以做将军，但不适于出任国家元首。因为他们往往会把现实中的百姓带往神话或童话涅槃……

△普遍的人们，无论男人抑或女人，年轻的抑或年老的，就潜意识而言，无不有一种渴望生活戏剧化的心理倾向。因为生活不是戏剧，人类才创造了戏剧以弥补生活持久情况之下的庸常。许多人的许多行为，可归结到企图摆脱庸常这一心理命题。大抵，越戏剧化越引人入胜……

△虔诚于今天的年轻人，并非一种值得保持的可贵的东西。不错，即使他们之中说得上虔诚的男孩儿和女孩儿，那虔诚亦如同蝴蝶对花的虔诚。而蝴蝶的虔诚是从不属于某一朵花的。他们的虔诚——如果确有的话，是既广泛又复杂的。像蒲公英或芦棒，不管谁猛吹一口气，便似大雪纷纷。他们好比是积雨云——只要与另一团积雨云摩擦，就狂风大作，就闪电，就雷鸣，就云若泼墨，天地玄黄，大雨倾盆。但下过也就下过了。通常下的是阵雨。与积云不同的是——却并不消耗自己……

△人们在散步的时候，尤其在散步的时候，即使对一句并不睿智，并不真值得一笑的话，也往往会慷慨地赠予投其所好的一笑。人们的表情拍卖，在散步的时候是又廉价又大方的……

权威

△一种权威，如果充分证明了那的确是一种权威的话，如果首先依持它的人一点儿不怀疑它的存在的话，那么看来，无论在何时何地，它就不但是真实存在的，而且是可以驾驭任何人任何一种局面的。在似乎最无权威可言的时候和情况下，普通的人，其本质上，都在盼望着有人重新管理他们的理性，并限制他们的冲动。人，原来天生是对绝对的自由忍耐不了多久的。我们恐惧自己行为的任性和放纵，和我们有时逆反和逃避权威的心理是一样的。我们逃避权威永远是一时的，如同幼儿园的儿童逃避阿姨是一时的。我们本质上离不开一切权威。这几乎是我们

一切人的终生的习惯。无论我们自己愿意或不愿意承认，事实如此……

给表上一次弦，起码走二十四小时。

给人一次"无政府主义"的机会，哪怕是他们自己选择的，起码二十四年内人们自己首先再不愿经历。于权威而言"无政府主义"更是大多数人所极容易厌倦的……

希望

△希望是某种要付出很高代价的东西。希望本身无疑是精神的享受，也许还是世界上最主要的精神的享受。但是，像其他所有不适当地受着的快乐一样，希望过奢定会受到绝望之痛苦的惩罚。某种危险的希望，不是理性的，所期待产生的不合乎规律的事件，而不过是希望者的要求罢了。危险的希望改变了正常的过程，从根本上说，是只能破坏实现什么的普遍规则的……

△行动总是比无动于衷更具影响力。任何一种行动本身便是一种影响，任何一种行动本身都能起到一种带动性。不过有时这种带动性是心理的，精神的，情绪的，潜意识的，内在的，不易被判断的。而另一些时候则是趋之若鹜的从众现象……

爱

△爱是一种病。每一种病都有它的领域：疯狂发生于脑，腰痛来自椎骨；爱的痛苦则源于自由神经系统，由结膜纤维构成的神经网。情欲的根本奥秘，就隐藏在那看不见的网状组织里。这个神经系统发生故障

或有缺陷就必然导致爱的痛苦。呈现的全是化学物质的冲击和波浪式的冲动。那里交织着渴望和热情，自尊的嫉恨。直觉在那里主宰一切，完全信赖于肉体。因为它将人的生命的原始本能老老实实地表达出来。理性在那里不过是闯入的"第三者"……

△男人结婚前对女人的好处很多——看电影为她们买票，乘车为她们占座，进屋为她们开门，在饭店吃饭为她们买单，写情书供她们解闷儿，表演"海誓山盟"的连续剧为她们提供观赏……

结婚以后，男人则使她们成为烹饪名家——"那一天在外边吃的一道菜色香味儿俱全，你也得学着做做！"还锻炼她们的生活能力——"怎么连电视机插头也不会修？怎么连保险丝也不会接？怎么连路也不记得？怎么连……"

最终女人什么都会了，成了男人的优秀女仆。男人还善于培养她们各种美德，控制她们花钱教导她们"节俭"，用"结了婚的女人还打扮什么"这句话教导她们保持"朴实"本色。用纠缠别的女人的方式来使她习惯于"容忍"，用"别臭美啦"这句话来使她们懂得怎样才算"谦虚"……但如果一个女人漂亮，则一切全都反了过来……

△我时常觉得，一根联系自己和某种旧东西的韧性很强的脐带断了。我原是很习惯于从那旧东西吸收什么的，尽管它使我贫血，使我营养不良。而它如今什么也不能再输导给我了。它本身稀释了，淡化了，像冰融为一汪水一样。脐带一断，婴儿落在接生婆血淋淋的双手中。我却感到，自己那根脐带不是被剪断的，它分明是被扭扯断的，是被拽断的，是打了个死结被磨断的。我感到自己仿佛是由万米高空坠下，没有地面，甚至也没有水面，只有一双血淋淋的接生婆的手……

而我已不是一个婴儿，是一个男人，一个长成了男人的当代婴儿，一个自由落体……我只有重新成长一次。我虽已长成一个男人，可还不善于吸收和消化生活提供给我的新"食物"。我的牙齿习惯于咬碎一切坚硬的带壳的东西，而生活提供给我的新"食物"，既不坚硬也不带壳。它是软的，黏的，还粘牙，容易消化却难以吸收……

我必须换一个胃么？我必须大换血么？我更常常觉得我并没有被一双手真正托住。或者更准确地说，我并没有踏在地上，而不过是站在一双手上……大人们，不是常常让婴儿那么被他们的双手托着的么？……

嬗变

△人间英雄主义的因子如果太多了，将阻碍人的正常呼吸……

△骆驼有时会气冲牛斗，突然发狂。阿拉伯牧人看情况不对，就把上衣扔给骆驼，让它践踏，让它噬咬得粉碎，等它把气出完，它便跟主人和好如初，又温温顺顺的了……

聪明的独裁者们也懂得这一点的。

△讲究是精神的要素，与物质财富并没有太直接的关系。满汉全席可以是一种讲究，青菜豆腐也是一种讲究。物质生活不讲究的社会，很少讲究精神生活，因为精神观念是整体的……

△现在的人们变得过分复杂的一个佐记，便是通俗歌曲的歌词越来越简单明了……

△破裂从正中观察，大抵是对称的射纹现象——东西，事件，和人际关系，都是这样……

△信赖是不能和利益一样放在天平上去称的。

△友情一经被精明所利用，便会像钻石变成了碎玻璃一样不值一文……

△一次普通的热吻大约消耗九卡路里，亲三百八十五次嘴儿足可减轻体重半公斤。由此可见，爱不但是精神的活动，而且是物质的运动……

△友情和所谓"哥儿们义气"是有本质区别的。"哥们儿义气"连流氓身上也具有，是维系流氓无产者之间普遍关系的链条。而友情是从人心通向人心的虹桥……

理解

△生活中原本是有误会和误解存在的。谁没误解别人？谁没被人误解过？误会和误解，倘被离间与挑唆所谋，必然会造成细碎的过节和不泯的仇憎。品格优良的人，对误会和误解的存在，应以正常的原则对待，便不至于给小人们以可乘之机。误会和误解也便不会多么持久……

△在生活中，成心制造的误会和误解并不比梅雨季节阴湿墙角生出的狗尿蘑少，因而我们有些人才变得处处格外谨小慎微，唯恐稍有疏忽，成了这一类"误会"和"误解"的牺牲品……

△某一类人存在，某一类事注定发生；好比有蛹的存在，注定有蝇孵出……

△尽管现实之人际正变得虚伪险诈，但并非已到了"他人皆地狱"的程度。只要我们稍微留意，便不难观察到，常言"他人皆地狱"者，其实大抵活得相当快意，一点儿也不像在地狱之中受煎熬——人们，千万要和他们保持距离啊！

△宽忍而无原则，其实是另一种怯懦……

△我们每个人都有遭到流氓袭击和欺辱的可能性。倘是我，决不怯懦。我也有男人的拳头，还有人人都有的牙齿，可做自卫之"武器"。流氓可以杀死我，但我会咬下流氓的一只耳朵，或者抠出他的一只眼睛，甚至夺下凶器，于血泊之中，也捅流氓一刀！即或捅其不死，也要令其惨叫起来……

流氓不止在下流的地方存在，也不见得靴中藏刀——总之我们要使他们惧我们，而不要怕他们……

人格

△人，不但要有起码的保护自己生命的主动意识，也应有维护自己尊严的主动意识。一个连自己保护自己的冲动都丝毫没有的人，当他夸夸其谈对他人对社会的任何一方面的责任感时，是胡扯……

△中国许多方面的问题，或曰许多方面的毛病，不在于做着的人们，而在于不做或什么也做不了或根本就什么也不想做的甚至连看着别人做都来气的人。做着的人，即使也有怨气怒气，大抵是一时的。他们规定给自己的使命不是宣泄，而是做。不做或什么也不做不了或根本就什么也不想做甚至连看着别人做都气不打一处来的人，才有太多的工夫宣泄。因为他们气不打一处来，所以他们总处在生气的状态下。所以他们总需要宣泄。宣泄一次后，很快就又憋足了另一股气。这股气那股气无尽的怨气怒气邪气，沆瀣一气，氤氲一体，抑而久之，泻而浩之，便成人文方面的灾难……

△我常和人们争论——我以为做人之基本原则是，你根本不必去学怎样做人。所谓会做人的人，和一个本色的人，完全两码事。再会做人的人，归根到底，也不过就是"会做人"而已。一个"会"字，恰说明他或她是在"做"而不是"作"。

我绝不与"会做人"的人深交。这样的人使我不信任。因为他或她在接受我的信任或希望获得我的信任时，我怎知他或她那不是在"做"？想想吧，一个人，尤其一个男人，"会做人"地活着而不是作为一个人活着，不使人反感么？倘我是一个女人，无论那样的男人多么风流倜傥，多么英俊潇洒，我也是爱不起来的。除非我和他一样，都是"做"人的行家。我简直无法想象一个女人和一个善于"做"人的男人睡觉那一种古怪感觉。那，做爱可真叫是"做"爱了……

△我们在对文字过分谨慎地加以修饰的同时，在我们最初的思想和感情经过打扮的同时，"最初的"思想和情感也便死亡了。不，我要写的不是那样的一篇东西。绝对不是。绝对不那样写。我要我的笔直接地从我的头脑和心灵之中扯出丝缕。它可断了再连起来。但我不允许我的笔像纺锤一样纺它。它从我头脑和心灵之中扯出的丝缕，当然应该是属于"最初的"那一种，毛糙而真实。爱憎之情，必是"最初的"。正如冬季里的一个晴日，房檐是冰融化滴下的水滴，在它欲落未落的那一瞬间它才是它，之前和之后它都不是它，也就不是什么最初的……

珍惜

△每个人内心里其实都应有一个小宝盒——收藏着点值得珍惜的东西。我们所做之事，有时既为着别人，同时也为着我们自己。人需要给自己的记忆保留些值得将来回忆一下的事情。当我们老了的时候，我们的回忆足以向我们自己和我们的下一代证明，人生中还是不乏温馨和美好的。这一个小宝盒是轻易不可打开示人的。一旦打开来，内心的宝贵便顷刻风化……

女人

△事实上，一个男人永远也无法了解一个女人。他无论怎样努力，

都是深入不到女人的心灵内部去的。女人的心灵是一个宇宙，男人的心灵不过是一个星球而已。站在任何一个星球上观察宇宙，即使借助望远镜，你又能知道多少，了解多少呢？……

△女人无论成为一个什么样的女人，都有希望被某个男人充分理解的渴望——女人对女人的理解无论多么全面而且深刻，都是不能使她们获得慰藉的。这好比守在泉眼边而渴望一钵水。她们要的不是水，还有那个盛水的钵子……还不明白这个道理的女人，不是一个成熟的女人。有些女人，在她们刚刚踏入生活不久，便明白了这个道理。她们是幸运的。有些女人，在她们向这个世界告别的时候，也许还一直没弄明白这个道理。她们真是不幸得很……

△好女人是一所学校。

△一个好男人通过一个好女人走向世界……

△一个男人的一百个男朋友，也没有一个好女人好；一个男人的一百个男朋友，也不能替代一个好女人。好女人是一种教育。好女人身上散发着一种清丽的春风化雨般的妙不可言的气息，她是好男人寻找自己，走向自己，然后又豪迈地走向人生的百折不挠的力量……

好女人使人向上。事情往往是这样：男人很疲惫，男人很迷惘，男人很痛苦，男人很狂躁；而好女人更温和，好女人更冷静，好女人更有耐心，好女人最肯牺牲。好女人暖化了男人，同时弥补了男人的不完整和幼稚……

△当你走向战场和类似战场的生活，身后有一位好女人相送，那死也不是可怕的了！当你感到身心疲惫透顶的时候，一只温暖的手放在你的额头，一觉醒来，你又成了朝气蓬勃的人。当你糊涂又懒散，自卑自叹，丧失了目标，好女人温柔的指责和鞭策，会使你羞惭地进行自省……

△女人是因为产生了爱情才成为女人的。

爱情

△爱情乃是人生诸事业中最重要的事业，是其他事业的阶梯；其他事业皆攀此阶梯而达到某种高度。这一事业的成败，可使有天才的人成为伟人，也可使有天才的人成为庸人……

△人道，人性，爱，当某一天我们将这些字用金液书写在我们共和国的法典和旗帜上的时候，我们的人民才能自觉地迈入一个文明的时代并享受到真正的文明。因为这些字乃是人类全部语言中最美好的语言，全部词汇中最美好的词。人，在一切物质之中，在一切物质之上，那么人道，人性，爱，也必在人类的一切原则之上……

△人道乃是人类尊重生命的道德；人性乃是人类尊重人的悟性；而爱证明，人不但和动物一样有心脏，还有动物没有的心灵……

△每一个人都有自己的帆。有的人一生也没有扬起过他或她的帆；有的人刚一扬起他或她的帆就被风撕破了，不得不一辈子停泊在某一个死湾；有的人的帆，将他或她带往名利场，他或她的帆不过变成了缎带上的一枚徽章，随着时间的流逝而失去光泽；而有的人的帆，直至他或她年高岁老的时候，仍带给他或她生命的骄傲……

△有一类年轻女性，在她们做了妻子之后，她们的心灵和性情，依然如天真纯良的少女一般。她们是造物主播向人间的稀奇而宝贵的种子。世界因她们的存在而保持清丽的诗意。生活因她们的存在而奏出动听的谐音。男人因她们的存在而确信活着是美好的。她们本能地向人类证明，女人存在的意义，不是为世界助长雄风，而是向生活注入柔情……

△受伤的蚌用珠来补它们的壳……

△没有一个女人，任何一个家庭，都不是完整的家庭。人类首先创

造了"女人"二字，其后才创造了"家庭"一词。女人，对于男人们来说，意味着温暖、柔情、抚慰、欢乐和幸福。有男人的刚强，有男人的忍，有男人的自信，有男人的勇敢，甚至也有男人的爱好和兴趣……但是男人们没有过属于他们自己的幸福。是的，从来没有过。而只有女人们带给男人们，并为他们不断设计，不断完善，不断增加，不断美化的幸福。"幸福"是一个女性化的词。

年轮

△每个人的一生都有几个年龄界线，使人对生命产生一种紧迫感，一种惶惑。二十五岁、三十岁、三十五岁……二十五岁之前我们总以为我们的生活还没开始，而青春正从我们身旁一天天悄然逝去。当我们不经意地就跨过了这人生的第一个界线后，我们才往往大吃一惊，但那被诗人们赞美为"黄金岁月"的年华却已永不属于人们。我们不免对前头两个界线望而却步，幻想着能逗留在二十五岁和三十岁之间。这之间的年华，如同阳光映在壁上的亮影。你看不出它的移动。你一旦发现它确实移动了，白天已然接近黄昏，它暗了，马上就要消失，于是你懵懵懂懂地跨过了人生的第二个界线，仿佛被谁从后猛推一掌，跌入一个本不想进入的门槛……

△即使旧巢毁坏了，燕子也要在那个地方盘旋几圈才飞向别处，这是生物本能；即使家庭分化解体了，儿女也要回到家里看看再考虑自己今后的生活打算，这是人性。恰恰相反的是——动物和禽类几乎从不在毁坏了巢穴的地方继续栖身，而人则几乎一定要在那样的地方重建家园……

△在山林中与野兽历久周旋的猎人，疲惫地回到他所栖身的那个山

洞，往草堆上一倒，许是要说一句——"总算到家了"吧？……即便不说，我想，他内心里也是定会有那份儿感觉的吧？云游天下的旅者，某夜投宿于陋栈野店，头往枕上一挨，许是要说一句——"总算到家了"吧？……即便不说，我想，他内心里也是定会有那份儿感觉的吧？

一位当总经理的友人有次邀我到乡下小住，一踏入农户的小院，竟情不自禁地说："总算到家了！"

他的话使我愕然良久……

切莫猜疑他们夫妻关系不佳，其实很好的。

为什么，人会将一个洞，一处野店，乃至别人家，当成自己"家"呢？

我思索了数日，终于恍然大悟——原来人人除了自己的躯壳需要一个家外，心灵也需要一个"家"的。至于那究竟是一处怎样的所在，却因人而异了……

心灵的"家"乃是心灵得以休憩的地方。休憩的代词当然是"请勿打扰"。

是的，任何人的心灵都是需要休憩的——所以心灵有时候不得不从人的家里出走，找寻到自己的"家"……

遗憾的是，几乎我们每一个人都有家，而我们疲惫的心灵却似无家可归的流浪儿。朋友，你倘以这种体验去听潘美辰的歌《我想有个家》，难免不泪如泉涌……

谎言

△谎言是有惯性的。当它刹住，甩出的是真实……

△友情好比一瓶酒，封存的时间越长，价值则越高；而一旦启封，还不够一个酒鬼滥饮一次……

△男人在骗人的时候比他一向更巧舌如簧；女人在要骗人的时候比她一向更漂亮多情……

△男人宁愿一面拥着女人的娇体，吻着她的香唇，同时听着她娓娓动听的关于爱的谎言；而不愿女人庄重地声明她内心里的真话——"我根本不爱你"……使我们简直没法说男人在这种时候究竟是幻想主义者还是现实主义者。由此可见，幻想主义和现实主义，在特殊情况之下是可以统一的。拥吻着现实而做超现实的幻想，睁大眼睛看看，我们差不多都在这么活着……

△因为在生活中没有所谓"平等"可言乃是大的前提，所以人在游戏中有时候力求定下诸多"平等"的原则……

△几乎每一个人都极言自己的活法并不轻松，可是几乎每一个人都不肯轻易改变自己的活法，足见每一个人都具有仿佛本能的明智——告诉他或她，属于他或她的活法，也许最是目前的活法……

△言论自由的妙处在于——当你想说什么就可以说什么的时候，我们大多数人似乎便无话可说了……

△在聚餐点菜的时候，我们常常可以发现民主的负面……

△当护士在你的臀部打针的时候，你若联想到你敬畏而又轻蔑的某些大人物的屁股上，也必留下过针眼儿，你定会暗自一笑，心理平和许多……

△人：给我公平！

△时代：那是什么？

△人：和别人一样的一切！

△时代：你和哪些别人一样？

人生

△时代抛弃将自己整个儿预售给他人，犹如旅者扔掉穿烂的鞋子……

△朋友，你一定也留意过秋天落叶吧？一些半黄半绿的叶子，浮在平静的水面上，向我们预示着秋天的最初的迹象。秋天的树叶是比夏天的树叶更其美丽的。阳光和秋风给它们涂上了金黄色的边儿。金黄色的边儿略略向内卷着，仿佛是被巧手细致地做成那样的，仿佛是要将中间的包裹起来似的。那也与夏天的绿不同了。少了些翠嫩，多了些釉青。叶子的经络，也显得格外分明了，像血管，看去仍有生命力在呼吸……它们的叶柄居然都高翘着，一致地朝向前方，像一艘艘古阿拉伯的海船……树是一种生命。叶亦是一种生命。当明年树上长出新叶时，眼前这些落叶早已腐烂了。它们一旦从树上落下，除了拾标本的女孩儿，谁还关注它们？而这恰恰是它们两种色彩集于一身，变得最美丽的时候。而使它们变得美丽的，竟是死亡的色彩……

人也是绝不能第二次重度自己的某一个季节的。故古人诗曰——莫道桑榆晚，为霞尚满天。人呵，钟爱自己的每一个人生季节吧！也许这世界上只有钱这种东西才是越贬值越重要的东西。生活的的确确是张着大口要每一个人不停地用钱喂它。而每一个人又都不得不如此。随处可见那样一些人，他们用钱饲喂生活，如同小孩儿用糖果饲喂杂技团铁笼子里的熊一般慷慨大方。而不把生活当成那样的熊的人，则经常最感缺少的竟是钱……

△对女人们的建议——像女人那样活着；像男人那样办事……

△在人欲横流的社会，善良和性行为同样都应有所节制。无节制的前者导致愚蠢。无节制的后者——我们都已知道，导致艾滋病……

△美好的事物之所以美好，恰在于恰当的比例和适当的成分。酵母能使蒸出来的馒头雪白暄软，却也同样能使馒头发酸……

△是的，每一个人都有向谁述说愿望，或曰本能。幸运的人和不幸的人都是如此。在这一点上，人的内心世界是很渺小的。幸运稍微多一点儿或者不幸稍微大一点儿，就会从心里溢出来，所谓水满自流……

△我的同代人是这样的一些人——如同大潮退后被遗留在沙滩上的鱼群，在生活中啪啪嗒嗒地蹦跳着，大张着他们干渴的嘴巴，大裂着他们鲜红的腮，挣扎而落下一片片鳞，遍体伤痕却呈现出令人触目惊心地活下去的生命力。正是那样一种久经磨砺的生命力，仿佛向世人宣言，只要再一次大潮将他们送回水中，他们虽然遍体伤痕但都不会死去。他们都不是娇贵的鱼。他们将在水中冲洗掉磨进了他们躯体的尖锐的沙粒……

然而时代作用于他们的悲剧性在于——属于他们的大潮已过……

△男人是通过爱女人才爱生活的……

△为什么那么多人觉得表达出享受生活的愿望仿佛是羞耻的？其实这种愿望是隐瞒不住的。就像咳嗽一样，不管人怎样压制，它最终还是会真实地表现出来……

△女人如果不能够靠自己的灵性寻找到一个真实的自我，那么她充其量最终只能成为某一男人的附属品。一切对人生的抱怨之词大抵是从这样的女人口中散播的。而实际上这样的女人又最容易对人生感到满足。只要生活赐给她们一个外表挺帅的男人她们就会闭上嘴巴的。即使别人向她们指出，那个男人实际上朽木不可雕也，她们仍会充满幻想地回答：可以生长香菇。觉得她自己就是香菇……

△对于一个男人，任何一个有魅力的女人，要取代一个死去了的女人在他心灵中的位置的话，绝不比用石块砸开一颗核桃难。不管她生前他曾多么爱她。而反过来则不一样……

大多数女人天生比男人的心灵更钟于情爱……

△人生有三种关系是值得特别珍惜的——初恋之情，患难之交，中学同学之间的友谊。中学同学是有别于大学同学的。大学同学，因为"大"了，则普遍是理性所宥的关系，难免掺杂世故的成分。但在中学同学之间，则可能保持一种少男少女纯本的真诚。在中学同学之间，即使后来学得很世故的人，往往也会羞于施展。就算当上了总统的人，见了中学时代的好朋友，也愿暂时忘记自己是总统的人，而见了大学同学，却会不由自主地时常提醒自己，别忘了他已然是总统……

△哀伤并不因谁希望它有多久，就能在人心里常驻……

△世上没有利用不完的东西。人对人的利用是最要付出代价的，而且是最容易贬值的……

△几乎所有的人，当心灵开始堕落的时候，起初都认为这世界变邪了……

△宁静的正确含义是这样的——它时时提醒我们这世界是不宁静的……

△我们通常所说作"灵魂"的东西，恐怕原本未必是那么不喜欢孤独的东西，恐怕原本未必是那么耐不住寂寞的。也许恰恰相反，不喜欢孤独的是人自身，耐不住寂寞的也是人自身。而"灵魂"，其实是个时时刻刻伺机寻求独立时时刻刻企图背叛人却又无法彻底实现独立的东西……

△看电影是娱乐，办丧事也容易导向娱乐。而且是可以身心投入的娱乐。是可以充当主角、配角、有名次的群众演员和一般性无名次的群众演员娱乐。大办便意味着有大场面，有大情节，有大高潮……

△能够使心灵得以安宁的爱情，无论于男人抑或女人，都不啻是一件幸事。安宁之中的亲昵才适合氤氲出温馨，而温馨将会长久地营养爱情。

△爱情的真谛可以理解为如下的过程——第一是爱上一个人。第二是被一个人所爱。第三，至关重要的是，祈求上帝赐助两者同时发生……

△医治失恋并无什么灵丹妙药，只有一个古老的偏方——时间，加上别的姑娘或女人……

△中国的贫穷家庭的主妇们，对生活的承受力和耐忍力是极可敬的。她们凭一种本能对未来充满憧憬，虽然这憧憬是朦胧的，盲目的，带有虚构的主观色彩的。她们的孩子，是她们这种憧憬中的"佛光"……

姑娘

△九十年代的姑娘有九十年代的她们的特点。或者毫无思想。毫无思想而又"彻底解放"，也便谈不上有多少实在的感情。或者仿佛是女哲人，自以为是女哲人。年纪轻轻的便很"哲"起来，似乎至少已经活了一百多岁，已经将人间世界看得毕透一般，人便觉得那不是姑娘，而是尤物。即令美得如花似玉，也不过就是如花似玉的尤物。这两类，都叫我替她们的青春惋惜。又有九十年代的心理艾滋病传染着她们——玩世不恭。真正的玩世不恭，也算是一种玩到家了的境界。装模作样的玩世不恭，那是病态。九十年代的姑娘装模作样地玩世不恭，和封建社会思春不禁的公主小姐们装模作样地假正经，一码事。

△一个男人二十多岁时认为非常好的姑娘，到了三十五六岁回忆起来还认为非常好，那就真是好姑娘了。在二十多岁的青年眼中，姑娘便是姑娘。在三十五六岁以上年龄的男人眼中，姑娘是女人。这就得要命。但男人们大抵如此。所以大抵只有青年或年轻人，才能真正感到一个"姑娘"的美点。到了"男人"这个年龄，觉得一个姑娘很美，实在是觉

得一个女人很美。这之间是有区别的。其区别犹如蝴蝶和彩蛾……

△二十岁缺少出风头的足够勇气和资本，三十岁起码因此吸取了一两次教训。二十五岁，二十五岁，这真是年轻人最最渴望出风头的年龄！年轻人爱出风头，除了由于姑娘们的存在，难道不会因为别的什么刺激吗？只有小伙子在一起的情况下，最爱出风头的他们，也没多大兴致出风头。正如只有姑娘在一起的情况下，连最爱打扮的她们，也没多大兴致打扮自己。出风头实在是小伙子们为姑娘们打扮自己的特殊方式——你说一名在演兵场上操练的士兵如果出风头，只不过是企图博取长官的夸奖？那么士兵企图博取长官的夸奖是为了什么呢？为了改变领章和肩章的星豆？为了由列兵而上等兵？为了由上等兵而下士？为了由下士而……可这一切归根结底又是为什么呢？尽管演兵场附近没有姑娘的影子……

△爱情方面的幸福，不过是人心的一种纯粹自我的感觉。心灵是复杂而微妙的东西。幸福并不靠别人的判断才得出结论。一个人倘真的认为他是幸福的，那么他便无疑是幸福的……

△我们曾经从自诩自恃的"无产阶级"的立场所呕呕指斥的"小资产阶级"的情调，我认为实实在在是人类非常普遍的富有诗意的情调。我们的生活中如果断然没有了这一种情调，那真不知少男少女们会变成什么样子？恋爱中的年轻人怎么彼此相爱？而我们的生活又将会变成什么样子？

孤独

△有两种人对孤独最缺少耐受力。一种是内心极其空旷的人。一种是内心极其丰富的人。空旷，便渴望从外界获得充实。丰富，则希图向

外界施加影响。而渴望从外界获得充实的孤独在比希图向外界施加影响的孤独可怕得多，它不是使人的心灵变得麻木，就是使人的心灵变得疯狂……

空旷的心灵极易被幽暗笼罩。而人类情感的诗意和崇高的冲动会在这样的心灵中消退，低下的欲念和潜意识层的邪恶会在这样的心灵萌生，像野草茂长在乱石之间。

书

△书，是一代人对另一代人的精神馈赠，是历史的遗言，是时代的自由，是社会的"维生素"，是人类文明的"助推器"。各种愚事，当人读一本好书时，就仿佛冰烤向火一样，渐渐化解。它把我们生活中寂寞的晨光变成精神享受时刻。它是我们的"船"，带领我们从狭隘的内心世界驶向明天无垠广阔的精神海洋……

忍让

△在昆虫方面，毛毛虫变成美丽的蝴蝶；而在人，为什么常常反过来？为什么我们会这么长久，这么长久地容忍这一种丑恶的嬗变？

△我们每个人都根本无法预测，将会有怎样的悲剧突然降临在我们头上。等你从某种祸事或不幸中愕醒，你或许已经失去了原先的生活，以及一切维系那种生活的条件，仍面临着另一种从前绝不曾想到过的严峻生活，整个世界仿佛在你面前倾斜了。在这种情况下——人能忍受自己，便能忍受一切。

△阳光底下，再悲惨，再恐怖的事情，都能以人的胸襟和对生命的热爱而将它包容。人类正是靠了这一种伟大的能力繁衍到今天。

怀念

△怀念，这是人作为人的最本质的、最单纯的、最自我的、最顽固的权利，它属于心所拥有。当人心连这种任什么人的什么威慑也无法剥夺的权利都主动放弃了，人心就不过是血的泵罢了……

△富有者的空虚与贫穷者的空虚是同样深刻的，前者有时甚至比后者更咄咄逼人。抵御后者不过靠本能，而抵御前者却靠睿智的自觉，对贫穷的人来说，富人的空虚是"矫情"；对富人来说，穷人的空虚是"破罐子破摔"——两种人都无法深入对方的心灵里去体验。这种互相无法体验的心理状态只能产生一种情绪，那就是彼此的敌意……

中国的富有者们当然没有培养起抵御富有了之后的那一种空虚的睿智。他们被时代倒提着双脚一下子扔在了享乐的海绵堆上。他们觉得很舒服，但未免同时有种不落实的悬空感。富有而睿智的人是未来社会的理想公民，但他们不可能是今天富有而空虚的人们的后代，正如不可能是今天的贫穷而"破罐子破摔"的人们的后代……

享乐的海绵堆也是能吞没人的。

△中国人尊崇"伯乐"，西方人相信自己。

"伯乐"是一种文化和文明的国粹。故中国人总在那儿祈祷被别人发现的幸运，而西方人更靠自己发现自己。十位"伯乐"的价值永远也不如一匹真正的千里马更有价值。如果"伯乐"只会相马，马种的进化便会致"伯乐"们的失业。对马，"伯乐"是"伯乐"们的失业；对人，"伯乐"今天包含有"靠山"和"保护人"的意思……

△所谓"正统"的思想之对于我的某些同代人们，诚如旧童装之对于长大了的少女，她们有时容忍不了别人将她们贬为"过时货"，乃是因为她们穿着它们确曾可爱过，时代之所以是延续的，正由于只能在一代人的内心里结束。而历史告诉我们，这个过程比葡萄晒成干儿的时间要长得多……

△大多数人在学会了与生活"和平共处"的时候，往往最能原谅自己变成了滑头，但却并不允许自己变成恶棍。可以做到聆听滑头哲学保持沉默，但毕竟很难修行容忍恶棍理论冒充新道德经的地步……

而人类的希望也许正体现在这一点上。

△对于三十多岁的女人，生日是沮丧的加法。

三十三岁的女人，即或漂亮，也是谈不上"水灵"的。她们是熟透了的果子。生活是果库，家庭是塑料袋儿，年龄是贮存期。她们的一切美点，在三十三岁这一贮存期达到了完善——如果确有美点的话。熟透了的果子是最不易贮存的果子。需要贮存的东西是难以保留的东西。三十三岁是女人生命链环中的一段牛皮筋，生活家庭既能伸长它又能老化它。这就是某些女人为什么三十四岁了三十五岁了三十六岁了依然觉得自己逗留在三十三岁上依然使别人觉得她们仍像三十三岁的缘故，这是某些女人为什么一过三十三岁就像秋末的园林没了色彩没了生机一片萧瑟的缘故……

△某类好丈夫如同好裁缝，家庭是他们从生活这匹布上裁下来的。他们具备剪裁的技巧。他们掂掇生活，努力不被生活所掂掇。与别的男人相比较而言，他们最优秀之处是他们善于做一个好丈夫。而他们的短处是他们终生超越不了这个"最"。如果他们娶了一个对生活的欲望太多太强的女人，是他们的大不幸，随遇而安的女人嫁给他们算是嫁着了……

△女人需要自己的家乃是女人的第二本能。在这一点上，她们像海

狸。普通的女人尤其需要自己的家，哪怕像个小窝一样的家。嘲笑她们这一点的男人，自以为是在嘲笑平庸。他们那种"超凡脱俗"的心态不但虚伪而且肤浅。他们忘了他们成为男人之前无一个不是在女人们构造的"窝"里长大的。不过人类筑窝营巢的技巧和本领比动物或虫鸟高明罢了……

△喜欢照镜子的男人绝不少于喜欢照镜子的女人。女人常一边照镜子一边化妆和修饰自己。男人常对着镜子久久地凝视自己，如同凝视一个陌生者，如同在研究他们为什么是那个样子。女人既易接受自己，习惯自己，钟爱自己，也总想要改变自己。男人既苦于排斥自己，怀疑自己，否定自己，也总想要认清自己……

△大多数女人迷惘地寻找着属于自己的那一个男人。大多数男人迷惘地寻找着自我。

男人寻找不到自我的时候，便像小儿童一样投入到女人的怀抱……

△男人是永远的相对值。

女人是永远的绝对值。

女人被认为是一个人之后，即或仍保留着某些孩子的天性，其灵魂却永不再是孩子。所以她们总是希望被当作纯洁烂漫的儿童。男人被认为是一个男人之后，即或刮鳞一样将孩子的某些天性从身上刮得一干二净，其灵魂仍趋向于孩子。所以他们总爱装"男子汉"。事实上哪一个男人都仅能寻找到自己的一部分，甚至很小的一部分。正如哪一个女人都不能寻找到一个不使自己失望的"男子汉"一样……

△女人是男人的小数点，她标在哪一生的哪一阶段，往往决定一个男人成为什么样的男人。夸父若有一个好女人为伴，大概不至于妄自尊大到去逐日而累死的地步……

我们看到高大强壮伟岸挺拔的男人挽着娇小柔弱的女人信心十足地走着，万勿以为他必是她的"护花神"，她离了他难以生活；其实她对于他可能更重要，谁保护着谁很不一定……爱神、美神、命运之神、死神、战神、和平之神、胜利之神乃至艺术之神都被想象为女人塑造为女人，不是没有原因的。我们勘查人类的心路历程，在最成熟的某一阶段，也不难发现儿童天性的某些特点，实乃因为人类永远有一半男人。女性化的民族如果没有出息，不是因为女人在数量上太多，而是因为男人在质量上太劣……

△一个苦于寻找不到自我才投入女人怀抱的男人，终将会使他意识到，他根本不是她要寻找的男人，而不过是延长断奶期的孩子。对于负数式的男人，女人这个小数点没有意义……

△女人给她们爱的男人也给她自己生一个孩子，他们互相的爱才不再是小猫小狗之间的亲昵而已……

△婚前与婚后，是男人和女人的爱之两个境界。无论他们为了做夫妻，曾怎样花前月下、曾怎样山盟海誓、如胶似漆、形影不离、耳鬓厮磨、卿卿我我，曾怎样同各自的命运挣扎拼斗破釜沉舟孤注一掷不成功便成仁，一旦他们真正实现了终于睡在经法律批准的同一张床上的夙愿，不久便会觉得他们那张床不过就是水库中的一张木筏而已。爱之狂风暴雨，闪电雷鸣过后，水库的平静既是宜人的也是庸常的……

△现实真厉害，它冷漠地改变着我们每一个人做人的原则和处世的教养……

△没有一种人生不是残缺不全的……

任何人也休想抓住一个属于自己的完整的人生句号。我们只能抓毁它。抓到手一段大弧或小弧而已。那是句号的残骸。无论怎样认真书写，那仍像一个或大或小的逗号。越描越像逗号。人的生命在胚胎时期便酷似一个逗号。所以生命的形式便是一个逗号。死亡本身才是个句号。

△生活有时就像一个巨大的振荡器。它白天发动，夜晚停止。人像沙砾，在它开始振荡的时候，随之跳跃，互相摩擦。在互相摩擦中遍体

鳞伤。在它停止之时随之停止。只有停止了下来才真正感到疲惫，感到晕眩，感到迷惑，感到颓丧，产生怀疑，产生不满，产生幽怨，产生悲观。而当它又振荡起来的时候，又随之跳跃和摩擦。在跳跃和摩擦着的时候，认为生活本来就该是这样的，盲目地兴奋着和幸福着。白天夜晚，失望——希望，自怜——自信，自抑——自扬，这乃是人的本质。日日夜夜，循环不已，这乃是生活的惯力……

△满足是幸福的一种形式；比较是痛苦的一种形式；忘却是自由的一种形式……

△一千年以前的蜜蜂构筑的巢绝不比今天的蜂巢差劲儿多少。一千年以后的蜜蜂大概还要构筑同样的六边形。蜜蜂世界竟是那么一个恒久的有序世界。细想一想，真替我们人类沮丧，几万年来人类在追求着自身的理想王国，可至今人类世界依然乱糟糟的……

一千年以后人类还能从蜂蜜中提取出什么来呢？……

岁月

△男人需要某一个女人的时候，那个女人大抵总是会成为世界上最好的女人；为了连男人自己也根本不相信的赞语，女人便常将自己作为回报……

△成人有时想象死亡，正如儿童之有时想象长大……

△四十岁以后的女人最易对悄然去悄然来临的岁月产生恐惧，对生命之仿佛倏然枯萎的现象产生惊悸。她们的老就像一株老榕树，在她们内心里盘根错节，遮成不透雨不透阳光暗幽幽闷郁郁阴凄凄的一个独立王国。她们的情感只能在它的缝隙中如同一只只萤火虫似的钻飞。那神奇的昆虫尾部发出的磷光在她们内心聚不到一起，形成不了哪怕是一小

片明媚的照耀，只不过细细碎碎闪闪烁烁地存在而已。幸运的是，当她们过了五十岁以后，反而对皱纹和白发泰然处之了。如此看来，"老"是人尤其是女人很快便会习惯的某一过程……

△一个幸福家庭的主妇，有时也会渴望再度成为独身女子，那是对个体复归的本能的向往……

△我们每个人多像被杂技表演者旋转了又顶在木棍上的盘子，不是继续旋转，便是倒下去被弃于一隅……

△美国人喜爱"超人"。创造出男"超人"，继而又创造出女"超人"，满足他们的男人们和女人们的"超人"欲。英国人喜爱"福尔摩斯"，"福尔摩斯"被他们的崇尚绅士派头的老一辈忘掉了，他们的新一代便创造出"007"，让他在全世界各地神出鬼没，一边与各种肤色的女人们忙里偷闲地寻欢作乐，一边潇潇洒洒地屡建奇功。法国的男人和女人几乎个顶个地幻想各式各样的爱情；生活中没有罗曼蒂克对他们就像没有盐一样，中国人却喜爱"包公"，世世代代地喜爱着，一直喜爱至今天。没有了"包公"，对中国人来说是非常之沮丧的事……

△在我们的生活中，自私自利和个性独立，像劣酒和酒精一样常被混为一谈，这真可耻。

△"老"是丑的最高明的化妆师。因而人们仅以美和丑对男人和女人的外表进行评论，从不对老人们进行同样的评论。老人是人类的同一化的复归。普遍的男人们和女人们对普遍的老人们的尊敬，乃是人类对自身的同一化的普遍认可。

△今天，在城市，贫穷已不足以引起普遍的同情和怜悯。也许恰恰相反。而富有，哪怕仅仅是富有，则足以使许多人刮目相视了。一个以富为荣的时代正咄咄地逼近着人们。它是一个庞然大物，它是巨鳄，它是复苏的远古恐龙。人们闻到了它的潮腥气味儿。人们都感到了它强而猛健的呼吸，可以任富人骑到它的背上，甚至愿意为他们表演节目，绝

不过问他们是怎样富的。在它爬行过的路上，它会将贫穷的人践踏在脚爪之下，他们将在它巨大的身躯下变为泥土。于是连不富的人们，也惶惶地装出富者的样子，以迎合它嫌贫爱富的习性，并幻想着也能够爬到它的背上去。它笨拙地然而一往无前地爬将过来，用它那巨大的爪子拨拉着人。当它爬过之后，将他们分为穷的，较穷的，富的，较富的和极富的。它用它的爪子对人世重新进行排列组合。它将冷漠地吞吃一切阻碍它爬行的事物，包括人。它唯独不吞吃贫穷。它将贫穷留待人自己去对付……

　　△女人不能同时兼备可敬和可爱两种光彩。女人若使男人觉得可爱，必得舍弃可敬的披风……

　　△人们宁肯彻底遗忘掉自己的天性，而不肯稍忘自己在别人的眼里是怎样的人或应该是一个怎样的人。人们习惯了贴近别人看待我们的一成不变的眼光，唯恐自己一旦天性复归，破坏了自己在别人心目中的形象。所以，和人忘乎所以玩一小时，胜过和人交往一年对人的认识……

眼为什么望向窗外

无窗，不能说是房子，或屋子。确是，也往往会被形容为"黑匣子般的"……

"窗"是一个象形汉字。古代通囱，只不过是孔的意思。后来，因要区别于烟囱，逐渐固定成现在的写法。从象形的角度看，"囱"被置于"穴"下，分明已不仅仅是透光通风之孔，而且有了提升房或屋也就是家的审美意味。

若一间屋，不论大小，即使内装修再讲究，家私再高级，其窗却布满灰尘，透明度被严重阻碍了，那也还是会令主人感觉差劲，帝宫王室也不例外。"窗明几净"虽然起初是一个因果关系词，但一经用以形容屋之清洁，遂成一个首选词汇。也就是说，当我们强调屋之清洁时，脑区的第一反应是"窗明"。这一反应，体现着人性对事物要项的本能重视。

冬天过去了，春天来了，在北方，不论城市里还是农村里的人家，不论穷还是富，都做的一件事那就是去封条、擦窗子。如果哪一户人家竟没那么做，肯定是不正常的。别人往往会议论——瞧那户人家，懒成啥样了？窗子脏一冬天了都不擦一擦！或——唉，那家人愁得连窗子都没心思擦了！而在南方，勤劳的人家，其窗更是一年四季经常要擦的。

从前的学生，一升入四年级，大抵就开始在老师的指导下学着擦净教室的每一扇窗了。那是需要特别认真之态度的事，每由老师指定细心的女生来完成。男生，通常则只不过充当女生的助手。那些细心的女生哟，用手绢包着指尖，对每一块玻璃反复地擦啊擦啊，一边擦还一边往玻璃上哈气，仿佛要将玻璃擦薄似的。而各年级各班级进行教室卫生评比，得分失分，窗子擦得怎样是首要的评比项目。

"要先擦边角！"——有经验的大人，往往那么指导孩子。

因为边角藏污纳垢，难擦，费时，擦到擦尽不容易，所以常被马虎过去，甚而被成心对付过去。

随着建筑成为一门学科，窗在建筑学中的审美性更加突出，更加受到设计者的重视。古今中外，一向如此。简直可以说，忽略了对窗的设计匠心，建筑成不了一门艺术。

黑夜过去了，白天开始了，人们起床后的第一件事大抵是拉开窗帘。在气象预告方式不快捷也不够准确的年代，那一举动也意味着一种心理本能——要亲眼看一看天气如何。倘又是一个好天气，人的心境会为之一悦。

宅屋有窗，不仅为了通风，还为了便于一望。古今中外，人们建房购房时，对窗的朝向是极在乎的。人既希望透过窗望得广、望得远，还希望透过窗望到美好的景象。

"窗含西岭千秋雪"——室有此窗，不能不说每日都在享着眼福。

"罗汉松掩花里路，美人蕉映雨中楹"——这样的时光，凭窗之人，如画中人也。不是神仙，亦近乎神仙了。

"双双瓦雀行书案，点点杨花入砚池。闲坐小窗读《周易》，不知春去几时多。"——如此这般凭窗闲坐，是多么惬意的时光呢！

人都是在户内和户外交替生活着的动物。人之所以是高级的动物，乃因谁也不愿在户内度过一生。故，窗是人性的一种高级需要。

人心情好时，会身不由己地站在窗前望向外边。心情不好时，尤其会那样。

人冥想时喜欢望向窗外，忧思时也喜欢望向窗外。连无所事事心静如水时，都喜欢傻呆呆地坐在窗前望向外边。

老人喜欢那样；小孩子喜欢那样；父母喜欢怀抱着娃娃那样；相爱的人喜欢彼此依偎着那样；学子喜欢靠窗的课位；住院患者喜欢靠窗的床位；列车、飞机、轮船、公共汽车靠窗的位置，一向是许多人所青睐的。

一言以蔽之。人眼之那么喜欢望窗外。何以？窗外有"外边"耳。

对于人，世界是由两部分组成的，内心的一部分和外界的一部分。人对外界的感知越丰富，人的内心世界也便越豁达。通常情况下，大抵如此，反之，人心就渐渐地自闭了。而我们都知道，自闭是一种心理方面的病。

对于人，没有了"外边"，生命的价值也就降低了，低得连禽兽都不如了。试想，如果人一生下来，便被关在无窗无门的黑屋子里，纵然有门，却禁止出去，那么一个人和一条虫的生命有什么区别呢？即使每天供给着美食琼浆，那也不过如同一条寄生在奶油面包里的虫罢了。

即使活一千年一万年，那也不过是一条千年虫万年虫。

连监狱也有小窗。

那铁条坚铸的囚窗，体现着人对罪人的人道主义。囚窗外冰凉的水泥台上悠然落下一只鸽子，或一只蜻蜓，甚或一只小小的甲虫——永远是电影或电视剧中令人心尖一疼的镜头。被囚的如果竟是好人，我们泪难禁也。

业内人士每将那样的画面称为"煽情镜头"，但是他们忘了接着问一下自己，为什么类似的画面一再出现在电影或电视剧中，却仍有许多人的情绪那么容易被煽动的戚然？

无他。

普遍的人性感触而已。

在那一时刻，鸽子、蜻蜓、甲虫以及一片落叶、一瓣残花什么的，它们代表着"外边"，象征这所有"外边"的信息。

当一个人与"外边"的关系被完全隔绝了，对于人是非常糟糕的境况。虽然不像酷刑那般可怕，却肯定像失明失聪一样可悲。

据说，有的国家曾以此种方式惩罚罪犯或所谓"罪犯"——将其关入一间屋子，屋子的四壁、天花板、地板都是雪白的或墨黑的。并且，是橡胶的，绝光，绝音。每日的饭和水，却是按时定量供给的。但尽管如此，短则月余，长则数月，十之七八的人也就疯掉了或快疯掉了……

某次我乘晚间列车去别的城市，翌日九点抵达终点站，才六点多钟，卧铺车厢过道的每一窗前已都站着人了。而那是T字头特快列车，窗外飞奔而掠过的树木连成一道绿墙，列车似从狭长的绿色通道驶过。除了向后迅移的绿墙，其实看不到另外的什么。

然而那些人久久地伫立窗前，谁站累了，进入卧室去了，窗前的位置立刻被他人占据。进入卧室的，目光依然望向窗外，尽管窗外只不过仍是向后迅移的绿墙。我的回忆告诉我，那情形，是列车上司空见惯的……

天亮了，人的第一反应是望向窗外，急切地也罢，习惯地也罢，都是缘于人性本能。好比小海龟一破壳就本能地朝大海的方向爬去。

就一般人而言，眼睛看不到"外边"的时间，如果超过了一夜那么长，肯定情绪会烦躁起来的吧？而监狱之所以留有囚窗，其实是怕犯人集体发狂。日二十四时，夜仅八时，实在是"上苍"对人类的眷爱啊。如果忽然反过来，三分之二的时间成了夜晚，大多数人会神经错乱的吧？

眼为什么望向窗外？

因为心智想要达到比视野更宽广的地方。虽非人人有此自觉，但几乎人人有此本能。连此本能也无之人，是退化了的人。退化了的人，便谈不上所谓内省。

　　窗外是"外边"，外国是"外边"，宇宙也是外边。在列车上，"外边"是移动的大地；在飞机上，"外边"是天际天穹；在客轮上，"外边"是蓝色海洋……

　　人贵有自知之明，所以只能形容内心世界像大地，像海洋，像天空"一样"丰富多彩，"像"其意是差不多少。很少有什么人的内心世界被形容得比大地、比海洋、比天空"更"怎样。

　　外边的世界既然比内心之"世界"更精彩，人心怎能佯装不知？人眼又怎能不经常望向窗外？……

二〇〇九年八月三十一日于北京